Youth
LOVE IS WRONG,

爱错了就是青春

YOUTH

北京联合出版公司
Beijing United Publishing Co.,Ltd.

图书在版编目（CIP）数据

爱错了，就是青春/朱洙著.--北京：北京联合出版公司，2015.8
　　ISBN 978-7-5502-6006-1

　Ⅰ.①爱… Ⅱ.①朱… Ⅲ.①长篇小说—中国—当代 Ⅳ.①I247.5

中国版本图书馆CIP数据核字（2015）第197670号

爱错了，就是青春

作　　者：朱　洙
选题策划：北京宏泰恒信文化传播有限公司
责任编辑：徐秀琴
策划编辑：李　艳
封面设计：嫁衣工舍
版式设计：张　敏
责任校对：张艳婷

北京联合出版公司出版
（北京市西城区德外大街83号楼9层　100088）
北京天宇万达印刷有限公司印刷　新华书店经销
字数180千字　880毫米×1230毫米　1/32　9.5印张
2015年9月第1版　2015年9月第1次印刷
ISBN 978-7-5502-6006-1
定价：29.80元

未经许可，不得以任何方式复制或抄袭本书部分或全部内容
版权所有，侵权必究
本书若有质量问题，请与本公司图书销售中心联系调换。电话：010-58572848

你还记得十年前的你在哪里吗？
当时的你在做些什么？
有没有什么让你终生难忘的记忆？
对于一个人来说，十年并不是一个短暂的时间，
如果你还是一个并不健忘的人，那么请认真地回忆一下过去吧。
回忆自己的过去，假设自己时光旅行穿越回过去，
看到十年前的自己，
你会对那个小小的自己说些什么？

— YOUTH —

写给亲爱的小蟹子宝贝们：
绝密巨蟹座

巨蟹座……

是的，巨蟹座！

你觉得这是一个什么样的星座？

多愁善感？

情绪化？

善良？

宅男宅女？

还有呢？

还有……

还有，你进入了星座解析的误区。

来，我来带你进入绝密的巨蟹座的解析。

ONE：巨蟹座的起源

提起巨蟹座，一定要提起希腊神话。

巨蟹座来自于万神之神——宙斯。

当然，这回可不是宙斯看上哪家的公主，变成蟹子去引诱她，再把自己的化身变成星座。

而是，宙斯的老婆——赫拉。

赫拉得知宙斯居然与凡人生下了一个儿子，便想要置这孩子于死地。

这孩子的名字叫赫拉克勒斯，是宙斯与凡人生的儿子。在他婴儿时期，赫拉就企图用两条毒蛇咬死他，毒蛇却被他掐死在摇篮里。赫拉三番五次要置他于死地，他却成了希腊最伟大的英雄，及世间最壮的人。世上没有他办不到的事，连神明们都是靠着他的协助才征服了巨人族。

赫拉克勒斯要诛杀住在沼泽区的九头蛇，这事很难办，因为每砍掉一个头便会马上生出更多个头。赫拉克勒斯想到一个办法——用火烧焦蛇头，就这样轻易解决了八个蛇头。眼看只剩最后一个了，赫拉从海里叫来一只巨大的螃蟹要阻止赫拉克勒斯，巨蟹伸出强有力的双螯夹住了赫拉克勒斯的脚，不幸的是这只巨蟹最后仍死于他的蛮力之下。为了感谢巨蟹的忠于使命，即使没有成功，赫拉也将它放置在天上，成为了今天的巨蟹座。

TWO：巨蟹的性格

从远古的希腊神话故事里可知，巨蟹受命于人，便会忠心竭力。

只要交付给它的事情，它都会全力完成，哪怕……自不量力。

巨蟹座本性很温厚，很容易为自己最重要的人做出自我牺牲、不计后果的事情。

巨蟹座其实很善谈，口才也不错，只是时常陷入沉思中。

巨蟹座不宅，只是好静，但有强烈的宿命感。

比如说，星座书上说巨蟹子很宅，蟹子就下意识地让自己宅着，以此来证明自己是巨蟹。

但大多数巨蟹根本不宅，只是为了口口相传的"宅"字，给自己强烈的心理暗示，让自己越活越宅。遇到任何事情，都觉得这是前世注定的；遇到性格上的问题，会想要对方理解及迁就，觉得自己理应如此，无法改变。

巨蟹座的星座符号是♋。

好像数字6和9，也像中国的太极图——极阴且极阳。表面阳光，内心深处却有极黑暗的暗流涌动。

情绪化的原因是正负情感相互较劲。小家伙无法保持住内在的平衡，只得靠时阴时晴的情绪来发泄。

巨蟹有时候看上去纯良，极好说话，但突然有一天会情绪失控，让人非常费解！

蟹子的情绪，与月亮有关，更像潮汐和海浪，涌上来时，蟹子自己也控制不住自己。

有时候，发泄完的小蟹子会无助地哭，因为他们自己也不喜欢自己这样，可……这种事情，完全失去了自我控制的能力。

这个时候蟹子会非常无助，非常需要静一静。

而这个时候，会被很多人误解。

"呀，她怎么这样啊？"

"又没说什么，她怎么发这么大的火？"

——通常误解小蟹子的，都是小蟹子身边较为亲近的人。

这让小蟹子们很痛苦。

难道不是吗？

若你与我素不相识，我何必在意陌生人的看法？

但与你情同手足，却这样误解，让我如何诉苦？

——宝贝，你要知道，巨蟹座是一个很有忍耐力、心底很能藏事儿的星座。

正是因为这种隐藏能力，才怀旧，才导致体内正负两股能量像敌人一样争斗。

忍耐力是与生俱来的，但蟹子们同时也是人。

蟹子的出生、成长、家庭及朋友还有社交能力，决定了蟹子们的忍耐力。

蟹子们顺风顺水的话，会永远忍下去，让你一辈子都不知道你有什么地方，让能容忍的蟹子忍过。

如果不是顺风顺水，就很容易将情绪堆积。

也许巨蟹平时就是一个好好先生，你说什么，他都嗯啊嗯的，你做什么，他都说，随便你。在你以为真的可以随心所欲的时候，他突然发脾气，说了一大堆很挑剔的话语。

你知道为什么吗？

因为你忽略了他们！

你走错了方向，表错了情！

尽管他们不喜欢明说，但却希望你能表示出温暖和关心。还有，他们说"不在意"时，内心其实是"在意"。

巨蟹被忽略后，不会说什么，但内心会极度难过甚至自卑。

你真看重他们，就让他们感受到重视感。

你会发现，一旦被人温柔以待和重视，巨蟹便会非常阳光加自信，就像被阳光照射下的水面，波光粼粼，极度迷人！

对的！

巨蟹就是水相星座——承受力与幻想力。

波动、敏感、细腻、包容且……狂波怒浪！

在6与9的影响下，就像水面旋转的漩涡。

愤怒起来，可卷进一切，不顾后果，哪怕玉石俱焚。

THREE：如何安慰巨蟹座

这是一个极需要了解的星座。

真的不像表面那么顺从。

也许没有主见，但内心受另一面人格的摆动。

对，当我提到6和9与太极图的时候，你就该明白，这是一个具有双重人格的人。

他的痛苦，源自于这两种人格的争斗。

表面"肯定"，内心却在"否定"。表面上"相信"，内心却在"怀疑"。

他们也不喜欢这样，但好像没有办法控制自己。

悲观！

对！

也不对！

精准地说，是自艾自怜。

他们很容易觉得自己是这世界上最悲凄的人，没有人理解，没有人明白，没有人懂得他们受到的心理折磨和痛苦。

他觉得最大的痛苦，莫过于根本没有人能理解，还硬要说他敏感，多疑，情绪化。

把这样的大帽子扣在他们头上，让他们喘不上气。

安慰过小蟹子的人都会有这样的感觉，越劝他们好好活下去，他们却越来越消沉，甚至从"不快乐"到"不想活了"。说着说着就哭了，可哭完了，别人都不知道如何才能劝好他们。

其实，巨蟹不需要劝慰，不需要你举例说你要坚强，你一定要乐观，你一定要怎样怎样……

那些都是空话。

如果你真的把巨蟹当朋友,请你 STOP!

因为你越说,他们越觉得你不了解他们的痛。

越安慰,越觉得你根本解决不了任何事情。

甚至觉得幸福的你根本不懂痛苦的他,根本不懂,不懂 + 不懂……

越想越难过,便在悲伤的沼泽里越陷越深,直至自毁其中,无人救赎。

不能这样的!

你若真想安慰小蟹子,请告诉他们:你相信他们可以走出来,可以勇敢地面对。

在物质上能帮助他们的一定会帮。

但精神上,你一定要告诉他们,你相信他们能自己走出来。

他们能自己走出来,也只有靠自己才能走出来。

只要他们愿意,他们就一定能走出来。

水相星座看起来柔弱,但你别忘记了排山倒海的海啸也源于水,水滴石穿的也是水。

小蟹子,你们是一个极有潜力的星座。

你内心的力量,你可曾知晓?

你有这份耐性,有这份钻研力,所以,你一定能从悲观里站出来。

如果你有巨蟹座的朋友,一定要让他们了解自己的潜力。

这是一个极有耐性的星座。

但需要引导和身边人的支持。

FOUR:巨蟹座的爱情

巨蟹座的小姑娘们,对于爱情,是慢热的。

就像温水里的青蛙,太热烈了,她会吓得跳出来;温温的,就会越来越炽烈。

巨蟹座属于被动型。

也有主动性。

如果你记得他们的星座标志,就会明白,所谓的被动和主动,还是由她们的情绪所定。

而一开始,你太主动的话,巨蟹座的姑娘会像小蟹子一样,紧紧地护住自己,紧张得不知道如何是好,而后,下一秒就是——逃。

是的,我知道巨蟹座的女生很迷人!

很包容。

虽然话不多,可给人的感觉很舒服。

是的是的!

我知道巨蟹座的小姑娘长得不惊艳,但就是觉得很温柔,眼神很柔和,带有小女儿家的羞涩。还有脸上的苹果肌很可爱,很肉感。

但是,在她感觉不到你的体贴与关怀的时候,你不要突然向她表白,会吓到咱们的蟹子宝贝。

你得关心她,让她觉得你的诚意。

同时,她是水相星座,很在意"大流",也就是身边人的意见。

她的朋友,是她的闺密,也是她的参谋。

若是她的朋友说你不好。

你至少失去了一半的机会。

若是她对你有好感,有意接受你,别客气,尽管玩浪漫吧!别矜持,开动你的想象力。

她就是那种……即使生了孩子,也活在童话世界的女子。

充满幻想,有公主情结。

她选中你,你就是她的王子。

好好宠爱她。

她回报你的，绝对是真心真意加"无论贫苦，永生相随"。

就算任性，发发脾气，发完就算了。

她哭的时候，你要让她尽情地哭。

告诉她，你在，你会一直在。让她相信你的不离不弃。

水相星座及风相星座的人，总有像浮萍一样的飘零感。

想家，想要属于自己胸膛和归属。

巨蟹座的小姑娘很好。

确实不大好追，需要用耐心和诚意去追，但蟹子座的小姑娘若真心诚意地跟你，就会不顾一切，哪怕你一无所有，哪怕和你裸婚。

是的！

12星座里，裸婚概率最大的，就是巨蟹座的小宝贝。

她就是那种，情愿坐在你自行车后面笑，也不愿意在宝马车里哭的人。

如果你的小蟹子向你要求什么……

亲爱的，你相信我，她想做你的妻子，同时想到你们将来的孩子。

虽然可以在你一无所有的时候跟你，可是，你总是一无所有，母性强大的她，为了孩子，也许会对你心生失望，另寻它途。

你要记得，她有强烈的母性。

你要记得，爱情上，她能不计一切地跟你，可无法同意让孩子跟着大人一无所有。

这就是巨蟹座的女生为什么有时候很梦幻，有时候又很现实。

生活环境单纯的巨蟹座不太虚荣，也不太追求什么名牌，只要有心爱的人，有一处避风避雨的地方就行了。

小蟹子穿家居服的时候，最有魅力呢！

小蟹子还喜欢粉红色呢！

小蟹子敏感和传统，但愿意为心爱的人付出一切。

你若将她娶到手，你就太幸福了。

因为巨蟹顾家，众所周知。

巨蟹爱孩子，贤妻良母。

若你得到她的心后，背叛她……

对不起……

你真的惹麻烦了！

她先会忍，然后会极度不甘心，内心黑暗的潮流暗涌，逼着她身不由己地找你麻烦。

会不顾一切地大吵，会抖你隐私，会痛苦得用折磨自己的方式，让你一起痛苦。

就像螃蟹，自保的时候，会扬起钳子，以失去钳子的代价，换你一线伤口。

会试探！

会演戏！

会冷笑着听你可笑的借口，明知道你在说谎，却不住地试探你的底线。

会背离你时，恨你不死；面对你时，又狠不下心。

若是你真心地爱着巨蟹，请不要折磨她。

她真的是一个不可多得的好姑娘。

别伤她，让她变成一个只会说谎试探你，且让你觉得很难缠的姑娘。

要知道，她曾经是那么单纯！别毁了她的这份简单，让她变得复杂。

FIVE：给巨蟹座的忠告

亲爱的宝贝们！

请你们回想一下星座书里是怎样形容你们的。

敏感、细腻、多疑、情绪化、宅……

这些……都不是你！

我知道真正的你!

我晓得真正的你!

我晓得你不会无缘无故地付出,我也懂得怎样体谅你。

我同时也知道,巨蟹其实不宅,只是好静。

巨蟹的口才很好,个性上很有张力。

你要知道,你们巨蟹是水相星座。

感知力如水。

可塑性如水。

这就是为什么你们觉得自己很宅,就会越变越宅,你们觉得自己情绪化,就会越来越情绪化的根本原因!

同时,你们觉得你们不宅,你们可以变得很外向,你们觉得你们一点都不情绪化,就能很好地控制自己的情绪。

因为你们是水相星座。

你们像水,具有可塑性。

你们的多愁善感,也像水一样,有包容性和感知力。

你们在别的星座分析里看得再多,也不会理解自己为什么会这样。

你们甚至发帖求助,说其实也不想这样。

但是,现在你们知道了,你们是水相星座,你们具有水相星座的独特性。

同时,给你们爱情的忠告。

我知道你们很害羞,不喜欢主动。

我知道你们动心后,会默默为对方做出牺牲,哪怕对方不知道,也无怨无悔。

可是,我的好姑娘。

你痛苦的爆发和阴晴不定,就是因为你为对方做的一切,不为对方知晓,导致你不甘心:为什么你为他做了这么多,他要这么对你?

因为他根本不知道啊——

两个人的喜欢,一定是品貌与性格上的吸引。

两个人的在一起,一定是性格上的迁就与互补。

而且,你要相信你自己,你能控制你的情绪。

你要知道,成年人的世界里,若不是血亲与好友,不是权力的拥有者,不会有人因为你是巨蟹而顾及你。

不是做人时非要戴着虚伪的面具,而是你要记得,你是相信宿命的,你是相信人来人世一趟,是带着宿缘的。

所以,这相当于是一场人生游戏的体验。

哭也是一场,笑也是一场。

何必让自己那么悲伤?

就让心胸敞开吧!

当其他星座不得见到自己的守护神时,只有你们最幸运,只要天晴就能见到,因为,你们的守护神是月亮。

你的心是粉色的、干净的、纯洁的、专一的,为了爱情,可以不顾一切的。

读完这本书的小蟹子告诉我,看了这些,想了很多,明白了很多,好像看到一步一步滑向深渊的自己,从书中知道,自己该在哪里止步。随着流下的眼泪,让纠结不甘的心感悟了许多东西,看空了一些东西,明白要争取和放弃一些东西时……

我想说,小蟹子,这就是我写这本书的目的。

我了解你,我不会生硬地告诉你该怎么做。

我要让你自己去感悟你该怎么做。

你一定要知道,你内心的感知力和可塑性,才造就了真正的你。

只有你懂了,才不枉费我设置的剧情和对白中的绞尽脑汁和用心良苦。

So……

宝贝儿们……

不要当这是忠告,就当这是一封家书。

你的家人在告诉你,亲爱的,你们禁不起桃色陷阱的诱惑,但你们真的不适合婚外情。

因为你们不是很现实很物质的女子。

你们更没有决绝的心计。

你的深情会换来对方的绝情,最终会伤了自己。

你们是值得人珍爱的小姑娘,但千万不要让自己的心理暗示害了自己。

相信我,你们不宅!

别让宅来诅咒你。

你们没那么情绪化!

别让情绪化这三个字,对可塑性强的你们造成心理暗示,变成真正的情绪失控。

爱错了，就是青春 「目 录」

CONTENTS

Prologue	楔子	001
Chapter01	金色年华	003
Chapter02	不堪回首	037
Chapter03	命中注定遇见你	060
Chapter04	我想和你在一起	094
Chapter05	我真的好喜欢你	108
Chapter06	我是为他而努力	132
Chapter07	我在努力忘记你	171
Chapter08	错爱	198
Chapter09	再见，我的宝贝	234
Chapter10	再见，再也不贱！	260

楔　子

　　这年冬天，黎美洙出差到北京，北京超市货架上的可乐标价 2.25 元，她忍不住乐了："这年头怎么会有五分钱？"以为商家会玩四舍五入的游戏，没想到收银员找给她一枚伍分钱的硬币，她顿时傻了眼，翻来覆去看了许久，发现发行流通时间是 1986 年。

　　是不是穿越了？

　　她忍不住问收银员："这是 2008 年吧？确定是的吧，没有弄错吧？"

　　收银员乐道："我这儿还有壹分跟贰分的，你要吗？"

　　黎美洙直摇脑袋："不要不要了，我一会儿赶火车，带回去用不了！"

　　收银员笑道："姑娘，哪儿人啊？到北京来念书还是来玩的啊？玩儿几天啊？这么快就回去了？"

　　穿着白色卫生衣的收银员大婶笑容可掬。首都的人民很热情，标准京范儿的儿化音总能让人耳朵愉悦。黎美洙笑了笑，道："我是南方人，有事儿在这里待几天。"她边说边将装好东西的塑料袋提了起来。

　　收银员大妈笑道："一看你这小身板就知道是南方人！走好嘞您！"

　　从便民超市出来，黎美洙忍不住把伍分钱的硬币拿出来把玩观看。

　　币面银光闪闪，好像波光粼粼的溪面。

　　她随手把它放进白色的塑料袋，怎想手滑将它掉落在地上。

它落地后叮当作响。
乍暖还寒的冬阳下……
渐转渐缓而最终停住的硬币闪烁着金属光芒。
注视着它,便莫名其妙地在脑海里闪现出曾经的事情。

Chapter01　金色年华

我知道那不是爱情，只是，突然有一个人对我和颜悦色，让我觉得，这个世界并非只有冷漠和歧视。

1998年发生过什么？

1998年，小燕子赵薇一飞冲天，红遍亚洲，成为全民文化偶像。《还珠格格》轰动亚洲，风靡全球各国华人圈并打破中国电视剧收视纪录，掀起一阵小燕子风暴、赵薇现象。请小燕子赵薇做广告的稀世宝矿泉水，买两瓶就送一支带小燕子头像的圆珠笔，成本价只要几毛钱，却真的洛阳纸贵，也因为是唯一一家赠送此赠品的商家，让这矿泉水卖疯了。商家请小姑娘做派发赠品的兼职时，都得挑选眼睛大的。应选过的人，都觉得商家很变态，跟选美似的，人家美成那样的，能做你这矿泉水的促销员？真要那么美，人家直接去选美了，想要什么都有人大批大批地送了，有着那样的美脸，会做你这个？

好变态啊。

更变态的事情是，这一年，华中的校规变了，居然要求女生不许留长发,男生都要剪小平头;女生的裙子不许在膝盖以上,男生不许穿无袖背心和四角裤头。

校规一出,全体哗然。

女生的规矩就算了,男生们更气得要死!有病啊,谁没事穿四角裤头来上学啊?

还说什么"为了统一着装,规整学校风纪",明摆着在给校长家开服装厂的小舅子添生意。

作为学生家长是敢怒不敢言,多数想的是:算了算了,这点钱还交得起。不就三年吗?眼睛一眨就过去了,犯得着跟学校过不去,让孩子在学校受气遭排挤吗?

作为学生只能乖乖地服人管。"乖"字让人明白,千斤之重插入"北"里,上不得,下不得,左不得,右不得,让你听之任之,随他所欲。依着了,就是乖;不依着,就是坏。

所以,交钱买校服,是理所当然。

男生们剪了平头,也是理所当然。

这几天,天热得慌,高温41度。电力紧张,市里下了通知,说今天晚上,这一带拉闸限电。

老师在头一天就让学生们自备了蜡烛。

"又没死人,大晚上的点什么白蜡啊?开追悼会啊?"有同学抱怨,可是,无论如何都逃脱不了上晚自习的命运。

本来就高温41度,再在挤满人的教室里点满蜡烛,每个人的脸都被烘得红彤彤的。男生的小平头被汗水沾湿,竖起,像一个个刺猬。女生们齐耳的娃娃头,像海带似的,紧紧地贴在脸上和额头上。大家的后背全被汗水汗湿了,凳子上都坐出水了。戴着眼镜的同学,眼镜开始不安分地从鼻子上滑了又滑。

用"挥汗成雨"形容一点都不夸张,屋子里的点点火光上是黑烟线跟难闻的蜡烛燃烧的味道,有的同学离蜡烛近了,还燃了发丝。

汗臭味加烧焦头发的味道……

老师坚持不下去了,一声"下课",大伙"哦啦"一声,收拾东西,举着蜡烛冲了出去。

路口发生了什么事情?

熊逸转头去看时,昏黄的马路上一群骑着山地车的小子,吆喝着从一个女生身边窜过去,女生脚步不稳狠狠地摔在了地上,他们没有道歉的意思,而是打着口哨,非常亢奋地喊着不入流的号子骑远了。

黎美洙呆呆地坐在地上,没什么反应。

灯光很暗,熊逸打远看不清她的脸。看到这个女生这样坐着,他不禁有些担心,来到了她的面前。

"你是不是摔到哪里了?"

坐在地上的美洙泪眼朦胧地看着他。他看清了她的脸,她却因为光线,没看清他的样子,加上她的眼泪掉下来了,泪水模糊了视线。她不知道自己为什么会掉泪,却觉得这很失常态,于是忙低下脑袋去擦眼泪,然后冲着他嚷:"你走开,别管我。"

"谁爱管你啊,你给我钱我都不管你,你不要我管,我还缠着你啊?真是的,狗咬吕洞宾,不识好人心,要喊冲着撞你的人喊啊!"

他招谁惹谁了?好心没好报就算了,凭什么冲他喊啊?他又不欠她的。

熊逸转身就要走,走了一步,身影顿了顿,又返转回去,一伸手,拉着她的手臂,把她从地上拉了起来。

就这样被人"碰"了,她恼羞成怒道:"你……想干什么?"

熊逸说:"没什么,路上没灯没光的,我担心你被撞着。我更怕你被撞死了,会找你最后一个见到的人,这是鬼的习性,我怕见鬼!"

"你……"她被堵得哑口无言,他突然睁大了眼睛,一脸惊惧地看着她的身后,极度惊骇道:"你……你身后是什么东西?"

她顿时被他的样子吓住,感到头皮发麻,脊背发冷,僵硬着脖子向身后看去,只听得他大笑:"哈哈哈,骗你的!"

她气得说不上话来,他却笑得咳了起来,咳的时候将手里的外套向身后一甩,从衣服里掉出来什么东西。

那东西抛到了她的裙子上,打个正着,却没有声息。

他没有发觉,而美洙将那东西捡起来的时候,他已经跨上他停在不远处的山地车,哧溜一下,跑远了。

美洙走到亮处,在头顶的路灯下,只看到这是一个青皮的团员证,翻开证件,里面写着"江磊,初二(3)班"。

那男生笑得阳光灿烂。

恍惚之间,少女情怀,在那一刹那间,有了怦然心动的感觉。

剪着小平头,还能看出帅的,那是真帅了。

第二天,熊逸来到教室上课,一进教室,江磊就在后面拍他的肩。

"哎,熊逸,昨天下课踢完球后,你拿错校服了!"

"……"

"也就是说,我现在穿的是你的,你现在穿的是我的!"

熊逸"呃"了一声,随后乐呵道:"不就是一件校服吗?咱们都这关系了,谁跟谁啊!"

校服换过来后,江磊伸手在兜里掏了掏,问道:"我的团员证呢?"

熊逸一惊,茫然道:"我哪有看到你的团员证啊?"

江磊说:"我昨天揣兜里了!"

熊逸问:"找不到了?"

江磊说:"找不到了!"

熊逸一笑:"那补办就是了,有什么大不了的呀!"

这时,上课了。

各个教室里不约而同地传来了老师的"上课"声和班干部们清脆响亮的"起立"声,再是大家起身站立,课桌板凳移动的声音。

待同学们坐下后，离熊逸所在的三班有一层之隔的初二（5）班的门口——

黎美洙喊了一声"报告"，那声音只有她自己能听见。

老师一脸不悦："黎美洙，你怎么迟到了？到后面站着听课去。"

书包很沉，好像背着一担砖头。

美洙向教室后面走去时，觉得书包带子会勒进肩膀，直至勒断她的胳膊。她不需要这么强大的想象力，但却真的将墙壁上的污点看成背着媳妇的猪八戒，就觉得有趣。

老师怒了——

"黎美洙，罚站还在笑？"

老师一声暴吼，教室里的学生都转过脸看过来。

有的拿着笔，有的竖着书转头，动作不一，却无一例外幸灾乐祸地对美洙笑。

黎美洙是私生女。

母亲叫黎方瑜，父不详。母亲在十五年前，是一个大学生。

那个时候的大学生相当值钱，黎方瑜考上的时候，简直是她高中母校一件天大的喜事。可谁会想到，没到一年，她就被退学，抱着一个小奶娃回来了。

问这孩子是哪里来的，她说是她生的，问这孩子是谁的，怎么打她她都不肯说。

一辈子本分的老母亲，被气出了心脏病，当场就倒在地上，一命呜呼，父亲也气得不肯理她，扬言断绝关系。孩子满月，母亲葬礼，父亲不认，她只身搬到堂哥家住下，再也不回来。她未婚生女弄得全家脸上无光，这是路人皆知的事情，她走到路上都被人戳着脊梁骨议论。亲戚们都跟她断绝了来往。

那个时候的人，相对保守，没有人能接受一个大姑娘在外面生了孩子，再把这没有父亲的孩子抱回来。虽然早就是新社会了，但老一辈人的观念还是不耻这种事情发生。

民风淳朴的反面就是闲言闲语的冷暴力，这种暴力足以将人逼死。

婆婆妈妈总在茶前饭后说，这种事情放在旧社会是要将人关在草编的笼子里，连小野种一起丢到池子里活活淹死。

好在黎方瑜的朋友救济了她，依着人脉关系帮她离开了这座城市。黎方瑜来到人生地不熟的永安市，在朋友亲戚的关照下，进厂做工，在食堂打杂，住在工厂的职工宿舍里。

黎方瑜给孩子取名美洙。随她的姓，姓黎。

美洙，却不是美珠，这孩子配不上美丽的珠子的寓意，却有三点水的朱，那么，就谐了"珠"的音，将玉旁字改成三点水，意喻她此生的眼泪都流在这孩子身上了。

一个年轻的女人带着一个孩子就有好事的人喜欢打听。也不知道消息是怎么走漏出去的，这厂子里所有的人都知道了美洙是私生女。于是，但凡有婆娘的汉子对黎方瑜帮个手，都会有不好听的话传出来。但碍着方瑜朋友的亲戚在厂里还算有头有脸的人，所以，这些人也不当面撕破脸去大胆地轻视。

只是，大人们会装，小孩子不会。

幼儿园里，老师带着小朋友们玩"老狼老狼几点钟"。小朋友们手牵着手，牵成一个圈圈的时候，有一个小朋友就是不肯跟美洙牵手，跟她走近一些，还吓得哭了出来。

老师不解，蹲下身来用别在小朋友胸前的小手巾给她擦眼泪，边擦边问她，你为什么要哭啊？小朋友哇哇地哭得更厉害，边哭边用手揉眼睛，大声地说，妈妈不让我跟她玩，妈妈说她的妈妈是狐狸精，哇——妈妈说狐狸精会吃人的！哇——我不跟小狐狸玩。哇哇哇！她会……她会吃了我的——"

她一哭，所有的小朋友都跟着哭了。那场面又滑稽搞笑，又让人措手不及。

她的妈妈是狐狸精。
她是狐狸精生的！
那么……她就是小狐狸！
她是会吃人的！

小时候，小朋友们不懂事。长大后，这些不懂事的小朋友大多成了她的同学，便发生了一些莫名其妙的事情。比如说，昨天明明写好的作业交上去，为什么到了老师手里，作业本空了，而里面明显有被人撕去的痕迹，老师问起，她说，我写了，可不知道怎么就被人撕了。

老师就问收本子的小组长，小组长一脸无辜道："不知道啊，她交上来，我就收了，没有翻开看，所以，也不知道她到底写了没有啊！"

老师相信组长，也认定是黎美洙耍小手段，就在课堂上损她，说："这手段，我不是第一次见到，没写就没写，自己撕了，还怪别人？想骗老师？我教了这么多年的书，什么小把戏没见过？就是没有见过你这样的，你一个女生，说谎不脸红啊？给我把昨天的作业补回来，而后，给我把昨天的课文抄十遍，明天早上交上来。不交，就不要进我的课堂上我的课。"

黎美洙委屈得没有办法，悲哀地受了补写作业及罚抄课文十遍的附加惩罚。

作业写得太晚了，而闹钟恰恰没有电了，在凌晨三点的时候，就停摆了。

早上起床没有 MORNING CALL，在第一堂课的时候，黎美洙迟到了，这老师看了她一眼，便让她罚站，她懦懦地说："我昨天晚上赶作业，闹钟也停了，所以……"

"你赶作业，大家不赶作业啊？你闹钟停了，人家的闹钟就没有停的时候啊？你家人不叫你起床啊？"

"我妈……夜班。"

"你爸呢？"这位不知底细的老师顺口一问。

"她没有爸爸，她是九十八合一左禾右中。"

大家哈哈大笑，老师听得一头雾水，冲着回话的男生喊："赵强，你站起来，告诉老师，什么叫九十八合一？"

赵强站了起来，一脸淘气道："老师，九十八合在一起，就是一个'杂'字啊，左禾右中就是'种'啊！"

"哦。"老师了然，随后大家哄堂大笑，老师觉得自己表情不对，对学生们起了误导作用，马上变脸，拍着桌子喊，"都给我安静一点，这些歪门邪道的东西谁教的？以后谁再说这些让我听着，我就让你们的家长过来，让你们说给你们的家长听。"她说着，便指向赵强："到后面去站着。"她又指向黎美洙："你跟他一起到后面站着去。"

赵强和黎美洙在教室后面，各站一方。

老师在讲台上讲课，坐在最后一排的一位男生将书竖起来，在老师背过身写板书的时候，转身对赵强指了指美洙，对着手，做出"天生一对"的手势，气得赵强踢了他一脚。

下课后，回座位的时候，赵强先走，黎美洙跟在后面，课堂上比手势的男生又坏兮兮地笑了："哟，夫唱妇随啊？"

1999年的孩子，都没有几个意识到什么叫早恋，最多只是好感，大家调皮，开个玩笑。就算有个胆大的，那也只是陪着回家，或者吃早点的时候搭个伙；出去玩的时候，骑着自行车，一前一后，生怕被人发现。

说是在一起，有的到分开，连手都没拉过。

什么早恋？那就是从小学到初中后，对以前的小伙伴小同学有了性别意识，玩的小暧昧。要是走近一点，都会被捕风捉影的老师发现，当早恋捉典型，当事人被批了，都不知道自己有恋过，整个茫然加一头雾水，完全不知所措。

不知道是年代问题，还是那个学校管得太严，私下坐在一起，都能被人非议，拉个手都能被人说"呃呃，好恶（第三声）"。被人传早恋的话，等于被老师判了死刑，等于被老师请家长，就等于永无宁日加不可饶恕。

为了避免学生有那倾向，小组长收作业的同时，还要查同学的书包，看看有没有不良书籍。就怕谁看了不该看的书，有早恋倾向。

围追堵截，简直到了极致。

这些拿到现在来说，简直就是不可思议，早恋只牵手？糊弄谁？不让看书，就用手机从网上下载啊，想看多少看多少，完全不限量。

可是，那个年代有手机吗？

1999年，只有小霸王学习机。

所以，赵强受不了这个玩笑，更接受不了有人把自己跟这样的女生扯在一起开玩笑，便恼羞成怒旋脚转身，一脚踹向身后的黎美洙。当胸一脚，踹得黎美洙疾步后退，贴到身后的黑板报墙，捂着胸口滑坐在地上，瞪大眼睛，梗着一口气，半天才缓过神来。

赵强不知轻重，也不知道把她踢成什么样，只知道，居然有人拿自己和她开玩笑，真是污辱到极致。

"我警告你，离我远一点，别让我再看到你，不然，见一次我踢一次，听到没有？"

他大声地训斥着，美洙只是一手捂着胸口，一手撑着地板，曲起手指慢慢收拢时，磨沙石般的地板上，留下了四条细细的指甲的痕迹。

恨吗？

早些年是恨的。

为什么母亲做错的事情，要让她来承担？

杂种，野种……

如果，这样的身份在若干年后的今天，她也不至于这么痛苦这么尴尬。因为，大家早已接受这样的事情，并表示宽容，更多的人能明白孩子是无辜的，要怪也只会怪大人，不会牵扯到小孩子。

可那些年，别说是私生子，就算父母离异，都能让小孩子在同学间抬不起头来。

恨吗？

恨过！但是，现在不恨了。

因为理解了，那个时候的风气，就是容不得这样的事情，容不得这样的人，这样的人就是被人瞧不起的垃圾，不怪别人，只怪自己生不逢时。

赵强那一脚踢过来，美洙捂住心口，半天无声，赵强心虚地大吼："别给我装了，看到你就恶心。"

她就像一个傻瓜一样坐在地上，紧咬着牙齿忍着，眼泪还是不争气地一个劲儿地往外涌。经验告诉她，得快，快一点儿离开这里，不然他们会更过分的。

教学时间，学校的大门紧锁着，不到放学时间，门卫大叔是不会开门的。从教室里跑出来的黎美洙便来到操场一角隐蔽处，窝在那里睡着了。操场喧哗起来，有班级在上体育课了。

球场上有人嚷着："江磊，江磊，这里，把球传过来。"美洙就这么恍恍惚惚地被人吵醒了。

那天的阳光特别美，美得好像镀上金光的梦幻花园。

不远处的操场上，球在空中画出一条好看的弧线，在地上弹跳着，就滚到这不起眼的角落。

那球滚到了美洙的脚下，美洙怔了怔。一个人刚好跑了过来，想是只看到球了，没有想到这个地方还有人，他马上捂住心口，后退一步："我的妈呀，怎么有个人啊！"

定睛一看，是个女生，穿着校服，缩在角落，曲着腿环抱着自己，梨花带雨，楚楚可怜，又像小鹿一样惊惶地看着他，让他不由自主地惊了一下。随后，他向前走了两步，踩着落在地上的枯枝残叶，弯身抱起球往回走，走了两步，又不放心似的回头看了一眼缩在角落里的黎美洙。

"你……还好吧？怎么一个人待在这里啊？"

她认出他来，就是那个团员证的主人，她突然觉得无颜以对，抱住自己，将脑袋埋进了胳膊。

他又不放心地问："你是不是不舒服啊？哪个班的啊？我帮你叫老师。"

"不……用。"

"都是一个学校的，不用客气，告诉我，我去叫你们班的女生过来扶你。"

她抬头看向他时，他用手背拭着额头上的汗，小麦色的肌肤在阳光下闪烁着耀眼的光芒，眼睛闪闪发亮。

从来没有人对她这般友好地笑过。就像走在黑暗里的人，突然看到五彩的光芒，不是惊愕观赏，而是下意识地挡住眼睛，无所适从。

他怎么想也没有想到她会被强光扎了眼似的，猛地起身，推开他转身就跑。

球场上的人等着江磊捡球，等了一会儿，不见他出来，却见那个拐角里冲出一个女生，神色慌张，跑得飞快，一眨眼，就跑过跑道，冲进一边的教学楼里，而江磊随后抱着足球出来，一脸茫然。

回到球场上，熊逸拢过来搭着他的肩膀坏笑："喂，怎么有个女生啊？"

江磊说："我怎么知道啊，捡球的时候就在那里了，吓我一跳。"

"那你干了什么流氓事啊，把人家女生吓成那个样子？"

江磊眉头一皱，将脚下的球踢了过去，正中熊逸的肚子。熊逸"哦"地捂住肚子，夸张地嚷着："哦，内伤啊——"

美洙跑了一段路后只感到心跳得厉害，跑过大楼，来到学校大门，下课铃拉响，她便跑了出去。跑回家，气喘吁吁地坐在临窗的写字台边，她怔怔地看着自己白底绿条的英文本，竟悬着笔，一个字都没写出来。

想到他对自己的笑容，她的心底有无名的情绪在暗涌。被冷漠折磨得太久，她质疑自己得到别人善待的权利，这种质疑的感觉，像诅咒爬满了全身，被恶蟒缠住身体，缠得肌肉呻吟，肌肤青紫，骨骼咯咯作响。

下午，美洙逃学，在家里睡觉，到了四点钟才起来。

当时钟指向五点三十分时,方瑜回来了,看到写字台前的美洙时她怔了怔。

"你怎么回来这么早?"她边说着边换着脚下的鞋子。

美洙只是抬抬眼,不带一丝情绪地看着她,随后又看自己的书本。

方瑜突然发觉了什么。

"你逃学了?"她发声质问。

美洙还是不理。

方瑜恼了,大声吼她:"我问你是不是逃学了?"

她还是没有理。

方瑜几步过来,一把扯过她手里的书扔到地上,摔到远远的。

美洙一声不吭地走过去要将书捡起来。方瑜走过来,给了她结实的一耳光。脸上像被皮鞭抽过,火辣辣地疼着。美洙捂着脸偏向一边,紧闭着眼睛拼命地忍着即将溢出眼底的泪水。

方瑜一把抓住她的衣服,还想将手挥下来时,却看到美洙眼中那几乎骇人的恨意。

她狂怒起手又给了美洙一耳光,而后痛心疾首地嚷:"这样看着我干什么?我打你还打错了?你再这样看着我试试!"

她一句话也不说,只是把眼帘低了下去。

沉默!

整整三分钟。

时间显得格外漫长。

厨房里的水烧开了,蒸气撑得水壶"嗤嗤"直响。

方瑜放开美洙,去了厨房,将开水灌进保暖瓶后,继续去做饭,好像事情没有发生过一样。

美洙用手背抹了抹眼泪,捡起被丢在地上的书,坐回到了书桌前。

饭好了,方瑜为她盛好,叫了她一声。美洙闻声来到餐桌前,坐在了位子上。方瑜吃着白饭咽着咸菜,很快地吃完了,她要在上了早班后再去接夜班。为了赚钱养女儿,哪里要加班,她只管往哪里去,就像现在,她赶着去给上夜班的工人做消夜。

家里全靠她一个人赚钱,工作收入又低薄,学校又死命地收费。所以,方瑜不要命地赚钱,且不管做了什么好东西,方瑜都不会动一筷子。

黎美洙恨母亲,恨她带自己来这世间受苦。可是,却又不忍心怪她,更不会恨到心底。因为,她也好可怜,说不上来的可怜,可怜到她的心都酸得揪了起来。方瑜走后,她扑在饭桌上大哭起来。

第二天早上上课铃响了,任课老师没有走进来,倒是班主任进教室后,忽然宣布了一个"天大"的消息。

"期中考试后,学校为了升学率,对分班重新做了安排,由于时间紧迫,学校决定现在分班,念到名字的同学,请马上收拾东西到三班报到……"

怎么突然分班了?

班上一阵哗然,同学们不停地问:"为什么啊老师,为什么要分班啊?"

老师皱皱眉头:"学校决定的,没有什么为什么。"说完,老师就开始念名字。

念到第一个同学的名字时,那同学呆了,而后,老师拿着名单,对他扬扬手说:"去啊,收拾东西,现在就去。"

这个班里,没有人敢违逆老师。第一个同学开始清理东西,老师继续念名字,念到名字的同学,也随后清理起东西,教室里便此起彼伏地传来清理东西的声音。

"黎美洙!"老师念到了她的名字。

美洙站起来时,已经清好了自己的东西。望了望自己待过两学期的教室,心有些酸了,涩涩的,说不上来什么感觉。眼角突然滑过泪水,她突然觉得很滑稽,干吗哭呢?哭着……又给谁看呢?又不会有人舍不得她。

整理一下东西,她背着书包来到三班,三班也有同学拿着东西从门里出来。

在这一进一出中,熊逸眼尖,一眼就看到从门外走进来的美洙。

"咦——"他的眼睛一下子就亮了,这不是那天夜里,"见鬼"的女生吗?但他耸了耸前面的江磊,"这不是昨天被你吓着的女生吗?"

江磊扭过头,一脸奇怪道:"我都没看清她的样子,你怎么看清了?"

熊逸说:"我视力好得很,就算没看清楚她的脸,你看,她背的包包,还有她的头饰,都和昨天的女生一个样,不是她又是谁?肯定是的,没得错的。"

说话间,有个同学抱着书打这边过来,看样子是想在江磊边的空位置上坐下。

熊逸一把拉住他,不让他坐,再对在走廊上找空位子的美洙招手,大喊:"喂,同学,这里,老师要你坐到这里。"

熊逸其实是想美洙坐他边上的,无奈的是,因为太调皮了,所以,他一个人坐"特坐"。"特坐"是没有同桌的,他前面一排的江磊边上的位置却刚好空着,他便拉住了别人,让美洙过来。

美洙站着没动。

熊逸乐不可支地迎了上去,用手去抽美洙怀抱的书。

"来来来,坐这里,老师让你坐的!"

他个子很高,看上去很壮实,走过来时,让美洙感到"鸭梨"很大,美洙像只小螃蟹,防御系统马上启动。他来抽她抱的书,想帮她抱到桌上,美洙下意识地紧紧地抱住,一脸紧张的样子让他傻了一下,然后笑道:"干吗啊?怕我抢你的书啊?卖废品也值不了多少钱啊?我是看你抱了这么大一摞,才帮你拿的。合着我好心没好报了。"

"哦,对了,我叫熊逸!"他笑着说,"大黑熊的熊,飘逸的飘!"

话音刚落就听到有女生笑:"熊飘?"

他顿时就嚷:"是熊逸!"

"你是五班转来的吧？我见过你的！……你不认识我了？我是……你怎么总低着脑袋啊，你倒是把头抬起来看我啊。"

……

"喂，你去哪里？"他喊住要往远处走的美洙，"老师说了，五班就坐这一条，喏，这是你的位置，坐这里。"

……

"哎哟，你怎么还怔在那里啊？"

他一急，一伸手，就把她手里的书给抢抱了过来，放在了江磊旁边的桌子上。

"坐这里坐这里，又不是生人了，昨天你们见过的，操场上，跑到角落里的球，是他跑去捡的！"熊逸在边上提醒。

她的心跳突然加快了，极度羞涩地看了看江磊。这眼神让江磊一怔，也莫名其妙地紧张起来。

她站着，他坐着，仰望着她，江磊紧张地说了一句"你好"。

由于过于紧张样子有些滑稽，熊逸受不了似的大笑起来："你个小样儿。"他笑着，还用手拍了几下桌子。

江磊回过头去瞪了他一眼，他马上闭嘴，并在脸上做了一个拉拉链的动作，以示嘴已封住。

看到他滑稽的样子，美洙忍不住勾起了唇角，笑起来时，却感到脸很僵硬。好像很久都没有笑了，连笑容的感觉都模糊了，脸上像糊了一层干透的糨糊，于是她便很快地收住笑颜。

美洙坐下后将背上的书包卸下放进桌子里，将数学、英语、物理的教科书拿出来，放在桌子上，江磊凑着脑袋看了看写在书上的名字，好似怕忘记般念了一遍。

"黎美……"念到前两个字后，江磊顿了一下，有些不解与疑惑。"那个……"他问，"这个字念什么啊？沫？你叫黎美沫？"

美洙还没来得及吭声。"猪！"熊逸突然来了一句。

"什么？"

"是猪！"

"你才是猪！"

熊逸呵呵直笑："蠢吧你，那念 ZHU。她叫黎美洙。"

熊逸从后面探过头来，将半个身子撑到江磊的肩上，一只手越过去在桌上拿起美洙的书本，得意得要死。

"你怎么知道？"江磊不解地问。

熊逸答："我查过字典了。"

他说得理所当然，他见过她的，早就见过，那个时候，他和他们班的男生在球场踢球，看到她时，觉得她长得还可以，但是……怎么看就是奇怪呢？于是他就一脸奇怪地问，这女生叫什么名字啊？怎么死气沉沉的？

那同学告诉了他，还把她的名字写给他看了，他也是很好奇地问了"洙"字，说："这个字念什么啊？没见过啊，有这个字吗？"为了确认这个字，他还去查了字典，这会儿，他卖弄起来。

"我没说错吧？黎美洙？"熊逸说这话时，扬了扬眉毛，有些嘚瑟。

美洙没说话，只是拿出文具盒，摆在课桌上，课桌桌面上有条小小的槽，她拿出一只圆珠笔，放进槽里，自始至终没说一句话。

熊逸又拿着她的书问她，"洙"是什么意思？

江磊说："你不是查过字典吗？"

"我是查过字典。"熊逸说，"但是上面就说是一个地名，所以就不明白。这字不常见，也不好认，你家人给你取这个名字是什么意思啊？"

美洙还是不搭理，只是伸手，想把书拿回来。她手刚伸出去，熊逸就把手扬开了。

"哎，你怎么不说话啊？"他故意不把书交给她，还说，"你不说话我就不把书给你。"

美洙眼圈立马就红了。

熊逸马上说："呀呀呀，怎么了这是？眼睛说红就红了？我又没干什么？给给给，还给你！"

他向前递递，美洙去接，他又坏笑着收回。

他又递了过来，美洙又去接，他又把手拿回来了。

看着美洙的样子，他呵呵地笑了，正得意呢，手突然空了。他怔怔地看过去时，就看到江磊将抢过去的书递给美洙，边递边说："一个大男人做这种事丑不丑？"

熊逸看着空空的手，有些不可思议："重色轻友吧你？"

江磊的脸红了，揉他一下，熊逸便夸张地坐进椅子，大叫一声："啊，内伤。"

美洙抬起头来，目光与江磊交集，两个人同时怔了怔，又同时涨红了脸。很奇妙的东西在心间滋长，像柔软的蒲草，丝丝绕绕，一点一点填补心中的空隙。

美洙将脑袋低了下去，有些心慌，有些……手足无措，更有些……无所适从。

这学期的物理学的是欧姆定理。分班后第一次上物理课，就见老师抱着一摞卷子进来。

江磊看到后，便侧了身子，问熊逸："还用我给你传答案吗？"

熊逸摇头："这只老狐狸，上次害我不浅，这次打死我我都不抄你的卷子了。"

原来，上一次考试的时候，江磊把答案写在小纸条上传给熊逸，出人意料的是，老师竟然视若无睹，交卷子的时候，老师问他："你抄得爽不爽？"

熊逸说："还凑合——"

老师阴笑两声，告诉他："这次考试，是分 AB 卷的！"

熊逸想去抢卷子，扑上前去时，老师把卷子一把按住。

"老师，你阴我！"

老师直接无视他，他哭丧着脸走出来了，不用看卷子，就知道考得怎么样了。

这一次考试，全是选择题，熊逸琢磨着肯定要分 AB 卷，也没指望抄，于是他把白色的橡皮用小刀切成方块，上面用圆珠笔点上点，做成色子。这么一路猜下来，把卷子填满了。

交卷的时候，老师哼哼地笑着："我这次没分 AB 卷！"

那笑里藏刀的气势，气得熊逸要吐血。

他纯粹是跟熊逸杠上了。

熊逸一声长啸："老师，你玩儿我——"

这已经不是一次两次了！

做"迷你型马德堡半球"的实验时，他把一个橡皮拔子沾水后贴在黑板上，让熊逸上来拔。熊逸使出吃奶的劲都拔不下来。明知道会让人出糗的事情，他就是念念不忘地记得熊逸。只要他一叫能逸，熊逸头发都要发麻，顿感不妙。他快要被物理老师给玩儿死了！每次上他的课，熊逸都像落水的狗，毫无精神。

这老师太阴了，太腹黑了，根本玩儿不过他！

又过了几天，上物理课老师讲卷子，讲到应用题的时候，点江磊上讲台，让他把答案写在黑板上。

老师就站在第二组的第三排，背着手看着。边看边连连点头，边点边"嗯"，头点得一上一下的。

一向在物理课上无精打采的熊逸从后面拍美洙的肩膀，凑在她的耳边，掩着嘴说了什么。

老师阴沉了脸："熊逸！你跟前面的女生说什么呢？"

熊逸讪讪地说："没说什么！"

"你给我站起来！"

熊逸就站起来了。

"你把你刚才说的话，再说一遍！"

熊逸说:"老师的……"

"什么?大声点!"

他提起一口气,就冲着老师吼:"老师的裤子拉链门开了!老师的裤子拉链门开了!老师的裤子拉链门开了!"一口气连喊三声……

教室像打雷一样,"哄"的一下,响起同学们的爆笑。

老师气得脸都紫了。他哆嗦着手指,指向熊逸,冲着他大吼:"你给我滚出去!"

熊逸出去后,还跟讲台上解题的江磊道别。老师在大家的注意力转向熊逸时,将手里的备课本往裆下一挡,口里嘟囔着:"气死我了,气死我了!"向门外走去。

"这个熊逸!"江磊从讲台上下来,拍了拍手里的粉笔灰,回到座位的时候,忍不住感慨了一句。

江磊转眼看了一眼美洙,只见美洙用文具盒将自己成绩那一项给盖住了。

他乐了,卷子的分数,是他去办公室帮老师誊抄在计分册上的。所以,美洙的分数,他是知道的,就算她挡着不让他看他也知道。

然后,在老师返回教室重新上课堂前,他从包包里拿出一张纸来,从"三八线"递给美洙。

"给!"他笑着对她说,"这是我整理出来的公式表,你按着上面的记,会轻松不少!"

她微侧过脑袋来看了他一眼,只见他笑得真诚,本是提防和犹豫的,可好像与高手过招,无形中败北。

黎美洙接过纸条,只见上面写着:

特点或原理	串联电路	并联电路
电流(I)	$I=I_1=I_2$	$I=I_1+I_2$
电压(U)	$U=U_1+U_2$	$U=U_1=U_2$

她拿过纸条时,禁不住看了他一眼。

他笑得……真好看。

但不知道为什么……心底……怕得慌。

那不是爱情，那么小，还不懂得爱情，只是习惯了被人冷漠的感觉，突然有一个人这般对她，她不知如何是好。

成年以后，有位大学同学和一个没有钱的四十多岁的大叔好上了，别人为她不值，说你到底喜欢他什么？那么老，又没钱，你还倒贴？

那位同学说："我喜欢他，就是因为他像摸小狗一样摸了一下我的头。那个动作，是我小时候看到别人的爸爸对自己的小孩子做过的，特别亲密特别温馨。是的，我爸是个酒鬼，只会打人。我喜欢那个人，就是因为，他让我享受到了没享受过的父爱，我想要那种爱，所以，即使倒贴也情愿。你们尽管笑话我，我就是有一点感动，就死心塌地，我的感情就是这样廉价这样贱。"

她特别能够理解那种感觉。

真的！

回想起那时候的自己，她根本不知道那叫喜欢，也不觉得那是喜欢，只知道，从来没有人对自己好过，也没有人对自己笑过，突然一个人对自己好了，对自己笑了，就像被冻僵的身体在雪里遇到的一簇火，想要靠近，再靠近，得到一点点温暖。因为……被人友好以待的感觉，是那么好。

冻极的人想要温暖，饿极的人想要食物，这是一种自然而然的本能。

下课后，熊逸苦着脸进来了，一进来就咬着笔杆子，双手捧着脑袋直哼哼，哼得跟抢食的猪似的。

江磊奇怪了："熊大爷，你怎么又回来了？"

熊逸哭丧着脸说："我走得了么我？一出去就被老师追上，拎着我的耳朵，把我扯回来了！拉我进教导室，被教导主任训了半天。"

"你看看，你看看，我耳朵现在还麻辣麻辣的，都可以直接切下来给我爸下酒了！"他哭丧着脸说，"还要写检讨，他让我写一千字的检讨，不然请我爸来学校，这不是……明摆着要借我爸的手揍我吗？"

"你上一次写检讨是什么时候啊？"

熊逸想了想："上一次？不就是跟别人打架，被人告了，老师让我请家长，我花钱雇了一个捡破烂的冒充我爸吗？结果，我爸早就被老师电话通知到办公室里坐着，坐在角落里，我没看到，领着那个人进去的时候，啧啧，别提了，想想都惊心动魄，被揪着耳朵回家，衣架都被打断了，屁股肿得我三天下不了床。"

"噗。"最近的女生看似在用功温习，却忍不住笑了出来。熊逸不满地皱皱眉头，将摊在桌上的公文纸撕了一张下来，在手中揉成一团，隔着小走道扔向那女生，不满地嚷嚷："要笑就笑出来，憋笑漏气了，跟放闷屁似的。"

那戴着眼镜的女生叫金铃，她摸了摸被熊逸拿纸团扔中的脑袋，又听到熊逸这般不文雅地损她，顿时涨红了脸，弯腰捡起被熊逸扔中后弹落到地上的纸团，直接就向熊逸砸过去。

熊逸躲过，金铃没打着，不甘心，便跑下位置，来到熊逸面前，拿起他桌子上的那沓公文纸，就往他脑袋上招呼。熊逸抬手遮住了脑袋，边挡边说："我好男不跟女斗，给你打几下，让你出气了，见好就收，行了吧？"

金铃停住了动作，红着脸道："熊逸，你说话不经大脑，口不把风，打你两下算是便宜你了。"

熊逸坐着，金铃站着，他捋捋头发，边捋边嘟囔："打是亲，骂是爱，暗恋我就直说，别动手动脚的占我便宜。"

这句话一出，同学们都乐了，有男生还拍起了手掌，边拍边喊："打是亲骂是爱，金铃，你再打啊，我们给你数数，打几下，就有多爱，哈哈哈。"

"来来来，我们一起来答数，左三下，右三下，脖子扭扭，屁股扭扭。"居然有人改动范晓萱的《健康歌》，应情应景地唱了出来。

有人说，一个班上，总有一个死胖子，其实，更多的是煽风点火看热闹的，反正课间十分钟，除了上厕所，和在走廊上发发呆，聊些八卦，跳跳绳、踢踢沙包，也没有特别的事情。

　　哦，对了，发呆啊，跳绳还有踢沙包，那些被老师警告过了，说什么"你们去看看人家一班，人家下课了走廊上都没有人的，人都在教室里温习。人家一班是火箭班，还那么拼，你们是三班，本来就不如人家，还不努力？跳绳能跳出什么花样来？都初二下学期了，还踢沙包？知道去年的普高录取分数线是多少分吗？510分！你们不是一班和二班，你们是三班，以你们的水平，就在录取分数线上下，上一点，就上了，下一点，就下去了。这就是你们的水平，这个班就是按你们的这个水平来分的。给你们交底了，你们得努力啊，不然，只能上中专和技校了，要是上了中专和技校，那就连大学都上不了啦！还有心思玩？还好意思玩？别的班的同学，怎么那么懂事啊？"

　　听听，别的班的同学，别人家的孩子，别人家的一切，都比自家的香。上班后，听到最多的，就是别的部门的同事，或者别的公司的雇员，一对比起来，就离不开别人家的一切。

　　老师说这话时，表情严肃，好像身处这个班，不考上普高，就是天理难容的事情。

　　人生的第一次选择，也是人生中第一次面对大的选择的压力。

　　现在回想起来，只觉得黑，真黑！普通高中的中考录取线怎么那么高？拼过初中，还要拼高中，然后，才有上大学的资格，一批一批地刷。根本不算体育分，纯粹的文化分。体育课上，什么人都能请假，什么鬼扯的理由都行，只要不想上体育课，女生一个月可以"来"两次大姨妈。体育老师也特别乐意助人，只要语文、数学、物理老师们一开口，马上就把课"借"给人家。

　　借用老师的话——别的学校的学生，校内生活不是这样啊？

　　我们不介意和他们"一样"一次啊。最起码，校规别这么变态，校服不要这么丑，可不可以啊？这种青春回忆起来，都要丑死狗。老是比别人家，别人家的校服再丑也不会丑成这样，好不好？连课间十分钟，都不让人出去溜达，溜达一下，就又要说起"别人家"……

所以，大家都不好意思在下课的时候跑出去了。这倒好了，大家开始对金铃取乐，冲着她喊："哎呀，打啊，你打啊，我们给你数着……"

"你……你们……"

熊逸就偏着脑袋看着金铃："打啊，不打了？不打我就办我的正事了。"

金铃的手又扬了起来，熊逸正好拿起笔，感觉她的手扬在了半空，便拿笔指向她："打下来，就是暗恋我啊！"

"熊逸，你，你……你NO FACE。"

熊逸乐道："是啊，我NO痱子啊，天再热我都不会长痱子，羡慕吧？"

"你……"

熊逸一脸妥协道："好了好了，我错了好吧，求你回座位吧，我还要写检讨，快被烦死了。"

金铃一转头，就回到位置，趴到桌子上哭了起来。

金铃的同桌是个女生，叫王乐西，熊逸那性格，一定不会放过这个名字，所以，他从来不管王乐西叫王乐西，而是非要扭曲着叫人家王东西，没事的时候，就喊："哦，王，东西！"

王乐西回首，他就会撩着他的小平头，学陈德容经典的"拉芳"动作，一脸无赖地看着她，反问："你看我干什么？我说我忘东西了，你叫东西啊？哈哈，你是什么东西啊？"

王乐西早就对熊逸有意见了，见同桌被他气哭，便借题发挥打抱不平，冲着熊逸喊："姓熊的，你把人家金铃弄哭了！"熊逸放下笔，不耐烦道："看着呢，没瞎，她哭是我弄的？我干吗了？"

"你把她气哭了。"

"我把她气哭了，关你什么事？你也暗恋我啊？"

"你……"王乐西被气到脸红，"熊逸，你太过分了，活该你写检讨。"

金铃哭得更伤心了，熊逸一脸郁闷道："真是麻烦！"

他重新摊好手里的信纸，大笔一挥，寥寥数笔，写完后，拿起来，当着班上的同学念:"检讨书,我熊逸,今天不小心气哭了金铃同学,说她暗恋我,我错了,我真错了,我深刻地认识到我的错误,并向金铃同学表示深切的歉意。检讨人,熊逸。"

大家瞬间哄堂大笑!而熊逸把那纸叠了又叠,起身,来到金铃的面前,把叠成方块的信纸放到了金铃面前,非常"诚恳"地说:"金铃同学,我再也不敢开你的玩笑了,检讨书,请笑纳。"

大家都以为金铃不会收,也不会理熊逸,没有想到金铃站起身来,抹了抹眼泪,拿着那纸问他:"下次再犯怎么办?"

熊逸说:"再写检讨啊,写到你满意为止。"说到这里,他马上转首,面向江磊:"你还别说,我写的检讨,真是惊天地泣鬼神,很有水平,但是,这一次的怎么写啊?兄弟,你得帮我。写点小检讨书我还在行,可是,这种更悲切更有诚意的,我真没辙,你得帮我,不能坐视不理啊!"

江磊叹口气:"你的检讨哪一次不是我为你修改加润色的?这一次你真是闹大了,都闹到老师头上,还是专整你的那个,看来只有我来帮你写了!"

熊逸立马高兴起来:"你说真的?"

江磊无奈地白了他一眼:"记得把检讨抄一份备份啊,我帮你写这么多份,都能编成一本书,留给你的后代嘚瑟了!"

"是啊,每次交上去,老师都说很感人,还要帮我保存下来,留给我儿子看!"他居然还很得意!

江磊听得连连摇脑袋:"你儿子真可怜!"

"有什么可怜的?"熊逸马上就接道,"让他看看自己老丈人的文笔也不错。"

江磊听着不乐意了:"谁是你儿子的老丈人啊?"

"你呗!"

"凭什么我女儿要嫁给你儿子啊?"

"你女儿不嫁给我儿子嫁给谁啊!"

"凭什么我生女儿你生儿子啊？"

"那我生不了女儿你也更生不了儿子！"

"为什么啊？"

熊逸双手一摊："只有女人能生孩子，我们没那构造啊！"

大家哄笑起来。

"兄弟！"熊逸胳膊搭上了江磊的肩，搂过去说，"咱们是男人，男人呢，是生不了孩子的！检讨呢，老师是等着要的，你可不可以先帮我写一下？"

"我不写了，你去找别人！"

"唉，别这样啊！"

"别跟我套近乎！"

"别不好意思嘛，都这么熟了！"

"谁跟你熟啊？你是谁啊，我不认识你！"

"别小气了，来，啵一个！"

他居然抱住江磊的脑袋，对着脸蛋"啪"的一下亲了上去。

班上的女生尖叫，男生沸腾。

江磊把手里的百事可乐一下子丢到熊逸的脸上，窘羞地大吼："滚啊——"

全班人又大笑起来。

每次看到他们两个，都觉得很滑稽，每次看到他们两个在一起，都会觉得他们是一对情深意切的好兄弟。

班上的人也经常说起这件事情，说他们在一起的样子，真让人感到开心。只要他们两个出现，大家都会笑出声来。

江磊下意识地看向了美洙，发现她也在笑，抿着嘴，低了脑袋，偷偷地笑。

他的心如面朝大海，春暖花开。

那天，江磊第一次将手里的历史书从桌子上推过来，摊开，摊在美洙的面前。

她奇怪地看着他，他趴在桌子上，用笔尖点了点那书上的一行字，用铅笔写的：

你笑起来的样子，还挺好看的。

第一次有人夸她，即使妈妈都没有夸过，她顿时觉得被人夸奖的感觉，这么好。

那天放学后，黎美洙做卫生时，擦着黑板，反光的黑板若隐若现地映出她的笑。

想笑，又怕被别人发现，忍着，又觉得很难受，刚刚想笑出来，又咬住了自己的唇……心底像爬了小虫子似的，真是痒痒难耐。

"那个太高了，你够不到，我来吧！"

江磊走上来，接过她手里的板擦，不经意间撞到了她的手指，他转身去擦黑板，错过了她红着脸，左手捏住被触碰过的右手，按在心口的样子。

偌大的教室，只有他们两个人，这里的气氛紧张、拘束，又有些不安和甜蜜。

她看着他的背影，突然想说些什么。

"谢……谢！"

她紧紧地捏着自己的手，连声音都涩得颤抖，好像好久没有跟人交流，生涩、不安，想从内心表示感谢，又不知道如何开口。

"啊？你……"他顿时停住了动作，将板擦保持按在黑板上的动作，不信地扭过脑袋来看她，他简直不敢相信自己的耳朵，她居然主动跟自己说话了。他目光里渗透出惊喜："你在跟我说'谢谢'？"

空荡荡的教室里说话，声音格外响亮与清楚，甚至还有些回音。她被他的激动吓到，一下子慌乱起来，红了小脸，匆匆地走下了讲台。

他追了上来："我……我真的很高兴你说谢谢，很高兴你……你跟我说话。"

他激动得结巴起来,他很想表露出自己开心的情绪,可又怕吓到她。一个内向的同学,终于因为自己而笑,而说话,又因为自己而说了谢谢,他感觉特别高兴,就像一只冷漠又有戒备心的小狗,终于靠近自己一样。

只是,他没有想到她居然会逃跑。

看着她的背影,他懊恼到了极点,他真没想过会吓到她,真的没有。

第二天,熊逸早早来到学校,他看到美洙,就问她:"唉,昨天晚自习的时候,老师没问我吧?"

她一惊,摇了摇脑袋,说:"不知道。"

他听到这里,有些担心。头一天的晚自习,有人从后门门缝里塞来一张纸条,坐在后门的熊逸听到敲门的动静,从门缝底下将纸条捡起,发现上面前写着:"江湖救急……"是让他去打架的。熊逸也乐意去,便跟江磊打了声招呼,就猫着腰,从后面跑出去,去搞"友情赞助"了。

江磊还提醒他:"你才交检讨,你想清楚啊。"

熊逸说:"别人都说'江湖救急'了,能不去吗?不去的话,能讲义气吗?还是个男人吗?"

江磊说:"你每次打架都这么说,从来没有例外过。"

"这次不同。"熊逸说,"这次是初三年级的学渣跟外校的学渣一起讹我们隔壁班同学的钱,隔壁班的孙思宝也算是我兄弟。兄弟有难哪有袖手旁观的道理?"

"这种事情应该通知老师,让老师来解决啊。"

熊逸一脸好笑道:"兄弟,你在说梦话吧?学渣不是学霸。都敢联手外校的渣来欺负我们学校的学生了,你觉得这双渣合璧的货色还会怕老师啊?都是念完初三就不打算再念下去的主儿,半只脚都提前踏入社会了,你觉得他们会怕老师?我可听说老师想管都管不了,敢管的话他们玩阴的。拔老师自行车的气门芯,还跑老师家用强力胶堵老师大门的锁眼。明明知道是他们干的，但就是找不到证据。"

确实如此，因为当时的住房都是老式单元房，别说电梯和监控仪，连电脑都是奢侈品，那个时候，还管电脑叫微机。

"有些事情是老师解决不了的，我生来就是解决事的！"

"嗯，对，简称'生事的'。"

熊逸气得吐血："江磊你就损我吧，我这叫义气，懂不懂？"

江磊没拦住熊逸，熊逸便一早来到学校，问黎美洙老师有没有查他。

黎美洙没答，有人告诉熊逸："熊大，你放心好了，我们说你不舒服，先回家休息了，老师也就没问什么了。"

熊逸放心地"哦"了一下，再回首，就看到美洙在给江磊抹桌子，抹得一丝不苟的，嘴角还含着笑意。

她感觉有人看她，脑袋像木头一样咯咯般转过去时，就看到熊逸坐在位置上，用手撑着下巴，将脸托起来，嘴角噙着莫名的笑意，眼睛一眨不眨地看着她。

她一时间有些奇怪，以为熊逸在看别的东西，转过脑袋去看了看，身后无其他可看之物。她不解地转过脑袋，回看了他一眼。

他就是不说话，托着脑袋，唇角噙了笑，笑盈盈地看着她，并很享受看着她的感觉。

被熊逸这样看着，她不知如何是好。

她觉得脸有些发热了，觉得身体有些不自在，更感到行动有些拘束了，于是不知所措地将额边的一丝散发，向耳后扶了扶，再转过身去不看他。

熊逸只当她害羞，起了撩拨的心思，于是放下手来，坐直了身体就抿了笑对她喊："哎，我桌子也脏了，你也帮我抹一下啊！"

她手里的动作一顿，眉头紧紧地蹙了起来，心中升起一丝不悦，带着一些恼意看向熊逸。熊逸嚷道："你顺手嘛，帮我抹一下啊！"

她瞟了他一眼，就不再理会。

"哎哟喂，就让你帮着抹个桌子，还让我亲自动手啊？"他说着就站了起来，一把扯住她的手，几乎将她整个人扯转过来，按着她的手背，在他的桌子上画着圈圈一样擦了一圈。

她的手被他按着，顿时感到血液往脑袋里冲涌，脸涨红了，明显地感到脸像烤火的铁板一样，热得厉害。

她余光瞥见周围的同学都在看他们，她甚至看到有女生围在一起，带着鄙视的眼光，掩着嘴巴咬耳朵。

又是这样的场景！

又是这样的场景——

当大人们知道她是私生子，知道她没有爸爸时，就是这样在她和妈妈后面窃窃私语。

"狗崽子！"

"狐狸精！"

"杂种！"

那些不堪的画面，交错着刺激着她的脑袋。她只感到脑袋刺痛，耳朵里有了奇异的尖锐的耳鸣。她猛然抽了手，狠狠地推了熊逸一把。

熊逸怔怔地看着黎美洙。她涨红了脸，微微隆起的胸脯在加剧起伏，眼底噙了不解的眼泪。

气氛有些尴尬，她低了脑袋，向教室门外走去，在去洗手间的小路上，与江磊擦肩而过。

江磊不知她怎么了，望着她远去的背影，只是微怔了一下，摸了摸后脑勺，就往前继续走。而熊逸怔怔地，莫名其妙地说："我又没干吗，她这是什么意思啊？"

上课的时候，黎美洙回到座位上，江磊给美洙传小纸条，他写完一张，就躲过老师的视线，悄悄地从桌子下面，平放到她课桌的桌肚子边沿上。

她奇怪地看了他一眼，他用眼神示意她去看。

她视力很好，于是去看，看到上面写着："你怎么了？是不是有人欺负你了？我觉得，你没有必要在意不相干的人的看法，我觉得不管怎样，你都是世上独一无二的黎美洣，看到你的第一眼，我就这么觉得了。"

他以为是别人欺负她了。

她没有回复，也没有反应，只是低着脑袋，让人看不出情绪。然后，他把纸条拿了过来，再在上面写，写了后，让她看，看了后，他拿过去再写。

"我上次说你笑起来很好看，一点都没有哄你！哄你我是小狗！"

看到这一句，她突然咬了唇，忍不住笑了起来，然后，拿起笔，在那张纸上写："你本来就属狗。"

江磊惊喜了，眼眸都亮了，在那纸条上写："那我要是哄你，我就是癞皮狗。"

她忍不住笑了。他马上在那张纸上写："笑一笑，十年少，这也没哄你！"

她接受了这个赞美，在纸上写："谢谢你。"

他乐了，他真乐了！趴在桌子上，枕在自己的胳膊里，脸对着她，冲着她微笑。

那笑，时常映在美洣的记忆里，好像打了柔光的骨质瓷，干净、剔透、温心，又让人感到舒服，又令人心跳如鼓。

与他对视一眼时，她感到脸烫了，心脏的回声好像荡进了脑袋里，心慌得厉害，又觉得甜蜜和不好意思，便低下了脑袋，独自饮乐。

他们的一举一动及相视一笑，被身后的熊逸看得清清楚楚，明明白白。他突然意识到什么，手一使力，手里的铅笔居然应声折断了。

下课后，教室外面突然冲进一个人，来到熊逸面前，双手撑着他的桌沿，气喘吁吁地说："拐子（大哥），你要帮我出气。"

熊逸出去，再进来的时候，手里扯着一个人的衣领，蛮力地扯着："装什么孙子？跟老子进来！"他一扯，就把那人扯了进来。

一进来，他就大吼："门口的，把门关上，老子要扁人了。"

门口的人马上把门关上了。被熊逸扯起来的那个男生脸色煞白："你……你想干什么？"他紧张万分地看着熊逸，说话都结巴了。

大家定眼一瞧，发现被拉进来的同学是一班的班长。他老上主席台上领奖，老去老师办公室帮老师做事，所以大家都认识他。

不知道这倒霉的一班班长怎么惹着这位熊大爷了，只见熊逸二话不说，当胸一脚，把人家踹得急退几步，弓着身子，硬是退到墙角，以背抵着墙才停住脚步。他痛得皱紧了眉头。

熊逸吼："知道老子为什么扁你？敢欺负老子的干弟弟……"

熊逸居然操起脚来连环踢。

熊逸会打架，这个谁都知道。他以前的同学，分布在不同的中学，只要打架，肯定约上熊逸。

曾经群殴时，闹出笑话。

熊逸以前的同学为了壮声势，就吆五喝六的，带着一大队人去群殴。人一多，就不记脸了，打起来的时候，自己人把自己人给打了。

对方的人都被打得屁滚尿流地撤了，熊逸还在人堆里，以一敌六地打着。被打的人拉着带队人的手，鼻青脸肿地说："兄弟，一定要替我报仇。"带头人哭丧着脸喊："错了错了，打错了，这是自己人！"

还有人看到对方人带着熊逸，直接走人，或者隔街大骂："带上熊逸算什么本事啊？有本事过来单挑啊！"

熊逸打出名了，别的学校的人都知道他的名号。

他不发脾气挺可爱的，他一发脾气谁都绕着走。

大家本来是围着他看热闹的，见他下死脚地踢，完全要演变成校园暴力事件，就都看不下去，也不敢看了，却没有人敢上前拉他。

一班的班长显然是好学生，人长得白白净净，根本不会打架，他可怜地缩在墙角，吓得说不出一句话来。平时老师手里捧着，家长嘴里含着，同学眼底仰慕着，哪里遇到这种事情？光被熊逸拎住的时候，他就傻了，不然，也不会这么老实地被扯进来。

熊逸的干弟弟在上课的时候，给女生写小字条，言语挺暧昧的，也挺大胆地表白了，然后郎有情，妹有意……下课后偷偷牵手了。

这纸条不知怎么的，掉到地上，被班长捡到了。

这班长一看内容，顿时觉得早恋严重，马上把字条交给了老师。老师立马行动，两边请家长，还在课堂上公开批评，女生脸皮薄，哭了两节课，回去想不开，吞了安眠药后洗胃被救活了。这事儿，一班的人当机密事件，绝不允许外传，可还是被人知道了。

熊逸的干弟弟哭丧着脸来找熊逸，恨恨地说："拐子，帮我出气。"他们管哥叫拐子。

熊逸二话不说，就把人给拎进来了，并且毫不客气地招待了他。

所有的人都吓傻了。

"熊逸，你疯了！"江磊奔过去，一下子架住了熊逸的身体。

熊逸死命地甩开他，他瞟到黎美洙，目光与她接触的时候，她居然吓坏似的睁大了眼睛，满脸惊慌，不知所措地向后退了一步。

他恼了，紧握了拳头的手，狠狠地砸向桌子："还愣在这里做什么？滚啊——"

熊逸一声大喝，一班班长捂着肚子，起身就走。

门被一班班长关上时，熊逸郁闷地推开位子边上的窗户。

窗子不是铝合金的，像巧克力一样，一块一块，嵌着玻璃，窗棂全是木头的，不是漆着黄漆就是漆着褐色的漆，风吹雨打，日子久了，窗棂就特别脆弱，掉漆就算了，木头还分岔了。

熊逸没看到，用力一推，那尖细的木头，一下子刺进了他的手掌心里。

他"嘶"地倒吸了一口凉气，摊开手掌，自己用手拿着，就看到那木刺儿刺得很深了。

江磊一脸关切，奔上去扼住了他的手腕，在他痛得淌冷汗的时候，江磊道："忍忍，我帮你拔出来。"

那木刺儿是被江磊给拔出来了，可是，更细小的岔子还在熊逸的掌心里。

江磊拿起了他的手掌，用嘴去吸，吸出了一些血，吐了出来，再吸，那小刺儿就是出不来。

熊逸痛得紧皱了眉头，这十指连心的痛，他算是领教到了。

江磊的额头有细细的汗了，和熊逸豆大的汗珠比起来，还是小巫见大巫。可他也急，好像痛的是自己。然后，他冲着某个人喊："麻烦你，帮我去卫生角拿针线包来。"

卫生角里有针线，也有医用的碘酒、酒精等少许的消毒物品。

那位同学跑过去，将江磊要的东西拿给了他。

江磊接过，便用针尖去挑熊逸掌心里的小木刺儿。

"你痛，就叫出来吧！"

熊逸"嘶"的时候，满额冷汗却笑道："笑话，我就算被人砍一刀都不会叫痛，这算什么啊？"他说着，便将头向一边一扭，似乎大气地说，"别婆婆妈妈了，快点帮我挑出来。"

那天放学的时候，黎美洙与熊逸擦身而过时，她下意识地低下脑袋，向一边让去。

就在擦身而过的瞬间，熊逸反手拉着背包带子，搁在肩上，停住了脚步："你怕我啊？"他忍不住问出这样一句话来。说这话时，他左手保持着反手扛包的姿态，右手插进了裤袋里。

她不敢说话。

他倒冷哼似的一笑。

"瞧把你吓的！"

"放心吧！"他的右手拿出来，向前走了两步，与她错身而过时，手在她的肩上撑了撑，脸上带着不屑的笑容，还故作轻狂地说，"我从来不打女生，你尽管放心好了！"说完，就抬起手来向前扬了扬："喂，江磊，等我——"

前面的江磊回过头来，冲着他笑了。

熊逸跨着大步走了过去，江磊转过身去，与他并肩而走。

转身之前，江磊看到美洙，挥了挥手，对着她做了一个"明儿见"的手势。

她了然，冲他含羞一笑。

熊逸有所察觉地转过头时，她还是很害怕地将视线错开。

也是这一天，她与她心上的他有了千丝万缕的默契。

然后，一个什么都不懂的小姑娘，开始有甜蜜的心事了。一个简单的微笑，一句稍带暧昧的言语……都成了日记本里特殊的字母标记，是只有自己才看得懂的小秘密。

Chapter02 不堪回首

> 她转身寻找他的身影，越过那些不相干的人，她泪眼蒙眬的只看到他目瞪口呆的表情。微扬起嘴角，含着泪的她……笑了。

熊逸打了一班班长的事情，就在国庆后，学校公布会考成绩时浮出水面了。

那位一班的班长回去后，不敢跟家长还有班上的人讲，顺境里成长的他没有遇到过这样的事情，于是在心底有了心结，神情恍惚，在一个月后的考试中，成绩从全年级第一，一下子跌到全年级第三十九名。老师吓坏了，找他谈话，才知道有这么一件事情。

老师勃然大怒，告之校方。

怒不可遏的教导主任出面，开了训导大会，逼熊逸在晨会上亮相道歉，并威胁熊逸的家长说，如果不道歉，就开除熊逸。临近中考，没有学校会收一个快要考试了却被学校开除的学生。

熊逸老爸给熊逸一顿好打，第二天晨会上熊逸满脸青肿地站在讲台上，吊儿郎当地说了一句"对不起"，说这话时，他拿着话筒，两只眼睛是看着天的。

教导主任居然当着全校人的面呵斥他是人渣。

熊逸也不甘示弱，大嚷着："人渣怎么了？人渣不是人啊？"

熊逸说完，就把手里的话筒往地上一摔，说了一句全校人都惊愕的话："这书，老子不念了！"

熊逸趁着一时之气回到班上清理东西。江磊冲上去，拉住了熊逸的胳膊："熊逸，别意气用事了，你跟老师认个错吧！"

熊逸冷笑："算了吧，我一个人渣，人家哪儿会往心里去？用不着他开除我，我自个儿走。"

他一边说，一边挡开江磊的手，把课桌里的东西往书包里塞。

让他道歉？

做梦！

熊逸执意地清理书包，班外拥进一拨人来。

"拐子！"人群里，一个男生动容地叫着熊逸，上前扯住他的手，"你要走带我走吧！"

熊逸给了他一下，嚷："你又不是大姑娘，我带着你干吗啊？"

那男生快要哭了："这事儿是为了我才闹起来的！"

熊逸笑道："拉倒吧，那天我心里也不愉快，借题发挥罢了。"

那男生说："我不管，要走，我们一起走！这些都是愿意跟着你一起走的，只要学校敢开除你，我们大家都不上学了，要升学率是吧？我让他升个屁！"他说完，就冲着人群喊："是不是啊，大家？"

"是啊——"

大家齐声大吼，气势磅礴。

熊逸眼底有些湿润了，却严肃地给了那小子一下："你神经病啊你？学校什么时候开除我了，我只是自己不想念了。"

"反正我们跟定你了！"

"反正？"他斜眼一嚷，"还正反呢！滚滚滚，别在我眼皮底下乱晃，看得心烦。"

没有人动！

于是他恼了："再不滚，我扁人了！"

那男生更倔："扁吧！"那伸脖子挨刀的气势，好像英雄就义似的，无比牛气。

"找扁？这种要求我还是第一次听到！"

熊逸故作惊讶，然后收起惊讶，认真地看着那男生的脸："你跟我不一样，你成绩好，你们都在一班，犯不着为了我，跟自己的前途过不去啊！"

他说着，用手做了一个"来来来"的动作。

那些人就围近了一些，来到熊逸面前。熊逸伸出胳膊，左右都揽住，低着嗓子说："要真觉得对不起我，帮我罩着我朋友，晓得了吧？"

"唉唉唉！"他突然直起身来，惊讶道，"一个大男生，怎么哭起鼻子了？"

……

"得了得了，我懒得跟你们啰唆，我走了。"

那男生一把拉住了熊逸的包带："我不让你走！"他拼命地摇着脑袋，"我就是不让你走！"

这男生在跟他演言情戏啊？他是不是要在他转身的时候，突然转身紧紧地抱住他，来一句"我怎么舍得走，你这个磨人的小东西"，才应情应景啊？

"别哭了别哭了，这要是让你喜欢的人看到，会笑死的！"

"不讲义气的兄弟，更让人瞧不起。"

"那我是你拐子不？"

"是！"

"作为小弟，听拐子的话不？"

"那要看是什么话！"

"放屁，话是听的，不是看的！我是你拐子，我说什么就是什么，你敢不听我的，从此就别管我叫哥！"

"拐子！"那男生拉着熊逸的书包带，"只要你走出这个学校，我们就全部离开，说到做到。我现在放手，让你走，学校怎么赶你走的，我们就让学校怎么请你回来！"

男生说着，松了手，他抬起手腕来狠狠地揩了一下眼睛，低下着脑袋，扒开围住他们的人墙，跑了出去。可刚刚跑出人墙，他便被一个高个给拽住了。拽住他的人，正是沉默许久的江磊。

"你干什么？"那小子不服气了。

江磊扯住他的衣领，一把将他甩到墙上贴住。一向性格温和的江磊，居然红了眼睛大吼："你们还嫌事情闹得不够，还要跟着添乱，存心置熊逸于死地吧？"

他声音很大，一下子把人镇住了。自班同学是没想到他会发脾气，别班的同学是没想到他会发这么大脾气。就连熊逸都傻了。

江磊愤恨地指着那几个外班同学，对他们痛斥："熊逸就是被你们这些人害的！拼命地赞他讲义气，不帮你们他就不是义气，什么事情都找他，明知道他思想简单火爆脾气，做事情不顾后果，还什么事情都找他！现在倒会演兄弟情深了？之前为什么要拖他下水，让他为你们解决这种烂事？"

大家都怔了。

而熊逸这小子不识好歹，竟站了出来，冲着江磊喊："对我兄弟客气一点！"

江磊吼："真正的兄弟不会明知道你是个傻缺，还让你出面害你！"

"你骂谁傻缺呢！"

"谁傻缺就骂谁！"

"你……"

他竟一拳头挥向江磊,把江磊打得别过身子,捂住嘴巴,半天回不过神来。

熊逸也惊了,久久地看着自己的拳头,半天说不出话。

江磊缓缓回过脸来时,血从鼻子里流了出来。

大家慌了,七手八脚地上前,帮他递小毛巾,或者将矿泉水拧开,帮他洗脸。

熊逸慌了,拢过去,不停地道歉:"没事吧?没事吧?我不是故意的,我没有想到我会……"

江磊捂着鼻子,声音从小毛巾里渗出来,居然还带着笑意调侃:"早说你头脑简单了,你还不承认。"

他快气死了:"你还笑?"

江磊这才才住收容,对班上的人说:"我是自己摔的,跟熊逸没有关系,不许在老师面前透露半个字,希望大家能记住!"

大家都惊住了,随后,忙不约而同地点头:"好,知道了,我们都不说。"

熊逸更是揪心,他刚想说什么,江磊便对他说:"你要真过意不去,就让他们不要闹,越闹,你的处境越糟糕。"顿了一顿,他突然又笑了,"要闹,也不是这种法子。"

"啊?"熊逸傻了。

熊逸是大庭广众明目张胆地得罪了老师,那么,江磊就让他"明目张胆"地跟老师道歉。

那时候流行点歌台,电台为了让大家有点歌的积极性,便开展了一个活动:你点歌,我打电话通知对方听。

于是,这一晚,电台打通了校长的电话。

DJ在那头说:"吴校长您好,我是××电台天天好心情点歌台节目,你的学生熊逸,为您点了一首《好人一生平安》,他对您说,校长您好,原谅青春期叛逆的孩子吧,他已经知道错了,请您不要生气,祝您天天有个好心情,好人一生平安。"

就在校长怔住,电话挂断的同时,门外响起了敲门声,打开一看,居然是熊逸父子……

明地里,熊逸公开给校长道歉了,校长再不原谅的话,舆论便不利于他了。怎么说他都是教书育人的校长,若是学生都这样道歉了,他还不原谅,便会被人诟病。暗地里,人家也带礼拜访了,说了一堆好话与保证。面子和里子都有了,不原谅他,也说不过去。

于是,一切都平息了。

随后,熊逸老实多了,好像换了一个人似的,再也没见着他闹了!

这年的初雪过后,学校的记时板上开始警示着他们离中考还有多少天,紧迫感压得人喘不上气。

那年最后一个新年联欢会上,也没有谁顾得去乐了,例行公事似的唱几首歌,做做踩气球的游戏,没什么乐趣。

考完试后,稍稍休息了半天,周一又来补课了。还没有拿到成绩,老师就开始讲卷子,完全不给人喘息的机会。

后来放假了,短短五天,大家又回学校上课了。

重回学校补课的第一天,黎美洙来得似乎早了点儿,他……大概已经到了吧。呵,他总是来得很早,想到能立马见到他,她心里就觉得莫名地快乐!

走进教室一眼就看到他,他真爱学习,一直捧着英语书。

站在组与组之间的过道里时,一个人超越她,来到江磊面前,毫不客气地说:"江磊,你跟我来一下!"

江磊放下书,有些诧异,指着自己的鼻子:"找我?去哪儿?"

叶薇涨红了脸:"叫你出来你就出来!"

"可是我在看书!"

"看书?"叶薇伸过手,抓起江磊藏在英语课本后面的一本书,挑着眉说，"什么书？"

江磊去抢，被她闪过！

叶薇翻翻书名：《楚留香》，好哇！你敢看这个！"

江磊一脸哀求："快还给我吧，我下次不敢了，班长大人！"

"信不信我撕了它？"叶薇有些霸道。

"信！"江磊说，"怎样你才肯把书还给我？"

"跟我出去。"

"唉！你拽我做什么？"

他看见美洙时，打了声招呼。

她想，她该奇怪叶薇为什么扯住江磊，可是，却不争气地将身子侧着让他俩过去。

他们出去了，不到五分钟，叶薇就先进来了。

叶薇进来时，脸色极其难看，走进门时，还用脚狠狠地踢了一下，门发出"砰"的一声炸响，吓得教室里所有的人都怔怔地看着她。

"看什么看！"叶薇气急败坏地吼。于是所有的人都埋下头。叶薇的鼻头红红的，眼睛也有点红，应该是哭过。可是，江磊呢？她不是拽着他出去的吗？他在哪里？

她埋下的头又抬了起来，循着门的方向，恰好看见江磊进来，于是没有由来地笑了。看着他时，再紧张的心也会轻松下来，那种心情让人没由来地愉悦着。然而她笑的不是时候。

"你居然敢笑我？"叶薇隔着几组桌子，站在过道里指着她。真奇怪，离那么远，她怎么就只看到她？叶薇说着，居然抄起手里拿的书向这边砸来。

美洙无处可躲，情急之下靠上墙，缩着身子抱着脑袋，只希望不要砸到脸。书就这样砸到了她的背上，重重一砸后，反弹到了地上，"呼"地一下张开，反伏在地上。她痛得眼泪都要漫出来了。

叶薇恨恨地咬了咬牙，斜着眼睛，瞪了眼身边目瞪口呆的江磊。

"把书给我捡起来！"叶薇转头，冲着离书最近的男生嚷。男生听闻，便弯下身去，将书捡了起来，老老实实地拿在手上，走到叶薇面前，把书递给她。

叶薇一拿起书，就将双手抬起来，当着江磊的面，一页页地撕得粉碎。每撕一页，就听到撕纸的脆响声。没有人吱声，没有人说话，所有人的目光都聚集过来，让这教室静得可怕。

"算你狠！"江磊狠狠地说了一句，便不想与她计较，擦身而过。

叶薇又气又恼，冲着他错身而过的背影喊："老师再三强调不许看杂书，你还敢看，我撕你的书你不服气啊？"

"服……"江磊冷冷一笑，依然没转身，只是顿了顿，在"服"字后面加了一句"你妈"。

叶薇自然是听到了，她立即跑过去，扯住江磊的袖子。江磊毫不怜香惜玉地甩开。

"你书包里还有吧，你带来的不止一本吧？"叶薇两眼噙了眼泪，冲着他叫喊，"你都给我交出来。"她恨恨地看着他。

今天是情人节，她买好了巧克力，想要送给他，刚刚拉他去走廊拐角，把东西交给他，他居然对她说："不好意思啊，我不大喜欢吃甜的。"

叶薇涨红了脸，将手里的巧克力一把塞给他，转身就走。两个人一前一后走到走廊时，一位男同学走过来，拉着江磊说："哎，江磊，你手里拿的什么啊？"说着就一把拿过去，看清了那是巧克力后，笑眯眯地说："正好，我还没吃早点呢，先谢了啊！"

他居然没有阻止，居然大大方方地让给那男生了。

他根本不懂今天是什么日子，他就是不喜欢吃巧克力，都说不要了，还硬塞给他，别人要，就给了，不然怎样？丢掉？太浪费了吧？

走在前面的叶薇冲过去，把那男生嘴里的巧克力抢夺下来，放在脚下踩个稀烂。

他一脸奇怪，觉得莫名其妙……

回到教室，她还针对他，更加莫名其妙。

叶薇去拿江磊挂在椅子边上的书包，手刚碰到，他比她更快地将书包扯了过来，当着她的面，把书包里的书一股脑儿倒在了桌子上。他完全不给她面子，让她难堪至极。

这使叶薇好像受了刺激，眼底积满了泪水。

"看好了！"他说，"这是数学，这是语文，这是英语。你收吧，看看有没有你要的？"叶薇站在那里，江磊连看也不看她，只顾翻着包里的书。

短短十五分钟的早自习，在这一刻显得特别长。江磊抖动着书包："没有是吧？"他一副玩世不恭的样子，懒散地将书一本一本装回包里。叶薇并不做声，从来没有人敢这样对她，她一时间没有了反应。

"那……"江磊顿了顿，做了个"请"的动作，"你可以走了——"语音一落，叶薇脸色铁青。"好，好，好……"，她一连说了几个"好！"

她哭着跑了出去，跑到老师的办公室，把那撕得只剩了几页的书放到老师面前，对着老师哭诉："他还是学习委员呢，看这种书，我收了，他不服气，当着同学的面给我难堪！"

老师和叶薇一起进教室，让叶薇回到位子上后，她老人家站在讲台上，将手摁在了桌角，脸色凝重地站在讲台上，严肃至极地说："江磊同学，能否告诉老师，你来学校里是干什么的？"

江磊站起身来："学习！"

"好，你知道是学习就好！要知道，我们班的人数是很多的，如果不是看你成绩好的话，我是不会让你留在我们班的，你应该明白，这次分班，分来的都是成绩较好的。学校为了升学率，为了不让落后生影响你们才分班的。江磊你是为你自己学习，而不是为了别人，学习是你自己的事，你应该认真对待。现在知道错了吗？"

"知道了，老师，我错了，以后再也不看了——"

"好，很好！"老师显得非常满意，"你知道就好。好了，大家把书翻到第48页，我们来讲新的内容。"

老师竟这么轻描淡写地过了。

在分班之前,美洙到办公室替老师拿工具尺时,就看到她对着一位女同学训很难听的话。

那女生无非是看了一本漫画,纯少女的,叫《美少女战士》,老师就用很难听的话骂她,说:"你小小的年纪,你就想这种事情,啊?"

她说着,还翻了手里的书,翻到男主"地场卫"和女主"小兔子"接吻的画面,咄咄逼人,说:"你要不要脸啊?你们看你们看……"她把那本书"低级画面"的一页摊开,拿给办公室里的老师们看。

那是一间很大的办公室,初二年级的任课老师全在里面。她竟完全不顾那女生的难堪,很大声地说:"这么小,就想这么不要脸的事情。"

这些狠话让纵使是去帮老师拿工具尺的美洙,都感到脸红心跳,无地自容。

办公室里的老师好像得了传染病一样,一个老师"啧"了一声,后面的啧声便连绵起伏,还带着他们无药可救似的表情摇头晃脑。

那女生真的被激怒了,她涨红着脸,大吼:"我怎么不要脸了?我做什么不要脸的事情了?这种事情怎么下流了?我又没做错,你这个老师真是有毛病!"

老师浑身哆嗦,猛地站起身来,一耳刮子下去,狠狠地扇了那女生一嘴巴。

"没家教的东西!"她指着女生的鼻子说,"从今以后,我再也不管你,你这个不要脸的下贱的东西。你是死是活跟我没有任何关系。滚——"

女生捂住了脸,倔强地没有哭,她咬紧了牙齿,狠狠地瞪着老师。老师让她滚,她便转身就跑,到了门口,推开了惊骇在门边的黎美洙。

黎美洙站住脚,来不及多想,只看到办公室里的其他老师扶住了气得发抖的老师,对着老师安慰:"你别跟那没家教的东西一般见识,她妈都被她爸打跑了,她是一个没有人管的。她看这些不三不四的书也好,不来上学也好,跟外面的社会青年混在一起也好,你都不用管她了;她就是糊不上墙的烂泥巴。她妈都不要她了，这种没人管的东西，你还管她做甚！"

那一刻，黎美洙有种血液倒涌的感觉，她脑袋发涨，浑身冰凉，手心里全是冷汗。

单亲家的孩子原本就很不幸，得不到温暖，交不到几个知心的朋友，一点都不能错，一点都不可以做得不好，做得不好，就是没有家教，就是下流贱货。他们已经够难受了，为什么要还承受这些？

这件事在黎美洙的心里投下不可磨灭的阴影，怕自己一点没做好，就落下一个"没家教""没人管""不要脸的下贱坯子"的名头。

所以，她过得很压抑，生怕自己做不好。

可是，上课的时候他偷偷传来一张纸条，问她的背还疼不疼的时候，她的心又像迎风钻出土地的小草儿，温暖又充满感激。

还好，还有那么一个人是关心自己的，还有那么一个人让自己感到温暖。

至少，让她知道，被关心的感觉……原来是这样。

巧克力事件后，大家有了新的发现。

叶薇是班长，她的成绩应当是好得没话说，可她总是拿作业问江磊："哎——帮我讲讲这题的解法。"或"这个语法怎么用？"

她似乎总有问不完的问题，没完没了。

还说："上一次的事情，是我不对，女生一个月总有几天是使小性子的，你不要生我的气啊！"

她这样一说，反倒让人觉得，再计较下去，江磊很没男子气概了。

叶薇不但没有刻意刁难江磊，还比先前更变本加厉地缠着他！她甚至在自习课时，指着她的座位对美洙说："你坐我的位置吧？先谢了哈！"

她边说边把书本放在美洙的桌子上，再一手把美洙拉了起来。

黎美洙居然一声不吭地把位置让给她了。

他不知道她之所以把位置让给叶薇，因为同学中开始悄悄流传，说他们早恋了。她害怕这话传到老师耳朵中，她怕老师知道后，叫她去训话，对她说些难听的话，到时候，两个人见面都会尴尬。

她害怕，她真的害怕！

她可以承受那些流言，因为已经习惯了，可是，她不想他难过，也不想流言伤害他，舍不得他为难，舍不得他难过，即使一点点都舍不得。

她让了位置。

她用余光看到他与叶薇靠得很近，觉得心底很冷很冷，好像破了一个大窟窿，不停地漏风，至浑身冰冷。

熊逸跑过去，一把将叶薇扯起来："喂，你问完了吧？我也有问题要问，你坐我位置上去。"

叶薇涨红了脸，说："熊逸，太阳打西边起来了？你也爱上学习了？"

熊逸说："你当班长的都可以随便换位置，我爱上学习有什么稀奇？！"

"你……"

"我什么？"熊逸不给好脸色，一脸讥讽，"你爱站着就站着了啊，我可要学习了！"

叶薇站在一边，气得脸都白了，狠狠地踢了一脚桌腿，桌子一震，熊逸的钢笔尖折弯了，并戳破了本子。他忽地站起来拍着桌子喊："别以为你是女人老子就不敢打你！"

第二天班会，叶薇站在讲台上，对着写着"如何对早恋说不"的黑板，将美洙点了起来。

她拿着架子说："黎美洙同学，请你说说你是怎样对待早恋的？"

美洙"我"了半天，一句话也说不出来。

熊逸在底下说："无聊。"

江磊却一脸阴沉地站起来，当着老师的面摔门出去。

大伙目瞪口呆。

老师的脸色很难看。

老师找美洙和江磊到办公室谈话了,她说了很多大道理,讲了很多早恋得不到好结果的事例。对美洙严词重语,让美洙保证不再犯错误。

她逼美洙写保证书,不然,就请家长来谈谈。

美洙不得已,拿了笔,刚写下"保证书"三个字,在一边的江磊竟一下子从她手里抢过她捏握的笔,抽过放在桌子上的纸,将那莫名其妙的保证书当着老师的面撕得粉碎,撕完后,他大喊:"老师您搞清楚好不好,是谁吃饱了撑的说我们两个早恋啊?我压根就没有喜欢过她,我跟她什么事情都没有!"

他愤恨,他大吼。就这么被人冤枉了,实在莫名其妙。

她看着他,只是红了眼睛看着,看着他激动,看着他对老师大喊。

就算不是早恋,他都不肯对老师说,当她是一般的朋友。

连朋友都不够资格!

心脏像被竹子刺中了,刺中后,劈开!劈成数不清的竹签,"嗖"地蹿进血管,让痛苦在四肢百骸中蔓延,痛得……再无力说出一句话来。

只记得回到座位上的时候,他也在一边坐下了,欲言又止,捏了捏拳头,却没有说出半句话来。

她真的忍不住哭了出来,她其实是咬住唇,拼命地让自己忍住,却不知道是忍得太辛苦,还是咬着下唇咬得太痛,只是突然间像吃了很酸的东西,五官一下子皱了起来。

将手紧紧地握成拳,将脚指头紧紧地缩住都没有用,闷"吭"了一声,她便痛苦地低下脑袋,无法自控地低泣起来。

他没有安慰她。

没有——

连张纸条都没有写过来——

在她以为他会做些什么的时候,他什么都没有做!

当天,老师把美洙和江磊的位置调开了。让美洙和班上一个性格很好的女生做同桌，而江磊的同桌，变成了一个男生。

同在一个班里，他们形同陌路，即使在路上碰见，也不会再对视一眼。擦身而过的那一刹那，心……脆生生地痛着。

回到家，黎美洙打开带锁的写字台抽屉，从里面拿出一个精致的小盒子，小盒子里有两张写了字的字条、一个青皮的团员证。

她的脑袋枕在自己的胳膊上，只有一只眼睛在流泪，泪水打湿了袖子。她没有得到一丝宣泄，只感到她自以为是的感情，竟讽刺得让人心痛，痛得她想去做点什么，好让自己好受一些。

在那种意念的驱使下，她将那两张字条拿到手里，两手一分，再分，纸条被撕得四分五裂。

仅一只流泪的眼，变成两只眼睛泪如泉涌。喉咙里发出呜呜的悲声，像受了伤的小兽。怕自己会哭出声来，她用手捂住自己的唇，捂住的一瞬间，紧紧闭住了眼睛屏住了呼吸，脸因刻意的屏息，涨得通红。

窒息的感觉，让她觉得她要死去，她窒息得听到心脏的抗议，在感到太阳穴跳动的时候，听到心脏在脑袋里跳动的回音。

原本阴着的天，突然刮起一阵狂风，风从推开的窗子里灌进来时，就听到室外的那排大树的枝叶呼啦作响，更是听到某扇窗户相互拍合，再"咣当"碎了玻璃的声音。

更不知道是谁家的花盆从楼上摔了下来，"砰"的一响。

风卷了细碎的沙石袭了进来，吹动了窗边写字台的书页，吹起了她耳边的短发，更是吹得那撕成碎片的纸页满室飞散。

那一刹那，她惊然抬眸，放下捂唇的手，惊慌失措地从写字台边的凳子上跳起来，她疯了一样，在不大的卧室里到处翻找。

找到了！

把撕碎的字条全都拿到手里的时候，她失重般坐在地上，紧紧地握住手，握成一个拳头，放在靠近心口的位置，另一只手紧紧地按住。

空了一半的心好像被什么东西注满，更好像涌起莫名其妙的喜悦。

她紧紧地捂住胸口:"找到了,找到了,我的字条全找到了!"

她欣喜得哭泣,承不住喜悦过后,迎头赶上的酸楚,失去支撑似的,缓缓倒在冰冷的地面上。

她侧躺着,将身体蜷在一起,悲伤成了她的主旋律,而窗外呼啦作响的动静成了悲伤的插曲,飘起来的窗帘,忽上忽上,轻触着倒在它脚下的女孩子,满是悲凉,无语安慰。

三天后,单元小考的成绩出来了。

江磊居然从班上的前三名,掉到第三十二名,班上四十五个学生,他竟由头到了摆尾的地步。

"你是没发挥好呢,还是给我制造一点小惊喜啊?"老师又把江磊叫去谈话了。江磊无精打采,一句话也不想说。

老师见自己看好的学生,这几天要死不活的样子,上课居然还趴在桌子上睡觉,听几科老师反映他居然也不交作业了,便非常愤怒,更是突然拍着桌子说:"我不让你早恋,你记恨我了是吧?把你跟你的小恋人分开,你就跟我玩对抗是吧?马上中考了,你拿这种成绩应付我?亏我在分班的时候,点名点姓把你要过来,你就这样报答我?你现在是什么啊?你现在是学生,以学业为重,别成天想什么乱七八糟的东西。"

老师说激动了,气得直抚胸,坐在桌子对面的老师停住批作业的笔,扶了扶眼镜说:"张老师,您好好说,他会听的。他一直是品学兼优的学生,只是一时半会儿误了道,您跟他细细说,他会知道您是为他好的。别太激动了,您心脏不好。"

张老师被人提醒了什么似的,开始指责黎美洙。

"这好学生就是怕跟坏学生学坏。当初分班,我说我不要那女生到我们班上,主任还找我谈话,说那女生成绩还不错,跟班上的人处得不好,要让她换换环境,免得中考的时候,影响学校升学率。我是心软了,让她到我们班上来了,你看看她做的什么事情?成绩一般般,成天要死不活的闷样，怎么都没想到她会带坏好学生玩早恋。"

对面有老师凑过来，摇头晃脑，啧啧地说："这就叫一颗耗子屎坏了一锅粥。"

一向在老师心中驯良的江磊再一次做出让老师没有面子的事情，他居然鄙视地看了他们一眼，转身就走。

老师在后面气急败坏地嚷："你干吗去？你给我回来！"

他没有停步，走到拐角时，听到老师怒喊："我就不信我管不了你了。"

老师他老人家也不客气，真的把江磊的妈妈和美洙的妈妈都请来了。

那天下午，老师把这两位家长叫到了学校。

谈了什么？不知道！只知道那天，江磊逃课了，熊逸也逃了，他们到东华街打"哈油根"的电子游戏了。

七点，在这个季节里，已经是黑幕降临的时候，学生们七点左右从教室里出来的时候，是一拨一拨地涌下来。

黎美洙随着人潮从楼梯口走到学校大厅的时候，她走得好好的，前面突然伸出来一只手拦住了她，在她抬头想看个究竟的时候，居然狠狠地挨了一个耳光。

这"啪"的一响，似产生了回音，在这大厅里格外刺耳。所有的人都看了过来，好像那一刹那，大家都被镇住了。

一些人在不远处，三三五五地看着。

她捂着脸，耳朵嗡鸣好像塞着一大团棉花，一个女人尖锐的声音在大厅中响起："你一个人不要脸就算了，你还扯着我儿子，你算什么东西啊？"

她仰头看她，看这个站在大厅刺眼灯光下的女人，面目狰狞，咄咄逼人。

她微微眯了眼睛，女人头顶的灯光就像一圈长长的光刺，刺入了她的脑袋。她的眼睛刺痛起来。她痛得闭上了眼睛，盛满眼泪的眼睛再也关不住晶莹的眼泪，它们便从眼角大粒大粒往下掉。

女人还在不依不饶："我丑话放在前头，你要再敢缠着我儿子，别怪我对你不客气。"

她的耳朵终于可以正常听见声音了，终于不用像隔着棉花一样听不真切了，蒙眬的泪水也掉落下来，她也终于可以看清周围的一切。

大厅里是三三五五，聚成若干簇的学生。

讽刺啊——一向没有存在感的黎美洙，居然也有被万众瞩目的时候！

她的心在狂笑了，她的唇角甚至莫名地勾出一丝笑来。笑得如此心酸，笑得令人如此难过。她抵不过随后而来的难堪，便背着沉重的书包，低着头，拨开围了一圈的人墙，向夜色里跑去。

她回到家，就扑到床上，盖着被子，蒙住脑袋，失声痛哭。

隐约间听到有人敲门，她不想理，却听到门外有同学大喊："黎美洙，黎美洙，你快出来，你妈妈跟江磊的妈妈打起来了，脑袋都打破了，被送进医院了。"

门"哗"地一下被拉开了，站在门边的同学吓了一大跳。

"你刚刚说什么？"黎美洙满脸是泪，却无比担心。

同学说："我说你妈妈在学校门口跟江磊的妈妈打起来了，脑袋都打破了。"

"不可能的，我妈妈今天上夜班，她怎么可能在学校和江磊的妈妈打架？"

"我怎么知道啊，反正就是打架了，现在两个人都送进医院了，我们分头给你们报信，你不信就算了。"同学说完，转身就要走，突然"啪"的一声，身后的大门关上了，一个身影越过了她们，向远处跑去。

黎美洙赶到医院时，外科的诊疗室里，美洙妈妈的脑袋正缠着纱布，医生正给她开好抗生药和消炎的药，并交代一个星期内不要见水。

方瑜转过来时，看到门边的美洙。

"妈……"美洙红肿了眼睛唤了一声。

等她拢近时，黎方瑜站起身来就是一耳光抽过去，她措手不及，一屁股坐在了地上。

医生大骇，然后喊："这是干什么啊？医院是打人的地方吗？"

黎美洙的眼泪瞬间滚下来了。

方瑜站起身来对她说："起来！"

她好像一个声控娃娃，就从地上起来。

方瑜说："回家！"

她便走过去，要去扶方瑜的手。

方瑜将她的手抒开。

她再扶，她再抒。

她哭着哀求："我错了，你原谅我！"

她哭得脸都皱了，方瑜的心软了，看着黎美洙，像是要说什么话，却什么都没有说，向前走的时候，再也没有抒开黎美洙的手。

黎美洙扶着妈妈从科室里走出来时，江磊也扶着他妈妈从那边楼梯口出来。

视线在空中相遇，他们又很快地将视线移开。黎美洙想要赶急离开，江磊的妈妈却开骂了，很难听。真的想象不到江磊那样的人会有这样强势的母亲。

护女心切的方瑜与江磊的妈对骂。

"你嘴巴放干净一点，谁是臭不要脸的，谁是？"

"就是你，你们全家都是！"

高出妈妈一个脑袋的江磊拼尽全力把妈妈抱住，往另一个楼梯口拖。

黎美洙也紧紧抱住妈妈的腰，却不知怎么的，在挣扎间，被妈妈摔到地上。

双手着地时，膝盖骨与地相触，闷响一起，疼得她腿都麻了。

眼泪又开始泛滥，她低着脑袋，拉着黎方瑜的胳膊，声音颤抖："妈，我们回家！"

江磊的妈妈被江磊死死地抱住，眼看黎美洙她们要从那边的楼梯下去，她挣不脱儿子的手，只急得又跳又嚷："你个不知羞耻的跟野男人养个小杂种，敢勾引我儿子，臭不要脸的，臭不要脸的——"

她明显地感到妈妈的身体受到打击似的轻轻颤动一下，并似乎要回冲过去，重引战火。

她感觉已经扯不住妈妈了，拉着她身后的衣服，失重地滑倒，扑通一下，就跪在了地上。

所有的人都惊住了，包括江磊和他的妈妈也目瞪口呆了。但随后，江磊的妈妈脸上浮现轻视的笑意，她蔑视到极点。

美洙仰着脸，两行眼泪像溪水一样往下淌，她哀求着："妈，我们回家，我们回家。"

她跪下来，求妈妈不要吵了，手紧紧地拉住妈妈的袖子，脑袋仰起，看着她的脸："妈，回家，我求你不要跟她吵了，我们回家。"

方瑜甩开美洙，急步向楼下走去。

回家，一进门，方瑜就让美洙跪下，拿着扫把抽她。

美洙让她抽，让她尽情地抽。

不知道为什么这么顺从，只想着她要打就让她打，让她心底好受一些。

美洙忍着，不吭一声，也不求她，让她打。她打累了，在那里累得直喘气时，突然俯在桌子上号啕大哭。这哭声令美洙措手不及；这哭声令人感到那是心口碎掉的回声；这哭声令人怔然，令人悲痛，令美洙跟着她一起痛哭起来。

第二天早上，黎美洙在来学校的路上就感到气氛不对了。

身边的空气发冷，左、右、后，都好像有人聚在一起，对着她指指点点,好像是在说:看,那个被打的女生。

来到教室门口,女生们都在窃窃私语,突听一个男生说:"好了好了,别讲了,一大早,讲这些东西让人分心,我还要赶作业呢!"

身边的女生打趣:"我们讲我们的,又没让你听,你可以不听啊!"

"你们就在我边上讲,我想不听也不行。"

"哎,我听说你好像喜欢她啊!"

"谁?"

"还能有谁?不就是我们现在的风云人物。"

"切!"男生一脸鄙视,"她?喜欢她?我怎么会喜欢她?真丢人丢大了!"

黎美洙跨越那门,就感到周遭喧哗的人顿时静下来,只隐隐听到其中两个女生在窃窃私语。

她强忍着不动声色,班上的人心照不宣地笑笑,而叶薇最暗爽。

叶薇从美洙身边经过时故意叫着:"姚小菁把镜子借给我。"

擦身而过的瞬间,她用一种弱似蝇虫的声音对美洙"嗡"道:"活该!"

叶薇隔着一组桌子,够着身体接镜子时,衣领突然被谁攥住。

"你刚才说什么?请再说一遍……我没有听清楚。"她愤怒的小宇宙爆发了。

叶薇刹那间被黎美洙的面色骇住,口中咿咿哦哦好半天才挤出一句:"我……没说什么……没说。"

"请你告诉我'活该'是什么意思!"

她紧紧地攥着叶薇的领子,紧紧地攥着,攥得她翻着白眼,眼睛都往上翻了。

一只温驯的蟹子,终于被激怒了,不计后果地怒了。

"你告诉我到底是什么意思——"

三个和叶薇玩得好的女生不约而同地扑过来,拉着黎美洙的手,边拉边讲:"黎美洙,你快松开啊,薇薇快被你勒死了。"

五个人拉扯着，叫嚷着，"咣啷"一声，镜子从叶薇手里摔在地上——碎了。

碎裂声一响，碎片碎了走道一地，在阳光下好像闪着金光的金子。

身体被那几个人甩开了，她扑到地上，手腕麻了一下，随后一阵刺痛，便觉得有热热的、黏黏的液体涌出来，是血。

血液滴落下来时，交错着、重叠着滴落到地上，黎美洙微微抬起手，见一块大大的碎片插进手腕，血像水龙头一样，喷射出来。

那血……喷射的样子，真的很漂亮啊！喷到他们身上，他们惊慌失措尖叫的样子，真的好有趣呀！

教室里有人开始尖叫。可是，她却觉得好有趣啊，身体放血的感觉，真是带了一种前所未有的快感，只觉得自己与这个世界隔绝了，只依稀听到她们惊慌失措地叫："快去叫老师，快去叫老师啊——"

而后，她觉得有人在扶自己的身体，听到叶薇和姚小菁颤抖的声音："对不起，对不起，我们不是故意的，我们真的不是……"

她们知道害怕了？害怕她死去，还是怕她死了她们以命抵命被追究法律责任？

我和你们有什么交情？怎么可能有人担心我的死活——

真是可笑！

滑稽到极点！

"走开！"她说，"我自己起来！"

她们散开了，怕血沾到自己的身上。果然，不是真的担心她，只是害怕她出了什么事情，承担责任。

美洙跪坐起来，一抬头，就迎上一双焦急的眸子。她隔着那几个女生，看到他从门口奔进来了。

她张着嘴想喊他的名字，却被眼泪堵住了嗓子，什么也叫不出来。

他豁出去似的跑过来，拨开那几个女生，蹲在美洙面前，死死扣住美洙血流不止的手："有没有绳子，有没有纱带，快拿给我啊——"

他的虎口染上了她的血。

都到这个时候了,叶薇居然还锲而不舍地问:"你是不是喜欢她?"

江磊身板明显一颤,紧皱了眉头,扭头大吼:"你够了没有啊?就算是只狗我也会救它的。"

美洙定定地看着他……

她突然觉得心痛,痛得用另一只手紧紧地揪住了自己的胸口。

这足以令人心碎的答案,让她情愿从来不曾认得他。

狗啊?原来她在他心里,只是一只狗。

他根本不喜欢她,只是在像同情一只狗一样同情她。

"狗……"她心碎地喃喃自语,"原来……我只是……狗啊!"

心快裂开了,眼泪不断地掉落,才从脸颊上抹去一滴热滚滚的泪水,另一滴泪又落下来。他紧紧地扣住了她的手。

"放开我!"她淌着眼泪,低着脑袋,声音嘶哑。

"放开你,不等你去医院你就会流干血死掉的。"

她猛然推开了他的身体:"我死不死关你什么事啊?我不用你同情我,我不用你像同情一只狗一样同情我。"

血是热的,血同时也是滑的。

她使力一推,他原来紧攥着她手腕的手,受力滑动,将她的伤口扯得更开。她痛得闭上了眼睛。

他的眸子蒙上一层痛苦,刚想说什么,只听到同学遇到救星似的大喊:"老师来了,老师来了!"

她不记得老师是怎样从他的手里把她接过来的,只记得,自己像一个傀儡一样,任人扶到教室门口。

她突然想到他说,你笑起来好漂亮。

他说,骗你是小狗。

所有关于他的记忆一齐涌上心头。

突然有了这样一个想法——我应该笑的。

于是她转身寻找他的身影，越过那些不相干的人，她泪眼蒙眬地只看到他目瞪口呆的表情。微扬起嘴角，含着泪的她……笑了。

谢谢你……
在我声名狼藉的日子里，还有一份值得牵挂的回忆。
谢谢……

Chapter03　命中注定遇见你

所以很多年后，我总觉得不管在哪里，一转身就能遇见你，你身后是干净的街道，你逆着阳光给我最好看的微笑，然后告诉我，真巧！

命中注定的人，即使弯下身来绑鞋带也不会错过。在十九岁那年，我总是一个转身，就能在不远处看到你，我们总是很碰巧地遇上，你扬手对我挥挥，笑着说这么巧。

一眨眼，四年了……

短短四年的时间，浮生如梦，梦如浮生。很多事情，好像刹那芳华，眨眼间便沧海桑田。正值千禧之年，网民暴涨，连老婆婆都走街串巷叫卖杀虫剂，说是专制"千年虫"。

此时，热干面只卖一块钱一碗，电脑没有普及，手机通话三分钟内六毛钱，还是双向收费，巨蟹座的黎美洙十九岁，她长高了，身材匀称，长发挽起，盘了起来，一路走来，与同学说说笑笑。

"黎美洙？你不是黎美洙吗？"

一行人都抬起头来，看着那个男生。

等她抬头时，那个男生异常兴奋。

"你是……"她抱着课本，奇怪地看着他。

那男生"油闷"了，兴奋之情好像大冷天里被人淋了一大盆凉水。

"我是熊逸啊！你不认识我了？我是跟你初中同学了一年的同学，熊逸啊！"他边说，边抬起右手来捋起了自己额头细碎的头发，好像要以瞬间改变发型唤醒她的记忆。

她茫然的脸上刹那间惊喜起来。

"熊逸！"她开心地认出他来，也冲着他笑了。

熊逸也笑了，笑着放下手来，放下被他捋上去的头发。

"想起我了吧？"

他与她对话时，眼睛都要放光了，和美洙同行的女生们自然是看到了，她们彼此看了一眼，心领神会。

"美洙，你们慢聊，我们先走一步了哦！"女生们笑眯眯地打了声招呼，就手挽手地离去。

她们加快了步子，远远地去了，留下了熊逸和黎美洙。

熊逸哎呀呀地感叹说："地球太小了，真没有想到我们又见面了，哦对了，你哪个系的啊？"

"我？"她说，"我太阳系啊！"

他怔了片刻后，更是不可思议地看着美洙道："真没有想到，你变得会说笑话了，看着现在的你，根本不敢想你以前是怎样内向……"

他说着，发现她的脸色变了变，他马上打住了口："对……对不起，我不是故意提起以前的事情！"

她抿着嘴摇了摇脑袋，冲他展颜一笑："我比过去开朗，是好事呀！我当你夸我呢，这夸奖还很顺耳，所以，我不生气……"

她说着，便笑眯了眼睛。

他释怀了,轻嘘了一口气,又深深地吸了一口,他眼眸含笑:"我是03级计算机系,你呢?"

"我是04级会计系!"

"你怎么低我一届啊?"

"初三的下学期我转学了呀,转去别的学校只能再念一次初三,所以我比你晚一届!"

"呃,原来是这样啊,难怪你黑得跟黑人牙膏似的,你……刚刚军训完吧?"

"嗯!"

话说到这里,他们走到了一个路口,她往左,他往右,各自迈出一步后,就笑道:"看来不同路啊!"

她笑道:"我要去的教学楼往那边走!"

他指向另一边说:"我的在那边……"

"我先去上课了,我们课下见!"

"嗯!"

"哎,你留个联系方式啊!"

她笑了笑,从包包里掏出便笺纸与圆珠笔,在上面留下一排字后,递给他:"不好意思,我没有手机,只有宿舍电话。"

与黎美洙道别的时候,熊逸静静地看着美洙的背影,直到她走进教学楼,再也看不到。

放学,黎美洙去图书馆想借些书来看。

一进到里面,就有股说不出来的霉味扑鼻而来。而且,泛黄的书一翻开,居然还有无数米白色的小虫子在爬,吓得她赶紧把书放回书架,神经质似的,感到浑身发痒,特别是胳膊那里,越挠越痒。

借书的心情全没有了,于是黎美洙向室外走去。可没有想到,刚刚阳光普照的天就阴了下去。太阳好像被一块大黑布遮住,一场大暴雨说来就来了。

有伞的同学都走了，没伞的都等在大厅里，有等不及的冲了出去。

正在发愁间，突然有人叫她的名字："好巧啊，黎美洙！"

美洙回首，看到熊逸在后面笑着叫她的名字。

她不禁一阵惊喜，刚想说是你时，他却一脸无奈地耸耸肩道："别看我，我也没带伞。"

他一开口，就让她忍不住想笑。

"这雨下得……"

她站在大厅里，有些焦急。

眼看天黑了下来，雨却丝毫没有停下来的意思，美洙似乎没有耐心再等下去。熊逸脱下衣服，顶在头顶时将她裹了进去。

来不及挣扎，他便用手箍住她。

他将她扯进雨里，跑动起来。

雨水浸湿了头上顶着的他那件并不厚的衣服，湿漉漉地黏在他们的头上，让他们狼狈到极点。终于跑到寝室，看到彼此被雨水淋得睁不开眼的样子，两人没有由来地大笑起来。

开怀大笑后才发现，他的手一直搂在她的肩上，她止住笑，向他扶在身上的手看了一眼，他突然意识到什么，涨红了脸，将手收了回去："我是看你等不及了才……"

她用手捋了捋额头的湿发，将它们扶到耳后，低着脸看不出情绪，只看到睫毛扑闪两下，就扬起眸子来看他。

"谢谢你！"

她一笑，好像尴尬的气氛不存在了，这让他紧张的心弦松懈下来。

"谢什么啊！"他笑着对她说，"我们之间不需要这么客气的！"

她如蝇似蚊地嗯了一声。

气氛有些尴尬！

冷场——

他想打破这种僵局，于是莫名其妙地笑了出来："好过瘾啊，好久没有这样跑过了，以前总是和江磊……"

他猛然打住了口，惊愕自己居然叫出那个人的名字。

"对不起啊，我……我看到你就想起他了，无心的，你不要放心上。"

"要不是你提起，我都快忘记他了。好久都没有他的消息了，他一直在和你联系吧？"

他摇了摇头说："没有，他考试前两个月转走后，就再也没有联系过我。"

她的心猛然扯动似的痛了一下，随后又掩饰地笑道："这样啊，真可惜了，你们关系那么好。"

她的眼圈红了，感到有什么东西要从里面溢出来，于是忙转了脑袋，揉着眼睛讪笑道："这该死的雨水，都跑进眼睛里了。"

他似乎想说话，可又不知道说什么，被雨打湿的头发正贴着眉间滴水。

有一滴滴到眼睛里去了，他不适地揉了揉，随后冲她说："是啊，该死的雨水，也滴到我的眼睛里了。"

她挥了挥手，说拜拜。

走进女生楼，到了楼梯拐角，她忍不住站住，什么东西在心口挖了一块，挖了一个窟窿，凉飕飕地透着凉风。

怎么可能忘记？

在熊逸面前笑得开心，就是以为他和你保持着联系，想他向你转述遇到我时……我的开心，让你知道，没有你，我也可以过得很好，比以前还要好。

回到寝室，就听到林蔓在靠门的上铺说："美洙，你可回来了，刚才有个叫舒野的打电话找你，说是你的男朋友，让你回来后给他回个电话，说号码你知道！"

黎美洙吸了吸鼻子，冲她说谢谢，就去门边拿电话，正准备拨号，却听到林蔓讲："美洙你怎么了？眼睛这么红，哭过啊？"

另一位室友马上笑道:"是你一说她男朋友打电话来,她激动了吧!"

黎美洙不好意思地笑了笑,取了墙上的电话,开始拨号。

语音提示后,她输入了密码。

电话通了,嘟了几声后,响起了舒野的声音,他喂了一声。

美洙说:"舒野,是我!"

电话那头的他带着笑意,轻声说:"我知道!"

然后,就沉默了,一时半会儿不知道说什么才好。突然,听到话筒那边有男生暴吼:"妈的,老子一口气买三碟,这盘是花仙子,这盘是大头儿子和小头爸爸,这盘是葫芦娃,脱了裤子的小屁孩,屁股上还打码!"

舒野把话筒给捂住扭头大吼:"你大爷的,我在跟我女朋友打电话,注意点形象。"

过了一会儿,美洙才又听到他的声音:"你吃了吗?"

她轻点了脑袋,应他:"吃了!"

"吃的什么?"

"酸辣土豆丝,红烧茄子。"

"食堂的饭菜好吃吗?"

她说:"还吃得下,没传说中的难吃。"

"想我了吗?"

"不太想!"

他悲伤:"真伤心,我这么想你,你都不想我。"

她沉默。

"洙!"

"嗯?"

"这个星期我来看你!"

"啊,你坐火车来要七个小时啊!"

"没事,住一晚上。"

"住哪里啊?"

他在那头笑："宾馆啊。"

寝室文化里，除了扑克牌外，最经久不衰的就是卧谈会，大家从鬼故事讲到梁咏琪和邵美琪之间的"双面夺伊"，从"双面夺伊"讲到谢霆锋和王菲的恋情，说是打死都不相信，这太令人脑袋抽筋。又从成龙的私生女小龙女讲到成龙背后的女人林凤娇，又从林凤娇转话题到了邓丽君，又从邓丽君的歌讲到邓丽君的死。可谁都不承想到，后来……谢霆锋娶了张柏芝，有了两个儿子后，又离婚，又和王菲旧情复燃。

黑暗里，有人转了话题问："美洙，你讲讲你和你男朋友是怎么相爱的吧？"

美洙笑道："不用了吧！"

一屋子的人说："那不行，前几天，我们的恋爱史都轮流讲了，就你没有说了，这可不公平哦。你一定要说，不然，我们和你绝交哦！"

美洙只好笑道："我和我的男朋友认识纯属偶然。高一那年，我在教室门口同人挥手道别，刚转身便被一个奔跑过来的人撞倒！书散落在脚下，撞倒我的人却好像我撞到他一样骂句不好听的就跑开了！我坐在地上，刚想爬起来，舒野便把手伸过来。"

她说到这里停下了，她想到舒野将手伸过来的那个场景，熟悉极了，她想到一个人，想得心拧痛起来。

她停顿，大家可不乐意了："你快说呀，后来呢？后来怎么样了？"

被催促下，黎美洙吸了吸鼻子，自我解嘲般讪笑道："可能是撞痛了，我眼泪都快出来了。我没有让他拉我起来，只是站起来接过他递过来的书，没有道谢，转身就走。他拦着我，问我怎么不跟他道谢，我也不知道为什么，就冲他吼了起来。吼了什么，我不大记得了，大意是你一个男的，怎么计较这些小事情。你让我谢你？我谢你大爷——"

大家都惊呼起来，不是吧，美洙，你真的是真人不露相，露相不真人，要不是你亲口说，打死我我都不相信这句粗话是你说的。

她躺在床上笑了笑,这笑没有人看见,只有月光散在了脸上。

"谁知道呢……"

她叹了一句,她最不喜欢别人知道她心底的秘密,尽可能地轻描淡写:"可能……真的是撞痛了吧!"

"那后来呢?"

"后来……"

后来,他也吼,你大爷的,怎么开口就骂人啊!你以为我想管你啊,我是怕你被人踩死了,变鬼了,来找我!

她用极其轻松的语调说出了上面的话,但没有告诉她们,她当时想哭的心情。因为,那一刹那,她惊住了,眼睛被泪蒙住,她看外星人一样看着他,然后心醉地摇了脑袋,不由自主地喃喃自语:"不是你,不是的……"她说着,不由自主地往后退着,然后踩到一个人的脚,被踩的人突然推了她一把,大喊:"你最好叫你女朋友走路时带上眼睛!真是的,吵架还吵到走廊上了。"

她们便乐道:"然后呢?"

"然后啊?"美洙说,"然后有人围观,他就喊,看什么看,没看过男朋友跟女朋友吵架啊?就这样,他逢人就说我是她女朋友。也不知道他是怎样讨好我身边的人的,大家都在我面前说他的好话,老是给我们机会相处。久而久之,他总出现在我面前,我也就习惯了。"

"就这样了?"

是啊,就这样了。

她也不知道这算不算男女朋友,他只是陪她回家,送到路口离家很远的位置,她就不让他送了。她怕妈妈看到,怕别人说她早恋,内心有无由的恐惧。

高一下学期的一天,美洙和他一起回家的路上,他的CALL机收到一条信息,他疑惑地到公用电话亭打了这个号,听到电话里的声音,他的脸色突然大变。他大吼:"你给我打电话干什么?你都跟我妈离婚了,你还来管我和我妈的死活干什么?"

他痛苦地挂了电话,拉了她的手请求:"你可不可以陪我坐一下?"

她随他坐在路边的小台阶上,她清楚地记得他苦笑着望着前方说:"那个男人是跑采购的,会全国各地跑。还记得健美裤吗?我们这里刚流行那会儿,我妈第一个穿。还记得电子宠物吗?很拉风吧?全区我第一个有。我爸总带稀奇的东西回来。我们一家挺好的,我也觉得可以这么好下去。直到有一天,那个男人在桌上摔下筷子,莫名其妙地发脾气,那天起,他就再也没有回来吃过饭。再然后,他就干脆搬了出去。然后,他要死要活地跟我妈离婚,再然后,离了。都离了,你还管我干什么?管我吃好没穿好没干吗?这么关心我,他妈的离个什么婚啊?抱着那个女人时,有没有想过自己有老婆跟儿子啊?这会儿跟个苍蝇似的飞回来,天天在我妈面前说后悔。妈的,相差二十岁,都能当他闺女了,除了花钱和撒娇,她还能干什么啊?这会儿他吃不消了,就跑到我妈面前说后悔,想跟我妈复婚,又跑来跟我套近乎,什么东西!觉得还是我妈好,可以当佣人,又不用花他的钱啊?!"

他骂了粗话。

但是,她没觉得难听,他的心情她也完全理解。

私生子,离婚,外遇,第三者,都是最不能接受的字眼。

偏见,歧视,排挤,孤独,悲伤……如影随形。

不健全家庭的孩子,总有难以启齿的悲苦。

她懂,也完全明白。只是她真的没有想到他会有这么难过的事情,她不由得心碎,眼泪不由自主地往下落。

他红着眼睛笑她:"你哭什么啊?"

"你还是原谅他吧,他到底是你的爸爸啊!"

"我才不要那样的爸爸,我不想见到他!"

她难过地捂着嘴巴,伤心地说:"要是我爸爸回来看我,只要他肯回来看看我，我一定……他做错什么，我都原谅他。"

她怕别人笑话，所以，只要别人问起，她就说自己父母离异。

她的内心有小小的希冀……

她依然奢望那个男人像离婚的父母一样，会在某一天找到她，看看她。

没准他有点想妈妈，觉得对不起她，就回来找她，然后发现他有一个这么大的女儿，然后，他肯定会哭着说对不起她，接着请她原谅他，让她认他。

她想她一定会口是心非地说我才不稀罕你，然后哭得眼泪哗哗，但内心还是认了他。

虽然常违心地说我不稀罕，可内心还是有强烈的期盼。

她难过，忍不住流下眼泪的时候，他慌得在边上道歉。

"你别哭啊，我不是在说你，你别放进心里啊！我知道你也是单亲家的孩子，你爸和你妈也离婚了……这大概就是我喜欢你的原因吧，我们两个的眼神真的很相似，对生活都快绝望了，却还是掩饰着，很累啊！"

他说完，就呵呵地笑了。

然后，她伤心地哭。

他就抱着她哄她，哄着哄着，就把两颗心哄到了一起。

她想，他们是同类人，所以才会相遇。

她想，或许所谓的同病相怜，大抵如此。

远在 S 城念大学的舒野执意要来看黎美洙，住一晚上，下午三点，再坐火车回去。

在火车站等着舒野的时候，她怎么也不会想到，这个绿车皮靠蒸汽运行的蒸汽机式火车，在十年后几乎绝迹。铁轨上……再也听不到"呜"的一声长鸣，再也看不到驾驶室的顶头的烟筒上冒出的浓浓白烟。

就像……她再也看不到小学和初中的校园操上……用黑色煤渣铺满的跑道，也看不到老师提着一个桶，用长长手柄的勺子挖上一勺，边走边倾了勺子，贴着黑色的煤渣地面画着白色的跑道线。

火车站的门口有做苦力帮人背包的挑夫，还有骑着电力三轮的麻木司机。

就这在拥挤的人堆里，她守在出站口守到了一个月没见的舒野。

他背着大大的背包，从那边挤了过来，然后，冲她露齿一笑，笑得好看极了。他笑着叫她的名字，她点点头，两个人随着人潮向站外走去。坐公交车到了一家旅馆，登记后，他们来到了房间。

门一关上，他把手里的包包往床上一扔，就抱了过来。

"我想你了！"

她的下巴搁在了他的肩上，微微一笑。

"你想我了没？"

"还好！"

"还好？"他显然对这个答案不满意了。

"我特地赶来看你，你就给我一句还好？"他坏坏地笑，"这可不行，你得补偿我！"

只感到身体被他撑起，他开始拥吻过来。

她本能地将脑袋仰起，只想着他是自己的男朋友，亲亲抱抱也没什么。

可是，下一秒，她惊大了眼睛，一把将他从衣摆伸进来的手按住。

"你干什么？"

她极度紧张，他微微喘气说："我在抱你啊！"

"你的手在干吗？"

他讪讪一笑，自我解嘲道："我也不知道怎么了，亲着亲着，手就伸进来了。"

她把他的手扯出来了。

他"啧"了一声，闷闷不乐道："我们都这种关系了，就让摸一下！"

"不行！"她斩钉截铁地拒绝。

"让我看一下！"

"也不行!"

她使了力,一把推向他,他向一边倒下,倒在她身边,用胳膊肘撑在床上,脸上浮起不悦。

他妥协似的说:"好好好,我不摸,我不看,那我继续亲你,总可以吧……"他说着,就又欺身上来,亲吻着她,唇游移到她的耳边,轻轻问她:"你爱我吗?"

她怔了怔,红着脸,恍惚地点了点脑袋。

他高兴起来,高兴得眉毛都扬了起来。他觉得时机到了,手霸道地伸进了她的衣服里。

她再次惊大了眼睛,死死地将他的手拉住。

她看到他鼻尖有了细细的汗珠,好像欲火焚身,急不可耐,却又皱了脸哀求,声音沙哑道:"我想要!"

她摇着脑袋,说不行,不行!

他身体压在她的身上,用手扳住她的脑袋。

"给我吧!"

"不行!"

"我会对你负责的!"

"一定要等到结婚的那一天!"

"可是,我等不到那一天了!"

"等不到就不行!"

"美洙!"

"不行!"

"美洙——"

"不行就是不行!"

他有些恼了:"怎么不行啊?我和你都谈了三年了,毕业的时候才肯跟我接吻,我才刚把手伸进你衣服里,你就这么大的反应!你压根就不爱我!"

她猛力推开他，坐起身来，冲着惊愕的他大喊："爱你就一定要跟你上床吗？爱你就一定要把自己给你吗？你那么想要一个能上床的女朋友，你就去换一个啊！"

"你发那么大的脾气干什么？不愿意就不愿意，吼什么？"

他懊恼地将头发向脑后捋去，突然觉得心有不甘，又转过来，企图把她扑到在床。她使出九牛二虎之力，硬是将他挣开。她扯了扯衣服，从床上起身，急走到门口，大口吸气，捂着胸口，红了眼睛转过身对他说："你先休息吧，明天早上我再来！"

那天回去后，舒野对美洙淡了许多。前些时，还一天一个电话，后来，两三天一通，再接着，已两个星期没有等到他的电话了。

大家都说，距离会拆散两城相隔的恋人，这不禁让她隐隐担心。

这个阴郁的下午，校园里正在举行一场女子篮球赛。

但那群女生的球技太烂了，投篮用砸的，断球用抢的，运球用抱的。裁判几次吹哨子，都是因为她们一团人抢在一起。整个比赛，给人的感觉是一场抢球争夺赛。像抢西瓜似的，想象力更丰富一点，像饿狗扑食，抢骨头似的。

她突然想到高中的运动会，想到她为舒野加过油。

怎么着也是喜欢过的，怎么着也是对他动过心的，也许应该告诉他，不是不喜欢他，而是不能这样轻易付出自己，因为看到妈妈的下场，她害怕。如果真的要在一起，她就不该把身世瞒着他。

于是，她去了电话亭，插了 IC 卡给舒野打电话。

接舒野手机的是一个女生，她喂了一声就说："你哪位？"

美洙的神经一下子绷紧了。"你哪位？"她反问。

"我是舒野的女朋友！"

她简直不敢相信自己的耳朵。

"你……是她的女朋友，那我是谁？我才是他女朋友。"

电话那头的声音尖锐起来："你是他哪门子的女朋友？他女朋友是我，你从哪里冒出来的？脸皮够厚的你！"

黎美洙的耳朵里有了尖锐的嗡鸣，她觉得异常刺耳，头顶的太阳也让她感到晕眩。她努力地扬了扬眉毛，闭了闭眼睛，也不气也不恼，只是平静地说："我是他的女朋友，我们高中的时候就在一起，请问你是谁？"

那头的电话"啪"的一声挂上了。

她走出了校门，来到一边的车站，看到一辆车来了，便坐了上去。找了个位置坐下，售票员便在车子启动的时候，拿着售票夹走到她的面前，手一伸，说："票！"

美洙递过去一块二毛钱，售票员接过了，撕了一张票，见美洙没有打算伸手去接，便把撕了的票向空中一扬，说："看好了啊，票撕了！"

她没有言语，只是看向窗外。不知道在看什么，也不知道在想什么，只是眼泪偷偷地顺着脸颊往下淌。

她在终点下车，这里是一个嘈杂的街道。空气中混杂着臭干子、臭豆腐的味道。有人推着半高的小推车，搁上一块木板，在上面叫卖着一块钱一小碗的西瓜，抑或用看上去不怎么干净的塑料小桶盛满一串串泡白了切好了的菠萝。卖头饰的，售老鼠药的……全都聚集在人流量很大的街道上。有乞讨的小孩子，也有售花的花童，不远处总有什么工程在施工，"嘶嘶"的油炸声伴着此起彼落的吆喝声，还有机器的轰鸣声，格外喧杂。

她不知不觉来到某个广场的一角，那地方很美，有假山，有绿草，有小石砌成的小径，也有一个中央喷泉，只可惜它没有喷水。

人工种植的草皮上，竖着"不要踩踏"的牌子。那片较大的草地上有一个很大的鸽笼，里面的鸽子零散或集体地飞翔，息着，走着，吃着游人喂食的饲料，颇有点儿埃菲尔铁塔的味道。她瞅着那些可爱的鸽子，只觉得心喜，于是从书包里掏出一块面包，撕碎了放在手心里，让鸽子啄食着。没想到鸽子会不满足她手心里的那点面包屑，反而攻向她另一只手里的面包。

她是来喂鸽子的，反而被鸽子追得满场跑……

扔了面包，鸽子们就不再睬她。

这一跑，一出汗，便觉得悲伤的心情好了一大截，于是，她呵呵地笑了笑，看看时间不早了，便向返回的车站走去。

候车时，黎美洙习惯性地把手伸进荷包里，想从里面掏出钱包来取点零钱，却发现手摸空了，钱包不见了，一定是被鸽子追的时候掉在广场上了。她抱着侥幸回头去找，真的发现她的钱包孤零零地躺在草坪上，大红色的物体在绿色的草地上煞是显眼。当她拾回时，才发现，里面一分钱都没有了，甚至连放在里面的一包纸巾也不见了。

黎美洙一下子蒙了！

这种情况她从来没有遇到过。稳住自己的情绪，她搜遍全身，居然只有一毛钱。

打电话找警察？会被人笑死的。

她脸皮薄，又不好意思跟公交车司机说："这次坐了，下次再给！"学校根本不会放计程车进去，就算在门口遇到熟人，借的钱也得还，这里坐回去，很贵的，她的生活费可不是大水漂来的。

她看到街边那一排电话亭，突然想到林蔓，便走过去。

林蔓在那边安慰，说别急别急，我大姨妈来了，我来不了啦，我找同学去接你。

美洙报了地址，就坐在广场的水池旁，直到华灯初上，广场亮起低矮的草坪灯，乘凉的人摇着大蒲扇，登上这个绿岛。

此时的黎美洙坐在一边的小凳子，突然肩膀被谁拍了一下，转头一看，是熊逸笑得开心的脸。

他说："嗨！"

她不可思议："熊逸，你怎么在这里？"

熊逸说："林蔓叫我来接你的！"

黎美洙皱起了眉头:"你跟林蔓认得?"

熊逸笑道:"高中我们一个学校的,有什么不认得的?"

"这么说,你也是华南三中的?"

"是的啊!"

"这么说,你和她是校友啦?"

"是的啊——"他简直无奈了。

"你真是笨!连自己的钱包都看不住。"

"我……我不小心掉了!"

"唉!真拿你没有办法,走吧……"他边说边带住她的背包。

"去哪儿?"她的防护系统突然就启动了,他扑哧一声就笑了。这怎么跟多年前,他兴冲冲地跑到她面前拿书的场景一个样啊?连她紧张后退的样子,都不带改的,要不是他确定他们大学了,还真要错觉时光倒流了。

"去哪儿?我们能去哪儿,自然是回学校了!哎,你别总是提防着别人会卖你。"他的眼里充满了笑意。

"那……麻烦你来接我了,我跟你不是很熟,怪不好意思。"她的声音越说越小。

"呵呵,熟?"熊逸傻笑道,"熟了的东西还能动吗?"

"那你还来?"

"我也不知道啊!"

"不知道?"

"是呀!"

他笑道:"我只晓得林蔓叫我来后,我就跑到车站了,上了车我就问自己,她又不是我妈也不是我女朋友,我急什么?"

他总是这样不正经,快受不了他了,但还是跟他说了一句:"谢谢你。"

"就这样算谢了?太小气了!"他说着不满地撇撇嘴。

"那你想怎么样?"她问。

他挠挠脖子,呵呵笑道:"还没有想到,想到再告诉你!"

美洙微扬起嘴角，算是对他扯出一个笑脸。

望着泛光的草坪，她问他："熊逸，你有没有听过这样一句话？生活就像一杯可乐，刚倒出瓶口会沸腾，充满生命力，到它再也冒不出气泡，再也没有甜味时，它就失去了意义。"

熊逸想了想，摇着头说："太深奥了，我没听过！"

她苦苦一笑，眼睛看很远的地方。

"其实，"她说，"我很向往书上描述的生活，找个安静的地方，拿着一杯冒泡的可乐安静地坐在路边，看过往的人群，直到变味的可乐再也冒不出泡……"

以为他能听懂她的意思，没想到——

"哎呀！你干什么？"

他的手居然摸到她的头顶，跟老猴子翻小猴子身上的虱子似的，她不得不大叫起来。

"我想看看你的头……"

"我的头有什么好看的！"

"看看上面长了眼睛没有？"

她一把拉开他的手说："你有病啊！我又不是螃蟹，头上怎么会长眼睛？"

"怎么不会？"他居然说，"你没听过别人说爱幻想的人的眼睛长在头顶上？"

"呃？有这个说法？"

"是呀！"

"奇怪……"她嘀咕道，"我怎么没有听过？"

她低下头时，居然发现……

"喂！"她忍不住失声叫了起来，"你，你怎么穿着拖鞋就跑出来了？"

熊逸翘了翘脚，晃动两下，说："要不是来接你，我会这样跑出来吗？好心来接你，你却这样，你说你有没有良心。"

黎美洙被他问窘了，低头看着他脚上的拖鞋，忽然觉得有股暖流注入体内，有丝丝的感动。

"你……"她低语道，"你就不能换上鞋再来吗？又不是要你赶刑场，急什么？"

他一脸的似笑非笑，冷哼道："瞧！我终于知道什么叫好人难做了，这种事，以后请我来我都不来！"

他走了几步，又转了过来，对美洙喊："你发什么傻？还不快走！"

一路上，他们沉默不语，熊逸有意无意地保持与美洙的距离。看着他满腹心思的样子，美洙觉得疑惑。来到车站，一个小孩子在街上向人乞讨，人们视若无睹，或像摒弃一个脏物一样躲开他，美洙掏出身上仅有的一毛钱投到他捧着的破碗里。

熊逸转回头看着黎美洙，自惭地笑道："你就一毛钱，还想到别人？"

她幽然道："刚刚，我尝到身上只有一毛钱的滋味了，只觉得脑袋空白，不知道怎么办才好。有就给别人吧，没准人家多一毛钱，就可以买个面包呢！"

他静静地看着她，她眼底映着城市的灯光，闪得如此漂亮，她的身影映在他的眸子里，变得更加迷人和生动。

"美洙！"他忍不住轻唤了她的名字。

"嗯？"她轻轻地应了一声，微扬了眉头，有询问的意思。

他略有些慌乱了，不敢直视她的眼睛，好像怕她看透自己的心思，知道他迷恋她的秘密，于是，转了脑袋，躲了她的视线，觉得自己慌乱的情绪稳定下来的时候，轻轻询问："你吃晚饭了吗？"

她一怔，随后脸有些红了，低了脑袋，不自在地说："还没呢……"

"那我们先去吃饭。"

"算了，我……我不饿。"

"我饿了呀！我饭吃到一半接到林蔓的电话，现在快饿死了。"

她随他进了一间小吃馆，点餐的时候，他将菜单递了过来，说：

"你先！"

她说："不用这么麻烦，就来碗牛肉面吧！"

"行！"

他笑着对服务员说："牛肉面，来两碗。"

"我……我要素的。"她支吾着补充。

"人家不卖素的。"他边说，边催着服务员下单。

等面端上来的时间里，他就和她面对面坐着，面带笑容看着她。

她被看得不自在了，捏住了放在膝间的包包的带子，小声问："你看着我干吗啊？"

他笑着，摇了摇脑袋，却还是看着。

"你别这样看我啊，我不自在！"

他便笑道："好好好，我不看你了，不看了。"

她有些拘束："回去后，我把钱还给你。"

他微皱起了眉头："什么钱？"

她看着蓝白格的桌布，抿抿嘴说："车费，还有吃饭的钱。"

他立马就不高兴了："你扫不扫兴啊？再提这些，以后别跟别人说你认识我。"

"可是我……"

"好了好了！"他一下子站了起来，不悦地说，"我去看看面好了没有！"

她突然觉得难过起来，是不是说错了什么，惹他不高兴了？

过了一会儿，熊逸端着一个托盘，将两碗牛肉面端了上来，分别放好后，又抽身买了两瓶可乐，插了吸管，先递了一瓶给她，另一瓶自己用。

"我……我不喜欢喝可乐。"

"啊？不好意思，我喜欢，所以我以为你也喜欢。要不，我再去买瓶别的，你喜欢喝什么？"

她忙说："不用了不用了，算了，就可乐吧！"

他大口大口地吃，都快吃完了，她还在吃第一口。一看他这么快，她顿时有了压力，吃急了，被牛肉面里的辣椒给呛着了，呛得直咳嗽，她将头扭向一边，咳得眼泪都出来了。

他忙放下筷子，来到她的身边，用手拍着她背，再从桌子上拿纸巾给她。

一阵猛咳后，她舒服多了，但身体顿时感到虚了，脑袋抵在了他的胸膛上。

她靠过来的一刹那，他眼底顿时盛上了难言的喜悦。这让他有了勇气在她边上的位置上坐下来，扳了她的肩，让她的脑袋依在自己的肩上，然后用手轻拍着她的背，问咳得满眼积泪的她："好些了吗？"

她虚弱地点了点脑袋。

她靠进他怀里时，他有些心疼，这心疼里却又杂着一种奇妙的喜悦。

出了面店，在拥挤的街道上，眼看一辆单车摇摇晃晃地要撞上她。熊逸不由得一阵紧张，随后一把将她拉到一边！

好险！他暗自惊呼。

美洙问熊逸："你是怕我被车撞了？"

熊逸摇摇脑袋，一脸认真地说："哪里哪里，我是怕你把别人的车子撞坏了！我还不知道你买保险没，也不知道你受益人是谁啊！"气得美洙直翻白眼。

在返回的公车上，他们并排坐着，她坐在里面，他坐在外面，车窗拉开，风从窗里迎面吹来，吹得她的发丝像打秋千的小孩子。他看着她微眯了眼睛，脑袋像敲木鱼似的一点一点的，便忍不住笑了。

突然一个刹车，她没坐稳，脑袋撞上了身边的窗棂上。黎美洙痛得"嘶"了一声，揉了揉自己的脑袋，分散了疼感后，抵不住困意，又合了眼睛。

他的手便伸过来，搁在她靠背的椅子上，手心按着她脑袋边的窗棂。

她的脑袋随着颠簸的车身左右晃荡，不停地撞在他的手背上，撞着撞着，便贴在他手背上睡着了。

"美洙！"他轻轻地唤她的名字，她睡熟了，没有搭理。

他轻轻地伸出另一只手，稳住她的头，将她的脑袋转了过来，轻轻地放到了自己的颈窝边。

他怕她会惊醒，所以小心翼翼，她靠近他的颈窝时，潜意识地感到很舒服，居然歪过了身子，两胳膊伸过来，像抱抱枕一样，将他拦腰抱住。

他幸福得脑袋轰然一响，骨头酥了，汗毛都要跳舞了，心中好像有只小麻雀，雀跃得都不知道怎么办才好。熊逸不敢动，保持着那个姿势，脖子都有些僵硬了……

离她这么近，气息拂面而过，熊逸忍不住凑拢过去，屏了呼吸，好像去捣杀人蜂的蜂窝一样小心翼翼，唇先触到她额际边的头发，然后，触到她发丝下的肌肤。

他不敢呼吸，怕吓醒了她，只敢屏了气，却仍有隐隐的香气萦绕鼻间，所触之地，温温暖暖，且奇迹般从唇部感受到她额际脉动突突地跳动，像小鼓点一样，敲击着他的唇，并且由唇直达心脏。

他满足地笑了歪了脑袋和美洙靠拢在一起，睡了。

不担心坐过站，因为要抵达的地方是终点。

车一个激烈的起伏将美洙给颠醒了。她悠然转醒，看见自己居然紧紧地搂住熊逸，和他脑袋挨脑袋地靠在一起。她"呃"了一声，马上直起身来，向一边的窗子靠去。

熊逸好像被惊动似的，微微皱了眉头，然后，空下的手抱在了一起。不知道是有意还是无意，他将身体下滑了一下，让膝盖顶到前排的靠背底端，脑袋顺便歪了过来，整个人就斜靠到黎美洙的胳膊上。

窗外闪烁的霓虹影闪过黎美洙的脸，也闪过熊逸的。她看着他的脸，光斑快速地移动，跟川剧里的变脸似的，红一会儿，白一会儿，再青一会儿，再绿一会儿。特别是在闪烁的闪光交换灯下，他的脸跟变色龙似的，一条一条变下来，有趣极了。黎美洙只顾笑熊逸，却忘记了，他们两个是坐在一起的，熊逸的脸变色，那她的脸也好不到哪里去。

美洙想推开他，最终都未如愿，因为每次推开后，他歪着歪着，就又贴过来了。

不得已，不自觉地打量起熊逸的五官。她发现他的眉毛很浓，他的头发很密，他的嘴唇不薄，不得不承认他看着还很顺眼。

美洙无奈地笑了，熊逸这个人呐，连睡觉都在笑。

快到站时，她摇醒了他，他一副被人惊醒美梦的样子抱怨："怎么这么快就到了？"

"惊扰你做梦了吗？"

"是呀！我正梦到好正点的美女。"他一脸垂涎三尺的样子，"只可惜被你叫醒了。"

"那你继续吧！"车门开，美洙便跳了下去，他随后也跳了下来。

下车后，美洙的脚忽然崴了一下。熊逸马上扶住她的身体！

他问："你怎么了？"

她说："没事，就是脚很麻！"

"怎么麻了呢？"他不解地问了一句。她听着就气了："还不是因为你一直靠在上面，我不仅腿麻，你靠着睡觉的这半边胳膊都没知觉了。"

"不舒服就喊醒我啊！"

她郁闷道："你睡得那么熟，我怎么忍心喊你？你的头太重了，都快压死我了！"

"那是你太瘦了！你每天都在吃什么？是不是在受虐待？"

"有那么夸张吗？林蔓说我抱起来肉球球的，私底下还叫我猪！"

"她说你是猪？太过分了！"他"一脸怒气"，"她说话怎么那么直啊？别人像什么就说别人像什么。"

美洙怔了怔，回过味来："好哇，你拐着弯骂我是猪！"

你说怎么就这么巧，正说着猪呢，一车装满猪的大货车打身边经过。

"哟！美洙——"熊逸夸张地叫道，"这么多同类啊？里面哪一个是你啊？"

"哟！我也看到熊逸了。"美洙反唇相讥地指向远去的"猪"车，反击道，"那个最肥的，在美洙旁边叫哼哼的就是嘛——"

她转首，有些得意地扬扬眉，看到他怔然的样子，两个人突然忍不住大笑起来。

路人奇怪他们两个在笑什么，可是她就是捂着肚子笑得欢畅，她甚至笑得将肚子捂住，笑得不行似的蹲在了地上。

熊逸也捂了肚子，用手按在鼻下吸了吸鼻子，拍了拍胸，对蹲在地上的美洙说："别笑了唉，我快笑断肠子了，你怎么这么能笑啊，呵呵呵呵呵！"

"美洙……"

他突然感到不对劲，意识到她微耸着肩膀，不是在笑，而是在哭。

他一时间紧张起来，连忙蹲下了。

"黎美洙，你……怎么了？"

她在哭！

她是真的在哭！

他慌得从包包里掏面巾纸递到她的面前。她蹲在路边，低泣着，说了一句让他心疼无比的话："其实……今天，我被人甩了……"

他顿时揪紧了五官："怎么回事啊？你别哭，慢慢说，有我在，不会让你受委屈的。"

她用手背揩着眼泪说："我刚刚跟我男朋友打电话，一个女生接的，说她是他的女朋友……"

"啊，你……有男朋友了？"

这不是明知故问吗？刚才她就说她被人甩了啊！

但是谁都没发现这句话有什么问题。

她不信地说："这怎么可能呢？他特意跑来看我，坐了七个小时的火车，怎么回到学校去，就交上别的女朋友了呢？远距离的恋爱，真的会拆散相爱的恋人吗？"

"不是的，你不要哭，可能是个误会。我以前念高中的时候，有个女生就喜欢乱接人电话，说是别人的女朋友，她就是无聊，喜欢玩这种游戏，见不得别人好。你不要上当了，真要不放心，你可以去看他啊，当面问个清楚，比这样乱猜乱想的好吧？"

"真的吗？"

"千真万确！"

"那我再去打电话问他。"

"其实我觉得你亲自去比较好，一来，可以解除误会；二来，可以给他一个惊喜。"

"我是想去，可是火车票要好多钱！"

他脱口就出："我有，我陪你一起去。"

她挂着眼泪，惊愕地看着他："你说什么？你要跟我一起去？"

他说："那当然，钱是我给你的，我不跟你去，万一出了什么事情，我怎么负得起这个责任啊！和你一起去，有什么都说得过去的。再说，我正好有朋友在那里，我去看看他。"

她较真了："你朋友在哪里啊？"

"就你在男朋友在的地方啊！"

"可是，我并没有告诉你他在哪儿啊！"

她没说吗？没说吗？她真的没有说吗？

"林蔓对我说的！"

"可是，我没有告诉过林蔓啊！"

他结巴起来："这……这有什么！我熊逸人脉关系好得不得了，四海之内皆兄弟，哪里都有朋友，走哪里都可以借机会去瞅瞅，这有什么好奇怪的。"

"可是……"

"黎美洙！"他突然很认真地叫她的名字，"你愿意去，我陪你，要么误会解除，要么我替你揍他一顿。我们是老校友了，我无论如何都是站在你这边的。"

他真挚无比，目光澄亮，她抬眼，就看到明亮的路灯下映在他双眸里的自己。

"熊逸……"她不由得喃喃地叫了他的名字。

他应了，很轻很轻："我在呢！"

"谢谢你！"

他扯唇一笑："再客气，我揍你！"

到达 X 城 S 大时，黎美洙都不敢相信她真的和熊逸一起来了。除了念书，这是她第一次出远门，她居然会跟熊逸一起，坐七个小时的火车去另一座城市。

拿着舒野给她写过的信，按信封的地址找到他的学校……

在进去前，熊逸要先去买早点，她便在早餐店门前等他。

熊逸进去了，出来的时候，抱着一个牛皮纸袋子，走到她跟前，从里面拿出一个包子递给她。

她摇了摇脑袋，说："不想吃。"

他执意地递了递："吃吧，不吃早点对身体不好，多少还是得吃一点。"

她抬起脑袋看了看熊逸，实在盛情难却，便接了过来。

黎美洙拿着包子，没有吃，良久开口道："你说……我来之前没有给他打电话，他会不会生我的气啊？"

熊逸放下咬了一口的包子，想了想说："不会，要是我的女朋友赶这么远来的路看我，我会感到很惊喜，很感动。"也不知道他是实话还是安慰，她只是抿着嘴，微微地笑了笑，边笑边看了看手里的包子。

"你女朋友可真幸福！"

"为什么啊？"

"因为你看到她你就开心啊！"

他无声地笑笑："我没女朋友呢！"

"那有没有和别人交往过？"

……

"不许骗人，要说实话！"

"有！"

"你……和她拥抱了吗？"

熊逸皱了皱眉头："抱了！"

"肯定也接过吻了？"

"吻了！"

"感情很好吧？"

"也谈不上，大家都在谈情说爱，她们说喜欢我，我就试试了！"

"她们？看来不止一个啊！"

"高中的恋爱，就那样吧，也没什么好说的。"

"就这样了？"

"就这样了！"

"感觉有些随便了……"

"好像是的……"他呵呵一笑，挠了挠头，"本来想跟你说我没有过女朋友，但不想骗你！"

"那她们都漂亮吗？"

"不漂亮谁要啊？"

"对你好吗？"

"也还不错吧！"

"那为什么分手呢？"

"不知道！"

"是因为她们先追你的吗？因为听人说，男人都不太珍惜送上门的女生。"

他说："分手是因为她们嫌我不够体贴。大概是年纪小，不懂得别人的感受，让她们伤心了。怎么做都是错，都不知道错在哪里，也懒得解释。

分了就分了，反正出去都是我花钱，我也没占什么实质性的便宜。"

"可惜了，你这么好……"

"真的吗？"他看向她。

她点了点头说："当然。"

他便笑了，笑着咬着包子，乐呵呵地吃啊吃的。他无声地将脑袋转向她，默默地看着。黎美洙拿着包子，感觉有人盯着她看，便转过头。她扬了扬眉，轻轻地"嗯"了一声，用询问的表情无声地问他，这样看着我……有什么不对劲吗？他随着呼吸泄出一个笑来，心领神会地摇了摇脑袋，无声地表示，没有什么。

路边正好来了一只狗，边走边闻，夹着尾巴向这边走来。

黎美洙将手里的包子掰成两半，一大一小，圆滚滚的肉馅全到了大的一半里面，她弯身，把肉放到地上，唤了狗来吃。

那狗通人性地走过来，用鼻子闻闻，便吃了起来。

熊逸奇怪地问："你怎么自己不吃，给狗吃啊？"

她随口就答："我喜欢吃包皮。"

熊逸中毒般猛地睁大了眼睛，然后，这大街上所有的人都看到一个小伙子抱着一个贴满大大小小广告的电线杆，笑得前仰后合。

黎美洙涨红了脸，对他大喊："那是口误，那是口误，你不要再笑了！"

可是熊逸还在笑。

黎美洙气得连包子都吃不下了，转身就走，他跟在后面，不停地说"我不笑了，我不笑了"，却还是笑得打哆嗦。

熊逸追上去扯住了她的袖子，连声道歉："我不笑了，成吗？我真没笑了，你看看，我真没笑了。"她扯了扯袖子，抽不开，就转过头看他，想让他放开。她转头的一刹那，目光穿过熊逸的脑后，整个愣在了那里。

是舒野！

他和一个女生从招待所出来，两个人挽一起，还不停地私声窃语，舒野偏了脑袋，听着那女生凑过来在耳边说什么。

熊逸感到黎美洙的眼神不对,便有了不好的预感,等他转过头,就看到一个体型适中的男生被一个高挑的女生挽着,有说有笑,亲密至极地从早点摊边的招待所里走了出来。

黎美洙心中一慌。

她竟心虚了!

她竟胆怯了!

她完全有理由冲上前去大吵大闹,却在他们走过来还没有看到她的时候,下意识地移动脚步,往电线杆边躲去。

舒野他们走近了!

越来越近!

只有两三步之远了!

"你要找的,就是那个人?"熊逸忍不住低声询问。

黎美洙的眼泪在眼眶里打转,她咬了唇,艰难地点了点头。

"做错事的又不是你,你躲什么?"

熊逸攥住她的手腕,一把将她拖了出来。踉跄间,她感到和舒野很近了,近到她听到那女的对舒野说:"你说给我买的,不许骗我!"

舒野说:"买,买,买,你要天上的星星,我都买……唉……"

一抬头,他傻了眼。他根本没想到黎美洙会和一个男的拉扯着出现在他的面前。他简直不敢相信自己的眼睛。

"美……"他差一点叫出她的名字。

他女朋友奇怪地问:"美什么?"

"我……我是说你真美!"

那女生娇俏地笑了,亲密地挽着舒野,脑袋歪在他的肩膀上。他们与她擦肩而过,越走越远。

熊逸起步,要追上去揍他。

黎美洙眼疾手快,一把抓住他的胳膊:"算了!"

"算了?"他简直不相信自己的耳朵,"他背叛了你,你就这么算了?"

她反问:"他们都这样了,还有什么好说的呢?"

"什么,你们说什么?"舒野的女朋友居然听到了。

"你就是舒野的前女友?哈哈哈!"她竟笑了起来,对舒野说,"这就是那个,你跟我说你从来没爱过的女生?你说你追她,是因为你跟同学打赌。哈哈,她居然还找到这里来了,还带来一个,怎么,想打架啊?"

黎美洙顿时感到血液涌上了头顶:"你……说什么?"她再看向舒野,只见舒野拼命地拉着那个女生,不停地让她不要说了。

女生气急,拉着他的手大喊:"你不是说你不爱她吗?把你跟我说过的话跟她说一遍啊!明明是个没有爸的野种,还敢说自己的爸妈是离异,真是不要脸!"

"你……舒野你早就知道……我的身世?"

他没有说话,没有否认,她仿佛听到自己心碎的声音:"好,很好……"知道就算了,还跟别人提,真是很好!

舒野只想息事宁人,根本没有道歉的意思,只是拉着女友说:"好了好了,走吧走吧!"

熊逸疾步向前,一下就扯住舒野的脖领,"哼哼"地笑着:"小子,风流啊!看到正牌女友,就没种地想溜,嗯?"

他狠狠地拽了两下,舒野被勒得说不出话来。

那女生尖叫:"你干什么?你干什么?"

熊逸冷笑:"我干什么?我她妈就让你看看我想干什么!"

他扬起了拳头,刹那间,黎美洙冲了过去,紧紧地抱住了舒野,护在了他的面前。

舒野和他的女友同时惊大了眼。

"你……"熊逸不敢相信自己的眼睛,随后气急败坏地嚷,"你她妈有病啊,他背叛了你,你还护着他。"

她紧闭着眼睛,看上去是准备承受熊逸那一拳了:"他都背叛我了,心也不在我身上了,何必打他,真要打出什么事来,又要扯在一起没完没了。

难道你不知道你的拳头有多重吗？"

"我……"熊逸不可置信地看着她，却还是松开了手。

美洙随后也松开了舒野，解脱似的对他说："既然你找到了真爱，那我们就正式分手了。祝你幸福。"

"真受不了，还祝他……幸福？瞧你那副没出息的样，有人替你出气，还不许，我真是受不了你了！"熊逸气得直挖耳朵，随后转身就走。

"熊逸……"

"别叫我！"

"熊逸！"

他已大步走了一段距离，听她一叫，他定了定身形，随后一脸无奈地转过身来："干吗？"

"我请你吃冰激凌吧！"

她说着，便走进边上的小超市买了两只香芋味的蛋筒冰激凌，上面有些巧克力和花生。她将一只递给熊逸，另一只拿在手里开心地吃着，边吃边说："你快吃呀，不吃就化了，我最喜欢这个口味了。"

"你……还好吧？"熊逸终于忍不住问了出来。

黎美洙笑道："我？我很好啊！"

他拍了拍自己的肩膀说："想哭的话，别撑着，肩膀借你！"

她笑着在他胳膊上打了一下："我真没事！来之前，我已经做好了最坏的打算，来的路上，我一直忐忑不安，事情摆在眼前后，我反倒有了大石头落地的感觉。真没什么的，别小看了我的承受能力，要是这点事情就要死要活，我早就死过一百八十回了。"

"你这个样子你让我怎么放心，你又不哭出来，你说我能不担心你一时想不开做傻事吗？"

黎美洙笑了，好像反过来安慰熊逸："怎么会呢！你想多了！"

笑着笑着，她收住了笑容。

"熊逸……"黎美洙看向了自己的手腕，手腕那里包着一个护腕。她的表情凝聚了一层久远的哀伤。

"那年，我差点失血过多死去……打了麻药洗缝伤口昏睡过去又醒来的时候，我就觉得我是死过一次的人了。高中的时候我遇到一件事情，有位同学跳楼自杀，可怜哪……可怜那同学的妈妈在葬礼上哭得几次晕了过去，哭不出眼泪来了，只上气不接下气地干号。虽然辛苦，虽然我也时常有轻生的念头，但也不能这样不负责任地结束不是吗？更何况，我一直活得没有存在感，一直被人忽略，我还没有尝到被人认可的滋味，我怎么甘心放弃自己，做想不开的事情？"

她从落寞哀思里抬眸一笑："以后的时间还长着呢，他不愿意珍惜我，我会找到对我更好的，日子还要过的，哪有那么多的时间去矫情啊？"

她冲他乐道："别替我愁眉苦脸的啦，我没事的，真的！"

假话说得像真的，可唯有这样才能安慰自己。

后来，舒野在黎美洙的 QQ 上说了这样一句话："对不起！"

舒野再三说对不起，再三说是无心之过，再三说是聚会是喝醉了，因为寂寞因为不确定她是不是真的爱他，找人倾诉时做了无心之事。

她关了 QQ，没有回复。

而后，那个五位数的 QQ 被人偷了密码，她和舒野便断了联系。原来人和人之间的缘分，浅得只是那组号码。

那天晚上，黎美洙和熊逸过夜了。

一场暴雨，把他们回程的大巴困在了桥洞下，桥上有火车在走，桥下却是熄了火的大车与小车。有些人借推车的名义帮小车车主推车时，卸了别人的车牌，等车主发现后，他们说是在水里捡的，坐地起价，一个车牌五十块或者一百块卖给车主，说这是有偿服务。遇到斗狠的车主，那群推车的就围上来，寡不敌众下，那些车主只得认倒霉。

在熄火的大巴上，黎美洙目睹了这一切。

因为误了赶火车的点，熊逸只得给人打电话，他说我现在在你们学校附近,来办点事,火车误点了,票也退不了,身上钱不够了,先借我一点。

对方问:"你现在有过夜的地方吗?"

熊逸说:"找车站边的小旅馆过一夜,应该没问题。"

对方说:"那行,你先在外面住一晚,明天一早我给你送钱去。现在学校关大门了,我出不去。"

不得已下,熊逸和黎美洙一起来到路边的小旅馆,他身上的钱只够开一间房,便只开了一间。

进门的时候,他对美洙说:"你住里面吧,我去外面网吧包夜!"

黎美洙喊住熊逸:"别走,我也去!我们把房间退掉吧!"

熊逸乐道:"送到虎嘴里的肉了,你还能退得回钱啊?"

"我一个人住害怕,两张床,一人一张,不碍事!"

她说的时候,四下看了看。

这个旅馆看上去很不安全,很简陋,她很怕睡得好好的,还在梦中就被人掐死。

熊逸看着她,小心地问:"你不怕别人误会我们……"

她说:"这地方偏,不会遇到熟人,没有人会误会我们。"

"再说,"她顿了顿说,"若是我信不过你,我也不会跟着你出来,你不会做伤害我的事情的,对吧?"

熊逸笑道:"那可说不准,没准我现在就想侵犯你呢!"

她面露惊慌。

他笑道:"开玩笑的,你这么信得过我,我当然不会做伤害你的事情。看看你,衣服都湿透了,去洗一洗吧!不要感冒了!"

黎美洙将换下来的衣服洗净后晾在洗浴间里,裹着浴巾出来的时候,熊逸一下子就傻了。

他怕他再这样看下去会出事,便低了脑袋,扔下手里的电视机遥控器向卫生间走去。

她郁闷地看着他,不懂他为什么不发一语,为什么不看她的眼睛,逃避什么似的跑到卫生间。她明明是冲他微笑的，怎么……她笑起来很让人讨厌吗？

那一晚上，真是让人郁闷到极点。

大概在十一点的时候，隔壁房间入住了一对情侣。这种小旅馆里隔音效果差得要死，睡得半熟的她竟被他们洗澡的声音惊醒。

第二天早上醒来熊逸和黎美洙都有重重的黑眼圈。经过一晚，两个人竟都不好意思理对方，竟都尴尬起来。这无疑是因为昨天那一墙之隔的那对，太够意思，太尽心表演，让墙这边的这两个人享受了豪华的听觉盛宴。

一出门，就遇到昨晚上隔壁的那对。

熊逸微点了一下头，伸了手，做出请的姿势："你辛苦了，你先走！"

那男的摇了摇脑袋："不不不，你也辛苦了，你先！"

"我没你辛苦，还是你先！"

"你别让了，还是你先吧！"

熊逸一笑，拉了黎美洙的袖子，向楼梯口走去。

送钱来的那位早在楼下等着，看到熊逸带着黎美洙下来了，他惊大了眼睛，惊愕地从黑色的人造皮沙发上坐起身来。

"熊大你……你……"他显然是误会了。

熊逸冲他低喊："去去去，不是你想的那样，别想歪了我告诉你！"

那小子乐道："是是是，我不想歪，我绝对不想歪。"边说边邪恶地笑着。

黎美洙顿时涨红了脸，她转向服务台，问服务员洗手间的路怎么走。她走后那小子拉过熊逸别有深意地对熊逸说："熊大，眼圈怎么这么黑啊？一夜没睡啊？你可要悠着点啊！用力过猛，会精尽人亡的啊！"

说这话的时候他与他勾肩搭背，凑着他的耳朵，把声音压得低低的。熊逸一腿拐子过去，对他嚷："鬼扯什么啊，再扯下去，我废了你！"

熊逸去退房的时候，那小子得闲转身问美洙："你叫什么名字？"

美洙告诉了他，他陡然惊大了眼睛，说："原来你就是黎美洙？"

她奇怪极了:"你听过我的名字?"

他开心地说:"何止听过,跟熊大高中同学三年,我几乎天天看你的名字。他没事就在书上写,我一瓶白雪涂改液全让他给涂完了,还有他课本里,他没事就写着玩。我看他一手鸡爪字里写得最好的三个字,就是你的名字了……"

Chapter04 我想和你在一起

她的回忆分布在每个角落,一看到他,就会想到那个和他形影不离的人,一看到他的背影,会发现他的背影会和记忆中的他的背影重合。

从×城回来后,黎美洙和熊逸的感情发生了极微妙的变化。

不知道为什么,她总躲着他,不敢见他,远远看到他,就会绕着道走。他借故来找林蔓,她都不愿意和他多说两句话,包括上课的时候,熊逸串到他们班上来听课的时候,她也对他不大理会。

林蔓总是在她耳边敲边鼓,总是在她耳边说熊逸在高中的趣事,说他人缘好极了,说大家都喜欢和他在一起,说他很讲义气,很招人喜欢。说完,还拿出一张相片:"你看你看,这是我们仪仗队排练的时候拍的相片,男生里面,他最帅了。"

还有他溜旱冰的相片,穿着宽松的运动服,绑着头巾戴着护腕,活力四射。

她自然是知道他是讨人喜欢的,他从小就有极好的凝聚力,与他初中同学那会儿，他去卫生间也呼朋唤友，他去打架都是拥三簇四，他逃课都有人掩护，他作弊都有一堆人给他递答案。哦，对了，那个腹黑的物理老师除外。

想到那个物理老师，又回忆起那天写字条跟她说她笑起来很漂亮的人。

她的回忆分布在每个角落，听到熟悉的音符，都会触景生情。何况看到附带着伤感回忆的熊逸……

一看到他，就会想到那个和他形影不离的人，一看到他的背影，会发现他的背影会和记忆中的他的背影重合。

痛苦的回忆又回到那个冬天，那个晚自习的夜，那当众一个耳光，还有她在医院里下跪，他的妈妈冷哼着看戏似的说她是杂碎……

没有人会想到，微笑着的黎美洙有那样的过去。

对于林蔓的好意撮合，黎美洙只笑不语，提了包包，走出了宿舍门。

林蔓还在那里嚷："你考虑一下啊，熊逸真的不错的。他知道你和我住一间，还让我关照你。"

黎美洙刚走，熊逸后脚就来了。他推门而入的时候，真把林蔓吓一跳。

"你怎么来了？"她惊讶地问。

熊逸背着一个大背包，笑道："今天周五啊，男生填个会客单就可以进女生宿舍啊，不过，只有十五分钟，你不会不知道吧？"

林蔓白了他一眼，说："我当然知道啊，我还知道你肯定不是来找我的，你心肝宝贝的女朋友刚走！"

熊逸哦了一声，马上说，她不是我女朋友。我只是想来看看，担心她回来后，心情不好。

林蔓很是不解："我就不明白了，她不是你女朋友，你那么关心她做什么？"

"她不是正在失恋中吗？关心一下是正常的。如果你出什么事了，我一样关心你！"

"得了吧，你少咒我，你想关心我，我还不乐意呢！你还是打她手机，让她在校门口等你吧,她说不定还没出校园。真的是她刚走五分钟你就来了,你们两个一个向左一个向右了。"

"黎美洙买手机了?"

"她没告诉你?"

"还真没。"

"得!"林蔓说,"我就是做月老的命,我给你号码,你打给她吧。不过她买的小灵通,信号烂死了,一打就断线,你要找她就发短信,别打过去,打了也是白打,喂喂喂的,喂个十分钟都喂不出一个重点。"

"还有,"林蔓接着说,"你这个人啊,怎么那么矫情呢?你说你能不能争点气,别让观众干着急啊?"

熊逸苦涩一笑:"她又不喜欢我,这种事情哪能强迫得来?我记得你说你喜欢安在旭,难道你喜欢他,他就应该喜欢你啊?得把他分开多少份,才够分配到喜欢他的粉丝啊!"

林蔓怒了:"你少贫了,熊逸!高考散伙饭那会儿,你喝醉了告诉我的事情,是不是以为再也见不到我了,才告诉我的啊?"

熊逸说:"我要是知道你会跟我念一所大学,死都不会告诉你。"

"可我还记得!"

"记得什么?"

"我记得你告诉我,在初二的时候,你就注意到她了,你还说你记得她站在她们班女生第十个的位置,你连站在她前面的和后面的女生长相都记清楚了。你还说过,那时候学校管早恋管得很严,严得连男生和女生讲两句话,都要被人传闲话。你还跟我说过,你到现在还记得那个夜晚你扶黎美洙起来的样子,明明心跳得很慌,却装酷损了她两句,还扭头就走,表面上觉得自己很有性格,背后却后悔得要死,觉得怎么都应该把她送回去,可是等你转回头去找她的时候,她已经坐上回返的巴士。

"你说当时分班,看到她的时候,你乐得都要翻跟头了。可是,你没有想到,你最好的朋友喜欢上她。你告诉我这些的时候,还把你钱包里的相片翻出来给我看。你说你一个大男人,放谁的相片不好,非要放和男生的合影。不过,猛一看,你们都是小平头,是有那么一点相像,被她认错了吧?"

"什么意思?"什么叫认错?他不明白啊!

"我一直鼓励你追她,一直给你打气,是因为我从来没有告诉你,黎美洙说过,她喜欢上你朋友,全是因为那天晚上,他救了她。但是她没有看清他的脸,只捡到他留下来的学生证……"

熊逸突然眼睛一亮想起来赶紧纠正道:"是团员证,不是学生证!"

林蔓一脸郁闷:"不管什么证都一样啦!"

"好,你说!"

"就是因为那天晚上,她就这么简单地动心了。你懂了没有?她其实喜欢的人不是你朋友,是你!只是阴差阳错,让她误以为那个人是你朋友。

"你这样看着我干吗?你不会以为我猜的吧,你只告诉我你在夜里与她相遇,可是你从来没有告诉我,你那天把你朋友的团员证遗失到她的手里。你是不是以为我坐时光机回到过去,偷看了你们这一段啊?你要还不信我,你就是猪。"

"你说的……全是真的?"

"废话,我又不是编辑部的,没那么好的想象力。"

"那你为什么现在才告诉我?"

"还不是因为你让我心急。"

"呀!"林蔓惊叫起来,手足无措地惊大了眼睛。熊逸这个家伙,居然突然抱了过来,紧紧地拥了她一下,很快地放开。

"谢谢你,谢谢你林蔓,我知道该怎么做了,我知道了,谢谢你!"

熊逸给黎美洙打电话时,黎美洙的电话在占线。给她发短信,问她在哪儿,她也没回复他。等她的短信等了十多分钟,没有等到,他苦笑了一下,便作罢了。

等到晚上吃完饭,要上床睡觉的时候,他又拿了手机给她打电话,想约她周末出去看电影。

没有想到,电话刚接通,电话那头的人就带着很重的鼻音问他:"你是谁?"

熊逸正趴在床上打电话,听到她带了很重的鼻音,便紧张起来,一下子从床上坐起来,盘膝而坐,双手捂住了语筒,焦急道:"我是熊逸。你怎么了?感冒了?"

黎美洙听到他的自报姓名还有他的声音,竟忍不住,哇的一声哭了出来,说:"我爸住院了,我爸住院了……"

他奇怪了!她爸?她找到她爸了?

"你别哭,你爸怎么了?住在哪家医院?"

她吸着鼻子说:"我爸在仁德医院五官科,鼻子一直在淌血,流了好多血,我都不知道怎么办才好。"

"你别哭,你一哭我都不知道怎么办了。"

她在那头打着电话直摇脑袋,"没事了,血止住了,只是想起来后怕才没忍住哭出来的,你别怪我。"

他说:"没有,我能让你哭出来,我倒觉得很高兴了,这样的话……你至少不用憋在心里。对了……"他不等她回答,又抢道,"你爸住哪间病房,我现在去看他。"他边说边腾出一只手来在床头摸到脱下的袜子,再耸了肩将手机挨着耳朵夹住,腾出另一只手来穿袜子。

"不用了,不大方便!"

"什么不大方便啊?"熊逸说,"我去看看我同学的爸爸,这有什么不方便?我们同学家谁病了,谁不都去看看慰问慰问,需要帮忙的时候,还可以搭个手啊!"

"不是的!"黎美洙赶紧说,"现在十一点了,你又没有亲属探视卡,就算我去门口接你,病房里的其他人都睡着了,你来会把他们吵醒的。"

他马上明白了,停住手里穿袜子的动作,一连说了几个"哦",问了地址,准备在明天早上去看她的爸爸。

安慰了她几句，道了晚安，便挂了电话，随后他脱了袜子放在床尾，仰身躺下去时，突然为了一个问题转辗难眠。

她爸？她什么时候找到她老爸了？

黎美洙的爸爸，其实是黎美洙的继父。

黎美洙回家的那天，与要外出的妈妈碰个正着，妈妈手里提着饭盒，她询问之下才知道，继父病了。

两天前，继父唯一的弟弟去世了！

车祸！当场死亡！

兄弟情深的继父在同胞弟弟的棺材推进熊熊烈火的焚烧炉时，在一片哭声中，他的鼻子突然滴出血来，真的就像断了线的珠子，更像没有拧紧龙头的水管，一滴一滴往下掉，他下意识地用手去接，便滴得满手都是。

陪同在一起的黎方瑜慌了，急急忙忙从包包里掏出面巾纸，拧成一团，塞进他的鼻子，不出几分钟，那纸就染红了。那纸巾吸饱了血，变得滑重，继父翕动一下鼻子，染红了的红团子，就从他鼻孔里滑了下来。猩红色的血肆意流淌，拿纸巾堵都堵不住。

黎方瑜吓得脸色惨白，却还是强迫自己镇定，忙叫了车，去了附近的医院。一路走着，血一路顺着继父捂鼻的指隙往下滴。

到了医院，医生马上给继父止血，用很长的镊子镊着一段长达四厘米的医用棉条，可劲地往继父鼻子里塞。

继父痛得嚷嚷起来，啊，啊地叫唤着，黎方瑜在一边，听得心慌胆战浑身透凉。淌血的鼻孔只有一只，此时被塞满了医用棉便高高隆起，只见灯光下的鼻子的皮肉绷紧发光，鼻孔硬是比另一边大出一倍来。

接着，黎方瑜陪着继父去拍X光片，而后医生从光板上看着那闪着荧光的胶片说，这是高血压将血管冲破了，血从鼻子里流了出来。你看看这眼球，全是堵结的血块，你千万不能激动啊，一激动，就会要你的命。幸好这一次，你的血从鼻子里淌出来，要是脑出血，你不死也会变成植物人。

继父的弟弟，也算是黎美洙的叔叔。

黎美洙学会计，就是因为这位叔叔说："你去学会计吧，学会做账，拿到会计证，给我当会计，做个三年，你去考会计师，这样的话，就算我这个小厂你不想待了，你走哪里也都有口饭吃。"

拿到大学录取通知的暑假，她一直在叔叔的公司做实习会计。

在实习的时候，黎美洙发现叔叔很辛苦，因为这个加工厂是刚刚办起来的，财务吃紧时，他自己掏钱。别人跑业务的"招待费"都如实报销，而他自己业务的花销却从来不到财务报账，人手不够时，他就穿着灰扑扑的工作服在车间作业。

公司里就一辆不算高档的小车，他自己从来不坐，都让给工程师技术师。虽然苦了一点，但大家都觉得有他在，就可以把厂子办下去，并且办好。

工厂比较小，所以，他要亲自去办的事情很多，为了赶着去跟人家谈项目，他在转弯处被闯红灯的车撞死，整个人从半空抛起，落地后，不救身亡。

那些远道而来的同学都要去殡仪馆去见他最后一面。他们说，接到通知的时候，都以为是在骗人。

黎美洙也一样，她听到这个噩耗，也以为是妈妈的玩笑。

叔叔的电话又响了！听到音乐时，婶子下意识地喊了一声："老公，电话。"然后，她红起了鼻子，咬住唇，强忍住眼泪接了电话。声音发颤，说："您好，我是×××的老婆，他已经'走'了。不是出差，是去世。"

此后，黎美洙和黎方瑜来到医院，走到病房门口，两个人都强忍着，把伤心的情绪收了回去。因为继父也是忍着不伤心，若是看到妈妈哭，他的眼泪也会往外漫，再激动的话，会要他的命。

继父得的是高血压，鼻子出血送进医院的时候，进的是五官科。

家属要求转进心血管病房的时候，医生说没有床位，便只有待在五官科的病房。那降血压的高压针是楼上的心血管医生开的药方，招呼护士打进继父的手腕后，就再也没有下来过。包括高压针嘀嘀叫的时候，他们也不下楼来看看，只是通过电话，告诉五官科的医生怎么做怎么做。

五官科的护士和这个病房的病人被这烦人的嘀嘀声烦了一夜，这会儿，他们进来，只是把那带电启动的高压针关掉重启，然后走人。

黎美洙看出不对劲的地方，她问医生："为什么我爸打这个针，脸这么红？还有血压监察仪上的血压数据为什么还这么高，还有我爸为什么说他身体无力……"

五官科的医生用"大概""也许""可能"来解释了这个症状的可能性。

在黎美洙的追问下，这医生只好打了电话，问楼上的心血管医生，心血管医生说："药剂不够，再加。"

五官科医生与心血管医生在电话中说："从0.2加到2了！好像还没效果。一口气加了十倍了……"

后来证实，这个针管它之所以叫了一个晚上，全是因为它针管堵塞，坏掉了。

意外终于发生了！

他们终于发现高压针的针管堵住了，于是，换了一只针管，实习生却没有把药剂量调过来，十倍的药量注进继父的体内时，继父刹那间面色如土，黎美洙眼睁睁地看着他的嘴色像纸一样发白。他意识清醒时，叫护士拔针，他说"不行，受不了"。那位护士还在用"大概""可能"来解释这种症状，还说，适应一下就好了。等继父呼吸困难，再也无力动弹的样子呈现在大家面前时，护士才慌忙拔针。

平日里只有在电视剧里看到的急救场面终于在黎美洙面前出现了。

五官科的医生慌张地打电话给心血管科，医生马上开了注射药方，让护士将应急的药打入继父体内，似乎有些缓和了。

继父躺在床上就像死人，脸色发黄，唇色发白，就连新生出来的胡楂子，都像放风筝时的线，白得透明，手也有点僵了，又冰又凉。

黎方瑜的腿当下就软了，失重地坐到了地上。

那医生青白着脸，叫小护士推来一张推床，推到继父身边，要把继父移上去。继父一米八的个子，本来就是很大的块头，加上打错了药剂，身体发硬。毫不夸张地说，继父直挺挺地躺在床上，面无血色，僵硬得就像一具尸体。

医生让黎方瑜和黎美洙把继父抱到推床上，可是，母女两个根本抱不动。

正当同病房的那些患者要来帮忙的时候，一双手伸了过来，"我来！"

黎美洙睁着哭肿的眼睛，不敢相信自己眼前的这个人。

"熊逸？"

他的手抱起黎美洙的继父，吃力地将他抱到推床上。

护士给继父重新插入针头，晕血的黎美洙浑身发冷地闭上了眼睛。

她很怕见到针头，很怕见到血，那些血会让她想起当初割破手腕的悲伤往事。她转了脑袋，闭了眼睛，护士将针头扎进继父的手腕，下一秒护士用棉签把针口按住，说你爸血压太高了，一扎进血管，血就冒了出来，快帮我按一下。

黎美洙帮忙按着，护士终于把针管扎进了继父的血管，将胶管微弯成一个圈，再用胶管把针头固定住。

半晌后，继父终于缓过来了。

他很艰难地睁了眼，然后，有泪从眼角滑落。从死亡线上回来，他虚弱得一句话都说不上来，只是绵绵软软地拉住黎方瑜的手。

黎方瑜哆嗦着，唇齿打战地笑："老刘，可好了，你醒了。"

那大概就是死而复生吧！

黎美洙突然捂了嘴，向外面跑去。跑到走廊，身后有脚步声传来，并有手拉住了她的胳膊。一回首，看到的是熊逸担忧的脸，似乎是在问她，你怎么了？

黎美洙扑到他的怀里，抽泣着："我不知道怎么了，看到我爸醒过来，我就特想哭,我又怕我哭着哭着让他血压升高。知道他没事了,我腿都软了,浑身没力,就……特想哭!"

熊逸拍了拍她的背安慰:"没事没事,这叫喜极而泣!"

她吸了吸鼻子,在他怀里点了点脑袋:"我现在……浑身发冷,没有力气,谢谢你支着我!"

"不客气!"熊逸说,"你靠吧,我不收利息!"

她忍不住破涕一笑,笑得无声,哭肿的眼睛重得厉害。觉得自己恢复一点体力了,她从他的怀里撑起身来。在起身的时候,有一缕头发恋恋不舍地勾在了他的衣服扣子上。

黎美洙痛得"哎哟"一声。

熊逸看着她伸手去解绕在自己衣扣上的头发,越解越乱的样子,他便说:"你别动,让我来。"

黎美洙松了手,见熊逸低了脑袋,认真地解她的头发,很是小心翼翼地拉着发梢,怕扯到她的头皮。看着他小心翼翼,怕自己受伤的样子,她不禁一阵心神恍惚。

突然感到她在注视自己,于是熊逸抬起头,对上她红红的眼。

她一窘,心慌地低了脑袋。一使力,扯了头发,痛得她低吟一声。

熊逸忙按住那缕头发的发根,给她揉了揉,边揉还边在脑袋边吹气:"揉揉吹吹,不疼了,不疼了!"他那样子,好像在哄小孩子,逗得她不禁想笑。

然后他问:"还疼吗?"

她轻轻摇了脑袋,说:"不疼了!"

他又用手按住她的脑袋,向胸口贴,说:"你把脑袋靠近一点,头发扯远了,不好解!"

按她脑袋向他的时候,黎美洙本能地伸出手来,抵在了他的胸口,说不上来是为了保持平衡,还是保持与他的距离。她感受到他怦然有力的心跳,透过不厚的衣衫,奇妙地感受到他的心脏在她抵住他心口的右手心里跳动。那怦然有力的心脏，好像一团炽烈的火球覆上她结了寒冰的心脏，所到之处，化冰成水，有了妙不可言的温暖。

那头发好像跟熊逸杠上了，他解了半天也没有解下来，最后，他心一横，直接把那扣子从衣服上扯了下来，从她头发里拿出扣子，舒口气，笑着简单地说了两个字："好了！"

一时间，她有些感动，也有尴尬，扶了散乱的头发，不知道说些什么。

熊逸也不知道说什么好了，只是默默地将那颗扯下的扣子放进衣服口袋里。

"谢谢你啊！"

他忍不住一笑道："没什么，一个扣子而已！"

"还是……谢了！"

"都说不客气了，你还跟我客气，别不别扭啊？再客气，我可跟你不客气了啊！"

熊逸嘟嘟囔囔后，她哑然失笑。

"还是得替我爸谢你。"

"那个人……就是你爸啊？"他还是忍不住问了。

她微点了一下脑袋，说："嗯，是继父。"

他哦了一声表示明白。

黎美洙继父死了老婆后，有十几年没再娶，也没有后代，他打算孤老终身，以示对老婆的痴情。可是，有一天，他的高血压犯了，住进医院的时候，床边没有一个看望的人，他的心底痛起一股悲凉。

这个四十多的技工无妻无子，一个人躺在病床上，说不尽的悲伤，道不尽的荒凉。这时候他与在医院当护工的黎方瑜相识了。

黎美洙告诉熊逸，当时黎方瑜病了，她也在住院，本来是小毛病，可她死拖着不去看，拖着拖着把病情拖严重弄得住院了。

"在我念高二的时候，她被厂里'内退'了，一次性算了二万块钱，就跟厂里没有任何关系了。她就比以前更省了,那病拖不住了,简单的感冒都拖成肺炎,咳伤了嗓子,都咳出血来了。我求她一定要看看,她才去医院,但是,只住了三天,她就背着我在医院里办了出院手续,然后,她居然背着我给人当护工,我去送饭,忘记拿饭盒,转回去看到她去护理别人时,我真的哭了。

"我难受,我真的难受,我妈居然为了给我交学费,为了让我过得好一些,居然在外面给人当护工。我看着她半跪在地上给人脱鞋,看着她给人洗脚,我看着她被人呼来唤去,我看着她动作稍慢一点,就被雇主大吼大叫……我哭着跑过去,告诉她我不念书了,我要去打工,我要去赚钱,我不想她这么累了。她吼我,告诉我,她完全是心甘情愿做这些的,累死了都甘心,真要心疼她,就不要说傻话做糊涂事。"

"当时,我在医院里伤心地哭了出来,我觉得自己没用、没用到极点。我妈在一边累死累活,我却在一边安心念书,我做不到啊我。我妈后来把我拉到一边说,哭什么呢?我在这里挺好的,这里包吃包住,能赚钱也能给自己家里省水钱和电钱,在家里,我不也是洗洗晒晒,打理卫生吗?"

当时继父老刘从外面溜达回来,在走廊上见到这一幕,不知怎么了,他心底就对这对母女心生怜意。在黎方瑜把黎美洙吼回家后,他就跟黎方瑜套近乎,稍稍熟了一点,说了一句话,就把黎方瑜给娶到手了,他说:"你也怪不容易的,我也没妻没子的,不如你就将就一点,我们一起过吧!"

于苦难的女人来说,仅仅只需要一句话,就能打动她久违的芳心,黎方瑜的脸奇迹般地红了。老刘也不知怎样打听到黎方瑜的家,出院后,不时跑来,背袋大米,带着吃的、用的,还老来浪漫地给黎方瑜送朵玫瑰花,把黎方瑜臊得哦,脸红得要媲美草莓了。

黎美洙放学回家碰到他几次,自然也明白他的心意。那天,她堵在路上,问老刘:"你到底是什么意思?"

老刘说:"我瞅着你妈是个招人心疼的人,她一个人带着你,也不容易,我也想再找个伴,看她不错,想跟她过后半辈子。"

如果同样的问题问小伙子,那小子一定会说,我爱她,我爱她爱得情愿去死。

年龄不同,给同一个问题的答案也不同。一个只要相依相伴,一个却要激烈与浪漫。对于这样年纪的男人,已经玩不起什么爱情,也搞不起什么要死要活的浪漫,要的是真心实意,可以让自己踏踏实实过日子的女人。

黎美洙说:"那你一定要好好地待我妈妈。"

就这样,他们举行了简单的婚礼,黎方瑜有了老公,黎美洙有了继父。

黎方瑜从病房里走出来,就看到黎美洙与熊逸面对面站立交谈。一位护士推了装满医药品的推车过来时,熊逸自然而然地伸手将黎美洙揽了过来。

黎方瑜刚想开口喊美洙的名字,胃里突然就有种泛酸的感觉,一时没抵住,便捂住嘴呕吐起来。

黎美洙惊闻声响,马上转过去,看到妈妈蹲在墙角呕吐,便担心地跑过去,扶住她的身体。

黎美洙带着黎方瑜检查身体的时候,熊逸帮着跑上跑下,交钱拿化验单。医生提出让黎方瑜去妇科查查时熊逸才没有跑去。但他仍是担心,怕黎美洙的妈得了什么子宫方面的病,他有位婶婶就是得这种病去世的。

他忐忑不安,他告诉美洙,不管出什么事都不要怕,有他在,什么都能想办法。

这话说得黎美洙一阵感动,而最感动的一句话是:"妇科我不方便进去,但有什么结果,你一定要及时告诉我。不管什么事情,我都站你这边,你信我不信?"

黎美洙想都不想,说:"信!"且眼底已经有了泪珠在滚。

熊逸在她肩上拍了两下,好像给她打气:"去吧!我在外面等你!"

黎美洙嗯了一声,冲他点了点脑袋。

一系列检查后，确诊黎方瑜怀孕了。拿到诊断书的时候，黎美洙高兴极了。她高兴地将这消息告诉了熊逸："不是病，是有了，有了，我妈有孩子了！"黎美洙高兴得都语无伦次了。

熊逸的忐忑不安终于放下了，他高兴地问她："真的吗？"

黎美洙嗯嗯地点头说："嗯，已经两个月了。"

"太好了，好了！"他竟激动地叫嚷起来，更是激动地一把将黎美洙搂住，高兴得好像……是他自己的事情。

真是的！又不是他当爸爸，他那么高兴干吗呀，搞得别人都误会了，以为是他们两个吃了禁果，要当爸爸和妈妈了。

那天黎美洙拿着空饭盒回家，与熊逸并肩走到坏了红绿灯的人行道的时候，手自然而然地和他牵上。

两个人在斑马线上无声地对视一眼，又不约而同地将眼睛看向彼此相牵的手，便再也没有分开了。

两人走到医院门口的马路边，黄了叶的梧桐树下，熊逸与她恋恋不舍地分别时，说了一句话，仅仅这一句，就让她感动到心底。

不多，就八个字，他说的时候，用手比出一个"六"，竖在耳边，声音低沉舒缓富有磁性："有事找我，随叫随到。"

Chapter05　我真的好喜欢你

一个突如其来的拥抱，将她紧紧裹住，他穿着厚厚的羽绒服，在抱紧他的时候，泡泡的衣服被压了下去，好像越来越近的心的距离。

第二天，周日。

黎美洙提着手提袋从医院走出来时，站在门口等候的熊逸拢近身来。他很自然而然地接过美洙手上的东西，更自然地，两个人肩并肩走在一起。

然后，他们一起回学校。

林蔓迎面走来，惊讶地看着他们。

熊逸点头一笑："我们顺路！"

林蔓马上从震惊中恍过神来，"好好好，顺路，顺路。"与熊逸错身而过时，她对他说，"我把美洙交给你了，你可不要欺负人家啊！"

熊逸笑道："保准打不还手骂不还口，她高兴怎样我陪她怎样，绝对只让她欺负我，我不欺负她。"

黎美洙有些害羞："我什么时候欺负过你？"

熊逸说："什么时候都行，只要你乐意。"

她抿嘴一笑，顿时感觉心底暖暖的。

美洙的继父只在医院住了一个星期就出院了。听说黎方瑜怀孕了，继父年迈的老母亲赶来了。

那是一个很麻利又干巴巴的老太太，在老家开了一间小小的便民性质的窗口小店，就是在自己家的房子里腾出一间房，从窗口卖东西，一个月下来也有百把块的盈利。因为在小镇上，再加上两个儿子给点零用钱，也还过得下去。

老人家的小儿子过世后，整个人就垮了，一听到黎方瑜有喜了，她马上搬过来照顾，她什么都好，就是一静下来就发怔，怔着怔着就捋着袖子揩眼泪。

叔叔的厂子没几天就因为资金链断裂而宣布破产。以为那些机器可以卖些钱，没有想到都是贷款付的，银行来清算的时候，没得到一分钱，还倒贴了工人不少工钱。

继父也是这厂子的"股东"之一，几乎把自己的积蓄都拿了出来! 这会儿，他要当爸爸了，可生个孩子，养个孩子根本不是那么容易的事情。比方说黎方瑜怀孕了，就得给她补充营养，还要定期去胎检，生孩子也要花钱，生了孩子后，尿布奶粉也要钱。

这一时间，愁喜掺半，让人不知如何是好。为了养家，继父凭着手艺进了一家加工中心，因为他会电焊和氩弧焊，又有工作经验，所以很快被一家公司录用。

继父被招了工去，吃住都在那里，所以才让年迈的老母亲来照顾黎方瑜。

黎方瑜的肚子一天一天大起来了，每天傍晚，家里的电话都会响上两声。来电显示上显示的号码就是继父的手机号，响两声就断掉，表示一切安好。如果确实有事，连响不断，方瑜再接。以这种方式报平安，并省电话费。

黎美洙过得也省了。林蔓总是多打一份菜,来到她面前说:"吃呀,看你瘦得,你家熊逸要心疼了!"这话总是闹得黎美洙脸红心跳。

后来,熊逸直接约她吃饭,每天吃饭时间,都会准时到她教室门口或者寝室门口等她。林蔓每次看到他,便会对美洙笑道:"你们家熊逸来了。"

吃饭的时候,黎美洙居然想要 AA 制,熊逸不解,问她为什么这么固执。

他的好意她明白,可是……

"我真的没有花男生钱的习惯,包括我以前的男朋友,去哪里,我都没有让他为我花钱。"

"这算哪门子的恋爱啊?"

她脸就红了,支吾起来:"是不像恋爱,那会儿压力很大,很怕复读,怕考不上这所大学,我除了放学和他一起回家,就没去过任何地方,回家那会儿还急匆匆的,想着一大堆题目要做,就顾不了那么多。现在想想,高中时,靠得最近的,就是中午,跟他一起去食堂吃饭,用的都是饭票,所以,真没花男人钱的习惯。"

"哪有这样的啊!"熊逸叫嚷道,"我们班的女生谈恋爱跟找烧钱机似的,现在的大学女生谈恋爱,也像找饭票。你是外太空来的吧!"

"我不晓得为什么……"她脸红道,"越是熟的人,我越是不想花他们的钱,只要我有钱,我都替他们付了。"

"你那是实诚!"

"不是!"黎美洙说,"付的就是一杯奶茶或者汽水的钱,觉得不太贵就付了。"说到这里,她又自我解嘲笑道:"要是贵的,我肯定躲得远远的,没钱的话,我不会死撑着要面子,呵呵。我会直接告诉他们我没那么多钱,他们也晓得我不是很富裕,所以这一点,不算坏吧?至少没有死要面子活受罪啊!"

他叹了一口气,无奈地笑道:"行了行了,我知道了,吃饭,你买你的,我买我的,我们自己刷自己的卡,我帮你端,可以了吧?"

话是这样说，可是，每次吃饭的时候，他都会夹好多菜给她，她一说不要了，他就佯怒道："怎么这样啊，我帮你端菜了，你怎么就不能帮我吃一些，只许我帮你，不许你帮我啊？不带这么自私的，我会有意见，我要去告你们老师的。"

这天傍晚时分，篮球场上六个篮球架下，五个架下有男生一对一地教女生投篮，其中，熊逸也在教黎美洙打篮球。

因为美洙她们班上的女生要和英语系的女生打篮球友谊赛，队长林蔓冲着熊逸喊过一嗓子说："你们家美洙包给你了，你可千万别辜负我们呀！"

在熊逸的鼓励下，黎美洙好不容易鼓起勇气抱篮球奔跑，却因跑过了而找不到篮筐，熊逸笑翻了。

黎美洙耐着性子和他练球，他干脆把球送给她，还气得人吐血地加一句："别抢别抢，我给你就是了。"

美洙拿球砸熊逸，熊逸按着被砸的胳膊，喊道："我错了，我错了，下次不敢了！"

她冲他大嚷："我不要你教了，我自己练！"

他也喊："你投球跟砸手榴弹似的，拍球跟拍西瓜似的，姿势都不对，你怎么练啊？"

这家伙一定要在这么多人的面前喊出来吗？气得她喊："你那么厉害昨天你怎么输给单挑你们的女生？"

"那些女人自以为是乔丹二世非要跟我们比。我们几个不比不是没有面子吗？正经打球也就算了，偏偏上面撞不得下面碰不得。刚张开双臂做拦截，她们就抱住身体喊非礼。知道的人晓得我们在打比赛，不晓得的人还以为我们在集体耍流氓！我们不憋屈啊我们。"

他一脸委屈的样子看上去甚是滑稽，一吸气，还气得像小猪一样哼哼出来。

这一哼，使得美洙大笑起来："猪……猪……"她笑得捂住了肚子。

他也乐道:"你自己还不是猪,你名字里还有个 zhu 呢!"

三天后的那场篮球赛,开赛几分钟后,黎美洙明显感到无还手之力。抢篮板的时候,明显地感到身高上输给了对方,跳投的时候,又明显地感到弹跳力不如对方,对方贴身式的防守,切断了她们的一切进攻。

这上半场中场比分,居然是 30∶0。

输球的感觉不是最难受的,让人难受的是对方啦啦队阵阵的欢呼,还有自己这边看球的人一声声"哎呀"。

中场休息时,熊逸和班上的同学抱来矿泉水,奔过来时,大家的情绪都很低落。

他把一瓶水拧开,送到美洙面前,美洙微喘着接过。

她红着眼圈微笑,这笑很是勉强,更让人心疼。

对方的观众席里,不知道是谁阴阳怪气地喊了一声,英语系的美女万万岁,会计系的恐龙洗了睡。

敌队的女队员很挑衅地看了过来。

喝着水的林蔓眉头一皱,手里透明的瓶子应声捏扁。

裁判皱了眉头吹了吹口中的哨子,对着对方的观众席指了一圈,对方的观众席里传来讪笑声。

那天的比赛黎美洙她们输得很惨,几乎是在对方的欢呼声中与自家观众的嘘声中结束。

那种感觉很难受,可是熊逸记得美洙场上的表现。她被撞了,她摔倒了,她技不如人,还是死命坚持。

她拖着扭伤的脚疲惫地从场上下来时,熊逸走上前去,用手捋了捋她的头发:"明明知道你是硬撑的,可我还是觉得你很棒。"他说完这些,便咧开嘴笑。

她想哭,低了脑袋:"你这个人……看破……别说破啊!"

他摸了摸她的脑袋。奇妙的感觉,让她感到幸福,又有些感动得想哭。

晚风,夜景,美得如此不真实。

依栏望水，水面黑乎乎的，映着彩光霓虹，好像泼了油墨的铅水。

"你在发什么呆呢？"熊逸用手在她的面前晃了晃。

黎美洙惊了一下，随后心事重重地支吾说："没什么！"

"真的？"他不信地问。

"真的！"她接口一答。

"那怎么心事重重的样子？"

"真没有什么，就是……"她抿了抿嘴，眼泪居然从眼睛里滴了出来。

"这是怎么了，这是怎么了？"

她的眼泪来得毫无预兆，弄得他惊慌失措，措手不及。伸了手想去给她揩眼泪，又怕她不高兴他碰她，伸出去的手刚想伸回来，她吸了吸鼻子问他："我会不会太自私呢，妈妈怀了宝宝，我就要有弟弟或者妹妹，我就要当姐姐了，可为什么看到妈妈捂着肚子，一次又一次带着笑容去摸的时候，我会这么难过？难道是因为妈妈不经意间说，怀着我的时候她根本不知道，肚子大了才晓得，想要打掉又不敢去医院，更不敢让学校知道。后来学校还是知道了，她被赶出学校，没有钱去医院堕胎，只有躲进一家农家小屋，让好心的大婶帮她把我生下来？"

她的眼泪像断了线的珠子："我……不敢问她我生身父亲的事情，只是试探地问她，是不是把我生下来，就不想管了？她说，本来想送人的，最后还是没舍得……我偷看过她的日记，她说看到我，就想到被她气死的外婆，她很后悔，她也很恨我……"

她突然伸出双手捂住了自己的口鼻，呜咽着将脑袋深深地低了下去，抵住他的胸膛，失声痛哭："小时候，我对她说得最多的话是，妈，抱我。"

她哭了出来，泪水像泛滥的海水，淹没理智。

熊逸环手拥住她，说："哭吧，别憋着。她不抱你，我抱。"

2004年11月18号，有传闻说，这几天有百年难遇的狮子座流星雨，让大家留意了。

这场流星雨将在 18 号夜到 19 号凌晨到来。那天晚上，学校的很多学生都到学校边上的空地上等待着百年难遇的流星雨。

学校里，有一座有名的风景山临近湖的位置，大家穿着稍厚的外套坐在山顶上，靠得近一些，看着被灯光照得灰蒙蒙的天空，期待着那能许愿的流星。

"流星真能实现梦想啊？"同来的男生钱佑问林蔓，他最近在追她。

林蔓郁闷地皱了皱眉头："你不信你来干吗？"

钱佑说："我这不是问问吗？要真能实现，我替你多许一些。你想实现什么梦想，告诉我，我帮你许下来。"

林蔓情难自禁地看了看不远处的熊逸和美洙，熊逸正把一袋热热的袋装牛奶递给美洙。

林蔓的眸子黯了黯，随后有些伤感地说："不用了，反正也不指望实现。"

"不指望实现，你跑来干什么？"熊逸嘿嘿一笑，问她。

林蔓脸上的表情马上变得生动起来，爽朗一笑，道："不指望愿望实现，凑个热闹来看看流星雨总行吧？百年才遇一次，我不看的话，你还想让我再等一百年啊，我可没耐心等到下辈子。"

然后，大家都不约而同地笑了。

"冷不？"熊逸问身边的美洙。

美洙笑着拿起手里的热牛奶，笑道："不冷，还挺暖和的。"

"我冷呗！"他说着，就把美洙给拉过来，在她的背后，将她搂住，手就搭在她的肩上，她转头瞪他让他放手，他就把他脖子上长长的围巾将她的脖子给围住了。

"干吗呀你？"她不解地问他。他把那围巾围住她的脖子后，做了一个交叉状。两手拉着围巾脚的流苏，一本正经地说："别动啊，不然我勒死你。"

"你……"她脸都红了。

可熊逸不给她辩驳的机会，只是搂紧她，贴着她耳边说："坏家伙，黎美洙是天底下最坏的坏家伙。"

她孩子气地争辩："熊逸才是天底下最坏的坏家伙。"

"你才是，坏美洙。"

"嘶……"钱佑跟虱子上身一样，两手抱着胳膊直抖，"熊大哥，我浑身都起鸡皮疙瘩了。你能不能不要这样肉麻啊！你看我的鸡皮疙瘩……"钱佑说着，就伸出手去，好像真的要给熊逸看。

"咦，怎么有水滴啊？"钱佑感受到从天而降打在手上的水滴，打了一个冷战，结果，大家都发现，天空飘起了雨点。

才一会儿工夫，那雨点就像豆子一样，咚咚地打在人的脑袋上。

这个时候，居然下起了雨。大家开始往回狂奔，熊逸也牵着美洙的手往山下跑。

横冲直闯的人群冲散了他们，她害怕地喊着他的名字："熊逸，熊逸！"

他忙不迭地回答："我在这里，你别怕！"

也不知道是谁先抱上来的，两个人就紧紧地搂在一起，下一秒，熊逸把外套给脱了下来，蒙在了她的脑袋上。她惊叫着："你干什么呀？！"

他在雨中喊道："别喊了，留点力气，我们跑回去吧！"

"可是熊逸，天很冷，你穿这么少？！"

"那就快点跑。"

不容她多说，熊逸拉起她的胳膊往前跑。

两个人跑到宿舍小楼的屋檐下，他平时梳得竖竖的头发被雨水打得耷拉下来，还滴着水线，她赶紧把外套脱了下来，正要往他身上搭的时候，他接过外套又搭回到她的身上。

"穿上的衣服再脱下会感冒的！你进了房间后，再脱掉。"

"熊逸……"

帮她穿外套的熊逸"嗯"了一声，视线从扣着扣子的手抬起，抬眸迎上了她泫泪欲滴的眼睛。他有所触动，伸手，拇指轻按住她的眼角。他凝视着她的眼睛,目光转而扫向她的唇,便有些忍不住俯下了身子。

即将触碰到的那一刹那,她慌张地将脑袋扭开,手推住了他的胸膛。

他怔了怔,微眯了眼睛,那一刻的表情很受伤。他无奈地笑笑,笑得有些苦涩。

"早点回去睡吧,我走了!"

话一说完,他便转身跑入雨幕。

她难过地看着他的背影,想说些什么,却什么都没有说出来。

西伯利亚的冷空气强势入侵了,一夜寒风,外面很冷,掉叶的树枝发疯似的摇晃着。

熊逸有好几天都没有出现在黎美洙面前了,黎美洙总是不由自主地看向教室大门,感觉下一秒就能看见他,一脸嬉笑打趣地说,我来上课了。

他老是跑到她的班上蹭课,这几天没有看到他,黎美洙突然发觉无法适应了。

回到寝室的时候,失落的她突然看到熊逸坐在她们的寝室里。

"Hi,黎美洙!"他坐在凳子上冲她笑。

她突然就红了眼睛,冲着他喊:"你来做什么?"

熊逸怔了片刻,笑道:"林蔓让我过来帮她开锁,她柜子的锁锁住了,我就带锤子过来敲了。"

"这些天你死到哪里去了?"

"怎……怎么了?"他被她给吓到了,怎么也想不到她会吼他,"我怎么了?我……"

她一停顿,就忍不住喊出来:"因为看不到你,所以我以为你出了什么事,我以为你生病了,我以为你……都三天了,你都死到哪里去了啊,你说啊你,你给我说啊!"

她将心里的担心喊了出来,好像用尽了全身的力气,浑身疲软让她脚步不稳,她不由自主地后退着,退到门框,突然掩住口鼻,哭了出来。

熊逸突然站起身来，急走过去，将她的肩膀扶住，再紧紧地将她抱住。

"对不起，我不知道你这么担心我。"

他不由分说搂紧了她。

她低泣着问他："你为什么不露面了？"

"你都拒绝我了，露面不方便。"

"我什么时候拒绝你了？"

"不是拒绝我，那我那天想吻你，你为什么要躲开？"

"熊逸，你王八蛋！"

他奇怪极了："骂我干吗？"

"你本来就该骂！"她小怒道，"我们两个又不是现场版的动物世界，那种事情，我怎么好意思在大庭广众下接受？"

"你的意思是，你当时并不讨厌，也不反对啦？"

她吸着鼻子，脸红得不行："嗯！"

"你是因为我不顾场合，才拒绝的啦？"

"嗯！"

"那我私下想亲你，你是不会拒绝的啦？"

她挥起拳头来打他一下，红了脸叫嚷着："还问，还问，知道了还问，你真浑！"

他笑了，捧起她的脸，拇指腹轻轻抚着她的唇。刹那间，只觉得这姿势暧昧，而他的目光过于专注与热切，热切得像文物贩子遇到战国时期的古董。

她无法承受这种热切，想低下脑袋，却被他执意托起。实在受不了他火热的目光，于是微闭起了眼睛，只感到他捧住她的脸，将温热的唇覆了上去。

内心升起一种欣然感动的感觉，一股晕眩感驱使着她抬起双手将他的身体环住。

他结束了那个吻，两个人额头贴着额头相视一笑。

转眼到了假期，黎美洙和熊逸约好一起回学校。

他们的家离学校不远，长途车两个小时就到了。

她到车站的时候，他早已经等在了那里，他们相视一笑，好像最温馨的漫画画面。

笑的时候，口鼻里呼出来的白气，好像干冰化出来的雾气，朦胧而美丽，温馨又梦幻。

他顺手拿过她手里的手提袋，说："我来提！"

她很自然地递了过去，然后笑着对他说"谢谢你"。

他立马站住，皱起了额头，抑扬顿挫地"嗯"了一声。她马上明白过来，开心地笑道："我知道了，我知道了，以后都不会跟你说谢谢了！"

他皱起来的眉头松开了，然后笑着拍拍她的脑袋，像夫子对学生一样，文绉绉地赞她一句："孺子可教也——"

天有些冷，黎美洙裹了裹衣服，熊逸拿住她的手将它们放进了他的大衣兜里。

她不解地看着他时，他笑道："这样会暖和一些！"

然后，他咧开嘴笑了："黎美洙？！"

"嗯？"

"你化妆了？"

她脸一红，支吾道："是不是不好看？"

他呵呵一笑，说："好看！"

从来不化妆的她，为了他化妆了呢！女为悦己者容，大抵就是这个意思了吧？熊逸内心一阵喜悦，笑容从心底溢了出来。

天很冷，偶尔刮起阵阵寒风，吹得人脸生痛，可是放在熊逸口袋里的那只手的指尖传来阵阵暖意。黎美洙望着他的侧脸，心跳越来越激烈，脸颊仿佛火烤，有种无名的灼热感，只教人呼吸急促！

"你怎么啦？"熊逸感到她投来的视线，不觉皱起眉峰问。

黎美洙摇摇头，不敢说话，怕一开口便泄了自己心绪的激昂。她奇特地感到安全，心跳又抑制不住地怦然加速，情不自禁地又对他说了一句"谢谢！"

他不解地问："你怎么又对我说谢了？"

黎美洙一语双关："因为你，我不冷了！"

这般说着，眼底便涌上了晶莹。一波接着一波的酸楚，让她清楚地意识到，熊逸的出现，像一只神奇的画笔，遮涂了她晦暗的悲伤。

她闭了一下眼睛，允许眼泪带着惯性滴落，好像流走身体里最后一丝悲伤，就能得到幸福的眷顾。

她揉了揉眼睛，靠着他的肩膀仰头看着他的脸，与他对视，笑得开心。

他看她的眼神飘然，恍若饮了醇酒般晕眩，仿佛被催眠似的，没有了思绪，然后他俯下身子在她额头啄了一下。这一吻，好像一滴清凉的雨露，化开一池的污水，带着不可思议的净化魔力。他对她说："我喜欢你，超级喜欢你。"

黎美洙红了脸一笑，将自己与他靠得更近一些说："我知道了。"

一个突如其来的拥抱，将她紧紧裹住，他穿着厚厚的羽绒服，在抱紧他的时候，泡泡的衣服被压了下去，好像越来越近的心的距离。

她贴近了他的胸口，只觉得风再大，也不会冷。

熊逸……

我真的……好喜欢你。

这天周末回家，熊逸偷了表妹舒欣家的小狗狗。因为狗妈妈生下了四只小狗，小狗狗们满月的时候，舒欣妈在背地里让熊逸偷偷抱走。

熊逸抱着狗说："舅妈，这合适吗？小欣同意吗？背着她就抱走了？"

舒欣妈说："什么同意不同意啊，迟早要送人的。养只狗比养人还金贵，一般的肉不吃，只吃精选火腿。一只狗一年要交五百块狗证费，四只小狗加上小狗它妈一年要交两千五，我跟你舅一个月才挣多少钱啊？

敢情我给狗打工，给狗当孙子了？要不要？不要我还能卖几个钱，白送你还唠叨。"

熊逸把狗抱回来后，第一件事情就是把黎美洙拉到家里来。

他刚把包着狗的皮包拿给黎美洙打开，敲门声就响了起来。

黎美洙问："你爸你妈回来了？"

熊逸很肯定地回答："不是，绝对不是！"

"这么肯定？"

"当然！"

"你又没有去看猫眼，你怎么知道？"

时间紧迫，熊逸没有告诉黎美洙，他小学的时候超级喜欢看电视，一得空就偷着看电视，他爸妈回来，换了鞋就去摸电视机的屁股，一摸到烫手，马上就给他一顿"笋子烧肉"。打了他几次后，他学聪明了，再偷看着电视的时候，就把电风扇对着电视机的屁股猛扇，还不忘用拧干的抹布去抹电视机的屁股。他都没有给他老爸搓过背，却把电视机伺候得跟大爷似的。

他就是从那个时候练听力的，别说远远地就能听出老爸老妈上楼的脚步声，就连他们拿钥匙的时候，他都能从钥匙发出清脆的撞击声中分出正在开门的是老爸还是老妈。

所以，他很肯定这个敲门的人不是他们中的任何一人。

舒欣边敲门边放声大喊："臭熊逸，你给我滚出来！"

一听到这声音，熊逸的脸顿时吓白了。

他哪里想得到舒欣发现狗狗少了一只，就在家里又哭又闹，她妈被闹得哭天喊地地叫饶，最后就把熊逸给供了出来。她眼泪都没有擦干净，就抱来找熊逸。

敲门的时候，她大喊着连踢带踹。

熊逸抱着狗在屋子直打转，他忽然顿住了，直愣愣地看着黎美洙。

黎美洙被他看窘了，支支吾吾地说："你，你干什么？"

他拉她坐到客厅里的沙发上坐下。

"只有你能帮我了!"

"你……你要我干什么?"

"把小狗藏在你衣服里,快点,求求你了,拜托。"他居然合起手来礼拜。

黎美洙禁不起这样的哀求居然鬼使神差地答应了。于是她解开大衣扣,将小狗窝了进来,扣上的同时,熊逸嘱咐道:"记住,千万不要站起来……"

美洙点头,他才如释重负地起身,擦擦汗,将可怜的门打开。

门一开,就打外面钻进一个十岁左右的女孩子!

舒欣一进来就扯着熊逸吼:"你交出来,快把它交出来,你肯定把它藏起来了!"

熊逸拉着她扯着衣服的手强辩,"我真的没拿。拿都没拿,藏什么藏啊?"

"那你为什么到现在才开门?我敲了这么半天门,你说你干什么去了?"

"小姐,舒欣小姐,我不可能每件事都要向你汇报吧!"

舒欣转过头来,顺到熊逸的目光看到沙发上捂着肚子端坐的美洙,刹那间:舒欣的眼里透出喜悦。她来到美洙身边坐下,拉着她的胳膊兴奋地问:"你是……呃,哥哥的女朋友吗?"

黎美洙顿时紧张起来,视线与熊逸在空中相会,隔着舒欣,嗯嗯呃呃的算是给了一个肯定的答案。

舒欣乐了,突然她注意到黎美洙的肚子,惊大眼睛叫道:"姐姐,你肚子怎么在动啊?!"她说着就要往上摸,熊逸吓得抢先一步扑过来,抓住她的手,尴尬地笑道:"姐姐身体不好,不要乱摸……"

舒欣怔了一下,随后一脸坏笑着站起身来,拢到熊逸身边,凑在他的耳边说:"哥……你做的?"

"啊?"

"啊什么啊?你以为我是傻瓜呀,我都看出来了,姐姐怀小宝宝了!"

熊逸和黎美洙不自在地对视一眼，一并傻了。

"你别乱猜，事情不是这样子的。"黎美洙急道。

"我知道，我知道，我什么都知道！"

"你知道？你什么都不知道啊！"

黎美洙按着肚子，还未完全起身，就被舒欣一把按住："表嫂，冷静点，别吓着我未来的侄子！"

黑线，黑线，黎美洙绝对是一脸的黑线。

舒欣看到她的表情，更加肯定了自己的猜测，便皱起了眉头，转身拉下熊逸的耳朵说："哥，这事儿不能瞒着姑妈了，你得打电话跟姑妈说，姑妈要是不同意大嫂把孩子生下来，我就帮助你们私奔，我还有些积蓄，到时候全给你们。只要你们能把宝宝生下来，生个漂亮的娃娃带到姑妈面前，看她还会不会反对，要是还不成全你们，你们就别把娃娃给她抱，馋死她也不给。"

她这话说得气喘吁吁的，"姐姐"就这么变"大嫂"了。

更让人吐血的是，熊逸居然双手扶住了舒欣的肩膀，一脸动容地说："不怪你哥我疼你一场，你实在太让我感动了。等宝宝生下来，我就管宝宝叫熊欣全，我要告诉他，他能活在这个世界上，全是舒欣姨的成全。"

"真的吗？哥？"舒欣高兴得双手握住熊逸的手，激动得快要跳起来。

熊逸居然很认真地点了头。

黎美洙简直不敢相信自己的耳朵，她倏地站立起来试图解释什么，舒欣却一步上前，扑到她面前，踮起脚，抬高了手，按着她说："嫂子嫂子，你别激动，小心身体，别动了胎气啊！"

"根本就不是你想的那样！"

"你别激动啊！"

"我不激动才怪啊！"

她伸手去拦舒欣伸过来的手，却"啪"地将小狗抖在地上。

接下来的场面乱极了，先是阵阵悲惨的狗叫。

再是熊逸一声喷气飞机式的爆笑。

然后是舒欣痛心疾首的狂喊："狗狗，狗狗！"

该死的熊逸！他的脸居然都笑歪了。

舒欣泪流满面地抱起小狗，恨恨地说："熊逸你王八蛋！笑死你，笑得你满脸长皱纹！"

她抱着狗狗摔门而出前，熊逸伸了一只手，做了样子拦她，另一只手捂住肚子，打不住气似的笑着，笑得腹部酸痛，最后一屁股坐到了地上。

舒欣气得踹他一脚，在熊逸"哦"的一声呻吟后，拉门就走。

这个星期周三，舒欣过十岁生日，这算小姑娘人生中的一件大事，于是请来了亲戚朋友。熊逸穿戴整齐，买了礼物去她家，而这个叫舒欣的小丫头好像赌气似的，看都不看熊逸一眼，就像马一样对着他喷鄙视的粗气。

熊逸的妈妈舒引娣不明白了，拉着她的侄女问："小欣这是怎么了？你哥得罪你了？"

舒欣生气地说："姑妈，你别问我，你去问臭熊哥哥。"

舒引娣不解地看向了熊逸，熊逸讪笑。

舒欣这丫头这会儿还在记恨熊逸偷她的狗狗。

舒引娣不知所以，但舒欣却大吼出来："我讨厌你，讨厌你的女朋友，居然联起手来骗我！"

"熊逸，你有女朋友了？"

突然之间，这房间里的七大姑八大姨都围了上来。熊逸只笑不语，也不否认，只是嘿嘿嘿地笑。

老一辈的姑姑说："这么大的人了，谈了女朋友，很正常，有时间带回来看看啊，没准你奶奶可以在四五年内当太奶奶了。对了，你女朋友长什么样啊？"

舒欣气呼呼地插着腰说："丑死了，一点都不好看！"

熊逸反驳："就你漂亮！"

"本来就不好看，名字也叫得难听，叫什么不好，非叫什么美洙，听上去就像发霉的猪！"

听到"美洙"两个字，熊逸的妈妈的脸色突然就变了。她把熊逸叫了出来，在安静的角落问他："是不是黎美洙？"

熊逸说："是的，就是她！"

"你疯了？你喜欢谁不好，喜欢她？"

熊逸说："妈，我的事情你就不要管了，我自己知道我在干什么。"

舒引娣厌恶地咬咬牙齿："这个不要脸的，这个不要脸的。"

熊逸听不下去了："什么不要脸的？"

"怎么不是不要脸的啦？你忘记了你从小玩到大的江磊了？你忘记她和江磊间发生的那档子事了？"

"她和江磊什么都没有，是你们大人大惊小怪捕风捉影。"

"你给我听着，给我离她远一点。"

"为什么？"

为什么？舒引娣恨恨地想。想当初江磊的父母和他们是一个公司的，因为江磊的老爸是熊逸老爸的上司，所以，他们骨子里有了巴结的意思，想让自己的儿子与上司的儿子关系亲密切起来。熊逸和江磊是真的好，可她就是看不惯江磊的妈有事没事就喜欢跑她面前夸自己的儿子。

父母之间总有攀比，内心总有外人看不见的不平衡，熊逸的妈表面上唯唯诺诺地奉承说是啊是啊，你儿子真有出息，但总是有些口是心非。

听说江磊早恋，听说江磊的妈和黎美洙的妈打起来，她心底可是暗自高兴了好一会儿，且从来没有这般暗爽过。

后来江磊的爸爸离职下海，江磊在黎美洙割腕事件后转学，他们便搬了家。

两家人算是彻底断了联系，而熊逸像变了一个人一样发愤读书，让熊逸妈很是高兴了一阵子。

舒引娣觉得自己的儿子有出息了，觉得自己总算扬眉吐气了，没有想到，儿子突然捡了人家的"早恋对象"。

不管这事儿是不是真的,怎么都觉得儿子捡了别人不要的,让她的内心阴影又强力扩大了,并条件反射一样,强烈反对了。更何况,江磊妈和她私下聊时,谈起儿子的"早恋对象",是一脸不耻满嘴污语,极尽污毁之能事。

她内心的反感加排斥,让熊逸很是不解。不管熊逸说什么,她都坚决反对。

"我绝对不同意你和那女的在一起,你要是不听我的话,你的生活费我都给你断了,看你没钱没饭吃,她愿不愿意跟着穷酸的你?熊逸,她这种女人根本不喜欢你,只是把你当饭票!"

"她从来没有花过我的钱!"

"那是她贼精,放着长线钓大鱼。"

"她根本不知道我们家的条件,根本不知道我有钱还是没有钱,我从来没有告诉过她。"

"她又不傻,难道看不出来?你身上穿的、用的那些牌子货,难道她不知道?"

"她就是不知道。"

"你老娘我把话说到这里放着,你要是一天不分,我一天不打钱给你,一个月就给你两百块,你自己看着办吧!"

圣诞节的前一个礼拜,有人幸灾乐祸地跑来说:"哟,黎美洙,听说熊逸帮你介绍了一家婚纱店打工,你在里面当化妆师吧?"

黎美洙说:"是的。我家庭环境不大好,需要钱,所以熊逸帮我找了一家婚纱店,店主是他的一个朋友。每天下午五点到十点,我在那里当化妆助理学化妆,他们按小时付我钱,我可以不用问家里要生活费了。"

那人很是"惊讶"道:"这几天熊逸都不见人影,该不是借帮你找工作之名,其实是想支开你,背着你做偷腥的事情吧?"

她摇了摇头说:"不会的,熊逸不是那样的人。"

"那可说不准,有人看到他啊……"说到一半,那人卖关子了。

"他怎样了?"她有些心慌。

那人笑道:"你不是坚信他是不会背叛你的吗?既然这么相信他,你紧张干什么?"

黎美洙有些生气:"如果你只是想试探我的话,就不用了!"

那人笑道:"哎哎哎,我可是看你老实,同学一场,不想骗你。熊逸背着你跟别的女生约会,每天晚上六点都会和一个女生有说有笑地出去,再在十点半的时候有说有笑地回来。"

"那又怎样?你没有和同学同路过吗?只是走在一起,有什么好稀奇的?"

她这话说得有些心虚了,那人明显地看出来了,只见她讽刺地笑笑:"同路倒没有稀奇,稀奇的是自从你打工后,他就和那个女生……"

说着,那人靠了过来,加重语气说道:"每天,每天啊……六点出去,十点回来,你说……这四个小时,他们背着你干吗呢?"

那人告诉她时间、地点,就是不告诉她和熊逸在一起的女生是谁,还卖着关子笑道:"你自己去看呗。"

她很想知道真相,想起来她打工的时候,有一次下大雨,打电话让他来接她,短短十分钟的路程,他居然让她等了一个小时。

她想,她也许看错了,因为她真的看到熊逸和一个女生有说有笑地从二号门离开,她等了四个小时,等到学校大门要关上的时候,他又和那个女生从外面回来。

那个人居然是……

她刹那间有种天崩地裂的感觉。

伤心绝望,好像……头顶上的天塌了下来。

那天晚上,黎美洙和林蔓吵架了。

这根本不会有悬念,谁能忍容自己的室友和自己的男朋友成天成双成对地外出？即使她能忍着从半路上跑回来不给他们发现，她也忍不了林蔓推门而入时那笑容可掬的脸。

黎美洙压制自己，却压制不住内心仇恨的感觉，更是无法控制胸口激烈的起伏。

林蔓打量着黎美洙，忍不住问："你这是怎么了？做什么激烈运动了？喘气喘得这么厉害？是不是病了？"说着，她的手伸了过来，要去探黎美洙的额头。

黎美洙一把挡开她的手，大喊着："滚开！"

林蔓十分不解，她一脸尴尬地拿着自己被挡开的手，奇怪地问："你到底怎么了？"

黎美洙的眼底刹那间积满了眼泪，她恨恨地说："你喜欢熊逸，你直说好了，我成全你们，何必在我后面偷偷摸摸，做见不得光的事情。"

"你在说什么啊？"林蔓问，"什么偷偷摸摸，什么见不得光？你把话说清楚，我做了什么对不起你的事情了？"

黎美洙别开了脑袋，冷哼一句："你自己做过的事情你自己清楚！"

林蔓说："我不清楚，你给我说清楚。"

她去扳黎美洙的肩膀，黎美洙再次打开她的手，冲着她喊："你要我说清楚是吧？那么，我就清清楚楚跟你说。你每天晚上都和谁一起出去？你又和谁一起回来？我都看到了！"

"你看到什么了？"

"我看到你们从外面回来，你们两个有说有笑，亲亲热热，你们既然情投意合，我也没有必要做恶人，我成全你们，你和他在一起得了，何必背着我做这种偷鸡摸狗的事情？我真是看错了你们，真是恶心。"

"黎美洙，你说够了没有？"林蔓忍不住放声大吼，"熊逸为你做了那么多，你居然这样不相信他，我真怀疑他是哪跟神经不对劲，要爱上你这么自卑内向神经纤细又多疑的女人。"

"是的，我是自卑，我从小就自卑，我也内向，我多疑，连你们都让我感到不安全,我还有什么值得相信的?"

"你闭嘴!"林蔓吼她,不顾一切地吼给她听,"熊逸为了和你在一起,和他妈妈吵架,他妈妈一气之下,切断了他的经济来源,他为了和你在一起,跑到我打工的快餐店去要了一份兼职,每天工作到十一点,坐不到公交车,舍不得坐计程车,他愣是从三洋路走到一清路。他的球鞋都走破了,黎美洙,所有的一切他都没有告诉你,就是怕你担心,怕你胆怯,怕你知道他家人不同意你会提出分手。因为你遇到不好的事情,最本能的反应就是逃避。他有多么在意你,你根本不知道;他有多么喜欢你,你也不晓得。"

林蔓一气之下把当初黎美洙捡到团员证事情的真相说了出来。

她说:"他真的很喜欢你,甚至你喜欢别人的时候,他隐藏真相不说,你怎么能这样怀疑他?"

"你是说那年的那个晚上,扶我起来的,是熊逸,不是江磊?"

林蔓没答,只是喘着气,红着眼睛继续说:"你记不记得你有一次和你班上的班长吵架,你打了她一个耳光,被打后她跑了出去?"

她记得……

只是有很多事情,她不想去记起。

林蔓说的班长就是叶薇。

那件事情,她是刻意忘记的,就是叶薇再次叫她把位子让给她的时候,她不肯,还鼓起了勇气问她:"我凭什么让给你?"

叶薇耍横,非让她让,她不让,就白白地被甩了一耳光。她不甘示弱,也一巴掌打了回去。

叶薇捂着脸,跑出去前放了狠话,让她等着,却什么都没发生。不,等到了她处心积虑的一场班会。

"你以为她跑出去是干什么?她是跑出去找在外混的人教训你,熊逸正好听到他们的交谈,说什么要给你点颜色,整死你。熊逸跑去拦人,跟他们打架,手臂都被棍子打折了,打石膏上学的时候,你有没有问过他手是怎么受伤的啊?"

她很震惊!

细想起那晚,还有那晚后发生的所有事情……

她错认了人就算了,可是她喜欢江磊的时候,对他表现得那么反感,却不知道他为她做了这些事情。

依稀记得熊逸跟人打架的时候,打折了胳膊,确实绑过纱带,她还在内心反感过这个只会打架不学无术的家伙。

她从来没有想过,这全是为了她。

她顿时浑身发冷,说话的时候嘴皮子无力地哆嗦起来。

"为什么他从来没有告诉我?"

林蔓仰面一笑,凄然道:"黎美洙啊,你让熊逸怎么说啊?他跟江磊关系那么好,他要怎么说,他要说给谁听啊?"

"那他为什么要告诉你不告诉我?"

"那是因为毕业聚餐那天,他以为再也见不到我了,喝醉了,就忍不住告诉我了。你看童话吧?你知道《国王的兔耳朵》吧?你知道人类在无法承受秘密的折磨时,找个树洞倾诉,是最好的解脱吗?

"熊逸说你喜欢江磊,所以不想告诉你真相,不想让你心中的喜欢变味。现在,他想认真地追求你,让你打心底爱上他。他对你的好,谁都看在眼里,结果你居然这样怀疑他!"

林蔓哭了:"你这样说他,我真的为他委屈,你明不明白?"

那天林蔓哭得很伤心,而黎美洙也哭得很伤心。

一个哭自己被人冤枉。

一个哭自己居然都不知道世上有一个人这么爱自己。

很多年后,黎美洙忍不住问林蔓,问她:"你是不是喜欢熊逸,我觉得你真的很喜欢他。"

林蔓笑得洒脱:"是啊,喜欢,挺喜欢的,他挺逗趣,也挺有人缘。哪个小姑娘不喜欢长得帅气又会讲话逗人开心的男生啊?可是偏偏他不喜欢你，你再喜欢他，有什么用？"

黎美洙说："我不懂你为什么要撮合我。"

林蔓笑道："有什么奇怪的？因为喜欢他，他开心了，我就幸福了，就这么简单。挺傻的哈？换现在，我肯定不会让给你，哈哈哈哈，抢不到也去抢抢，实在不行，迷奸他，怀上了再说。"

"可是……为什么？"

"什么为什么？"

"为什么你要这样默默地爱着他，不让他知道？"

"哈哈！"林蔓大笑道，"你还在说小姑娘说的傻话吧？谁都知道，要喜欢一个人，远远地都能看到，哼一声都能像雷达一样准确无误地探到他的位置，一个小动作都能让人回味半天。要是不喜欢一个人，你再在他眼前晃，他都看不见。这事儿你现在还看不明白啊？都这把年纪了，还问这么白痴的话，傻了吧你？"

是啊，后来大家都看明白了。

但那年那月那日，都没有那样阅历。

晚上，熊逸照例给黎美洙通了电话。

已经躺进被子里的黎美洙问他："熊逸，我可不可以问你一个问题？"

"问啊！"

"我想知道……"

"嗯？"

"你为什么……要喜欢我？"

熊逸说："我不知道！"

"总得有理由吧？"

熊逸笑道："喜欢一个人哪有什么理由啊？不喜欢一个人才会有 N 多借口。"

"那么……你喜欢我哪里？"

"这个问题……呵呵！"他忍不住笑道，"目前为止，你露在衣服外面的部位我都喜欢！没露出来的，我没看过，我也不知道我会不会喜欢！"

她原本是眼含眼泪的，被他一句话弄得臊红了脸："流氓！"

他乐道："是你让我说实话的！"

她哭笑不得："我让你说实话，没让你说下流话！"

"我怎么就下流了呢？"

"你又来了你！"

"好好好！"他马上叫饶道，"那我想告诉你，我也不知道为什么喜欢你，也不知道你到底好在哪里，但是我就是觉得你好，就是觉得所有的人都比不上你。你把玛丽莲·梦露摆我面前，我还是选你……"

Chapter06　我是为他而努力

我这么努力，全是因为我想做一个堂堂正正风风光光又被婆婆及家人接受的媳妇。敏感也好，自卑也好，我就想为他这么做。

离圣诞节还有五天的时候，黎美洙参加了学校美术社。

师兄是黎美洙念高中时的学长，高黎美洙一个年级，两个人都是学校宣传部的，师兄当宣传部长的时候，黎美洙给他打下手，他写通知宣传的时候，他给他递粉笔等工具。

大学，黎美洙与师兄同校不同系，师兄进了学校美术社，就又把黎美洙招进来了。

师兄给漫画杂志社画连载漫画，一次六个P（3页），师兄写脚本画底稿，黎美洙勾线上色，还有一位同学帮着刮网纸。

师兄笑道："要不是我穷了一点，我就没缘分请你！"

黎美洙给师兄一个大白眼："你就想说我是便宜没好货啊？"

师兄说："有好货，便宜有好货，就像你！"

师兄又说:"不过我就不明白了,你不是学美术的,你对细节处理得怎么这么在行啊?"

她只是微笑,说:"天分呗。"

其实她没有对任何人说过,小时候,她一直被孤立着,没有小朋友们拥有的玩具,也没有小女生们喜欢的漂亮裙子,加上家长们都不大喜欢让自己的孩子跟这个"不规矩女人生的孩子"在一起玩,所以,她只有自得其乐,自己与自己游戏。

比如说,看水珠从屋檐下滴落,溅入积水,弹起,在顶端碎成一片一片的小细珠。

比如说,影子随着太阳一点一点的偏移……

这些她不需要去学习便能胸有成竹,也不需要去学理论就知道它们的细节,那种观察细微的能力是她与生俱来的。

师兄不一样。

师兄打小学美术,可是在初中三年级的时候,家庭变故,据说很惨,老妈外遇,老爸把人砍伤了,叛了重刑,老妈跟那个男人走了,是爷爷和奶奶靠那微薄的工资供他念高中和大学。本来他想念美院的,可是学费太高了,他只好忍痛放弃,念了大学后,他便加入了美术社。

黎美洙是学会计的,可是对绘画很有天赋。她基础不好,但很有灵性。特别在着色方面,她的风格很温馨。她很注重细节,一滴水珠落水池时溅出若干细细碎碎的小珠子,她都能观察细微并且从画面上表达出来。所以,她参加了学校的美术社,给师兄当刮网的助手。

刮网是句专业术语。

纯手工制作,拿刻刀在专门的网格纸上刻出山、水流、爆破等特技的感觉。那是一项非常烦琐,也非常考验人耐性的事情。镊子、刻刀,手上缠着绷带,一丝不苟,就像给纸张做手术。

那年,纯"手工"的赶稿,完全没有依赖电脑,根本没接触过 PS,更不会用什么手绘板。没日没夜地画着,却因为国内漫画极不景气,所以只有很少的报酬。杂志社若是拖稿费，便几乎半年才能拿到一点点，但是，为数不多的社友们都能拿出百分之二十万的热情。

学生会给了他们的美术社一间小小的办公间，里面有不同的画笔，有装着 A4 纸的小抽屉，还有橡皮、墨水、刮刀、复写板和工具尺。

勾线的时候，手上要缠着白绷带，因为画画的时候，靠近小手指的手掌边缘会模糊铅笔稿，所以一定得用白绷带缠着，特别是夏天，不绑的话汗水滴上去，会更糟糕。

有时候赶稿，连上厕所都像赶 119，不停地有编辑催稿，催稿。

这天熊逸在美术社陪黎美洙，晚上八点的时候，突然停电了。终于来电时，只见到外面的人不约而同"哦"地连片大呼，同时屋内一亮，头顶的日光灯亮了！

他们终于可以继续赶稿了。

师兄一脸歉意地对熊逸说："还有一点了，还有一点就赶完了，你们就可以约会了！不会让你守一天的！"

结果，到了夜里十点，还没有赶完！

师兄很抱歉地说："真不好意思，又把你们的假日破坏了！"

熊逸和黎美洙相视一笑："没事！"

他们异口同声地说了同一个词，觉得太同步了，便笑了出来。

隔日，黎美洙去超市购买生活用品，不料碰见了熊逸的妈妈！

狭路相逢，她们同时认出了对方。

当年开家长会时，她们见过彼此，多少有些印象。

熊逸妈妈毫不客气，就在卖水果的地方冲着她说："你是黎什么洙吧？听说缠着我儿子处对象呢？我可告诉你啊，别天天缠着我儿子，我不会答应你们在一起的！"

这是人来人往的超市啊……

黎美洙看着手里拿的苹果，直觉四周的人都朝她看过来。她鼻子一酸，眼泪又要不争气地滴落下来，她咬了咬唇，咬到自己感到痛了。

将眼泪忍住的时候，她微笑着扬起脑袋说："我没有缠着他，我们是相互喜欢的，我总有一天会让你接受我的！"

熊逸妈妈想都不想，一个白眼过来，说："做梦！"

"我一定会等到那一天的！"

"你少不要脸了！我儿子年轻气盛，就是跟你玩玩，别太当真！"

黎美洙不相信自己的耳朵！

"你儿子是花花公子吗？他的感情在你眼里就这么一文不值，这么不堪一提吗？"

她不屑道："那得看是谁，谁知道你是谁的野种！"

"我是没有爸爸，我到现在都不知道我爸爸是谁，那又怎么样？"她一出口，那些拎着购物篮的，推着推车的，穿着制服理货的，站柜台的，都停下来看她了！

这人来人往的超市，那个女孩子即使难过，也含着笑说："我的身世让我吃过很多苦，受过很多欺负，曾经一段时间我自闭到极点，我不相信任何人，也不想和任何人说话，然后我遇到了熊逸……"

"少来了你，你在初中演的那一出谁不知道啊？"

"我不过是放学的时候和他一起走，不过是他对我稍微好一些，可是同学、老师还有家长都说我们早恋，我蒙受不白之冤，没有人一个为我说话，还受到那样的污辱。阿姨，你也是做母亲的人，如果你也有一个女儿，她也被人这样对待，你会觉得心里舒服吗？"

"我……我没你这么油嘴滑舌，我说一句，你还跟顶十几句！我养你这样的女儿？我丢不起这个人！我可不会在外面跟野男人生个野种，气死自己的老娘再离家出走，几年不敢回去。我要生你这样的女儿，早掐死她了，省得让她在世上活着丢人现眼！"

黎美洙的身体不由自主地颤抖，更是不由自主地向后退了一小步。

围观的人中，有位大妈听不过去了："你这人怎么说话的？这么毒啊！

小姑娘不就和你儿子处对象吗？说这么粗的话，也不怕磕着自己的牙齿！"

大妈的数落，让熊逸妈妈成了围观的重点。

身边的人也觉得熊逸的妈妈话说得太狠了，不由自主地附和。因为他们都听明白了，这孩子和这女人的儿子相好了，但是因为她的身世，被这女的瞧不起了。

打量这孩子，觉得她模样好好的，气质也不差，根本不用受这气！

于是有人拉住了黎美洙，说："闺女，世上的好男人多的是，你不用在一棵歪脖子树上吊死。你听大妈的，她这样看不起你，你嫁过去也不会踏实，她会挑三拣四，到处找碴儿，反正就是不会让你舒服！"

熊逸的妈气得脸都白了，咬咬牙，皱了眉头甩手要走。

黎美洙在她背后叫住她："阿姨，我喜欢他，我就是喜欢他，我会靠自己的努力洗白自己的身世，我会让你知道，我一定会让你知道的！"

从超市里走出来后，眼泪流得像决堤的洪水。

我不会放弃，我绝对不会放弃！

她拭了拭眼泪，下定决心一定要做点什么，她要和熊逸名正言顺地在一起。即使熊逸的妈妈在离开后，冷嘲热讽地说了一句"犯贱！"她也依然不放弃。

"熊逸，如果我不能取得我想要的东西，我就不会承认我是你的女朋友，你跟我只限于同学与校友的关系，你送给我的任何东西，我都不会接受！"

在超市里被他的妈妈羞辱后，她打电话约他见面，委屈又下狠心地对他说出这样的话。

他愕然问她："这是为什么啊？"

她大喊："你不要管这是为什么，总之你对我有没有信心？你愿不愿意等我？"

"当然！"熊逸不假思索地说，"我当然愿意等你，我从十四岁开始喜欢你，好不容易才得到你的心，我怎么会不等你？只是……你想取得什么东西？你告诉我啊，看我能不能帮你！"

"资格，喜欢你的资格！等我觉得有一天，我能配上你的时候，我再做你的女朋友！"

他皱紧了眉头："你在说什么胡话啊？谁说你配不上我了？和我在一起，需要什么资格啊？"

"总之，你要是相信我，就依着我！"

"多久？"

"不知道！"她噙着眼泪说，"也许一年，也许两年，也许十年！"

"我等你！多久我都等！"

她的眼泪滑落眼眶："那你一定要等我啊！"

黎美洙将自己投身于漫画创作中，不停地练笔，不停地去找素材。与熊逸相处的时间少得可怜，她更不肯接受熊逸送给她的任何东西。

林蔓不解，问她："你为什么这么绝情，这么固执啊？"

美洙回答："看过《简·爱》吗？简·爱是在什么情况下去找她心爱的罗切斯特，并有胆量追求自己的幸福呢？是在她继承了一大笔遗产的时候。别人或许不懂她的心情，可是我懂。她是一个被人忽视太久的孩子，有灰暗的童年，被家人瞧不起，被伙伴们欺负，还被骂怪人，关红屋子，还挨打，她真的很渴望被人关注，很羡慕两个姐姐向妈妈撒娇。后来她被送走，有伙伴死在她的床上，她和一具尸体睡了一晚。充满恐惧的童年，让她心里布上了阴影，永远活在卑微的角落，内心细腻，在乎别人对自己的看法，所以，那么多年了……即使深爱着罗切斯特，也只有在得到一笔遗产和知道罗切斯特遇到不幸时，才有勇气追求自己的幸福，最终和他在一起！这是为什么呢？因为我们是同类人，几乎一无所有，穷得只剩尊严。所以我这么努力，全是因为我想做一个堂堂正正风风光光又被婆婆及家人接受的媳妇。敏感也好，自卑也好，我就想为他这么做。"

林蔓摇着脑袋说："太固执了，你真的是太固执了！"

黎美洙无奈地笑道："是啊，太固执了，当一只螃蟹决定横着爬的时候,是真的没有办法让它竖着走的。我啊,我穷得只剩固执了!"

2006年上半年,黎美洙大四,即将毕业,所以有很多空余的时间做些与专业及漫画不相干的事情。那几年,国内开始流行韩式小说,网络表情符号也是从那个时候流行起来的。

某个韩国作者非常火,黎美洙在网上看了她的小说,发现这根本就是漫画脚本,她都能写了!

于是,她也在网上注册了一个ID,在一家文学网站上写起了类似的小说。

尽管看她小说的人不足二十个,她竟然有了很满足的感觉。

黎美洙在网上连载第一部小说的时候,连载到一半,有家出版公司的编辑来找她,说喜欢她的文风,跟她约稿,把她拉入一个QQ群。群里是这个编辑拉进来的十二个作者,这个编辑说,他想做一套关于十二生肖的小说,让他们每人选一个自己写。

群里人问起稿费,编辑说,千字二十块,写十万字就可以了。

群里惊叫起来,一千个字才二十块?十万字是二千块,你让人写一本书,就给二千块?你买白菜啊?

那编辑说:"这是行价,行业里这类小说都是这个价,那个什么HY公司,千字十块钱都开出来了,作者写一本书出来,才给几百块的都有。你们可以先写着,卖得好,再接着写下一本,到时候肯定给你们涨稿费,要知道,锅里有碗里才有嘛!而且,你们都是没有出过书的新人,我们这样很冒险的!"

群里的人想想也有道理,新人……总是有诸多不便。

选写十二生肖的时候,她选了狗狗。

故事写一个狗狗会变身,变成人类,去接近自己喜欢的男生,语调轻松且有熊逸式的对白。

每次写对话的时候,是她最乐的时候。

因为把自己都写乐了,所以她把小说贴到了网上。虽然点击不多,人气不高,留言不多,一个星期才能守到两条,可是看到他们说"好乐啊,好逗啊,好好玩啊,快点写啊……"就觉得那是一件非常幸福的事情。

连载到一半的时候,她没有更新了,因为在出版前就发了全文,会对出版公司不利。她发了公告,对他们说,这书要出版了,请大家支持正版。

大家都很期待……

但谁也没有想到,她会遇到这辈子最恶心的事情。

群里的十二个人写的小说凑齐十二生肖一套后,出版了,可是大家愤怒地发现,那十二本小说署的名字全是"米儿"!

最先发现这件事情的是黎美洙,她 QQ 群里有读者私 Q 她说:"姐姐,怎么有个人的小说跟你的一样啊?"

黎美洙点开她发过来的网址,整个人都傻了!

一样的!果然一样,除了书名还有作者名字及小小的内容改动,其他的完全一样。

我的小说被人抄袭了!这是闪进她脑海里的第一个念头。

她悲伤地在群里说:"这个人抄袭我的小说!你们是从我贴小说的时候,陆续加进我的群的,你们知道这是我写的,我请你们为我讨回公道!"

群里的人愤怒了,跑到这本小说的留言板上留言,说这是抄我们洙姐的,这个人真不要脸。

小朋友们在那本书的留言板下留言的时候,黎美洙点了点米儿的名字,名字点出来的网页居然是十二本小说!

那些小说熟悉得不能再熟悉,因为大家会边写边把段落贴到群里讨论。

米儿到底是个什么东西?她到底是从哪里冒出来的?

为什么她的相片贴在网页,为什么上面煞有其事介绍她是美女作家,她喜欢旅游?

这个长得像大妈的女人,她到底是谁?

写作的三个月里,群里的十二个人都互相熟悉了,可没有一个是叫米儿的！

黎美洙点开群的时候，发现群里的人在打情骂俏，她哆嗦着手打字："你们还在这里干什么？我们都被骗了！"

更恶心的事情出现了！

这个编辑马上解散了群，更是把这十二位作者全部拉进了黑名单。

在没有QQ漫游功能下，他仅仅用一个"黑名单"功能，便销毁了所有的聊天记录及在线投稿证据。

群里的十二个人终于明白自己很傻地被人骗稿当了枪手，更是明白了，为什么当初把稿子传给那个编辑的时候，他执意要他们用"QQ在线"传输文件。

没有出过书的他们，根本不知道出书前要签图书出版合同。

除了黎美洙在写稿子的时候，在网上以自己的ID贴过稿子，其他的十一个没有任何一个人有有力的证据证明稿子是自己的。

不过只要一个人有写稿的证据就够了！

十二个人说好要告这个出版公司，谁知道中途又变了。他们说："问过律师了，律师说，版权官司打起来很麻烦，而且，还要到这出版公司所在的城市打官司，就算赢了，也拿不到一点钱，还要倒贴不少。"

其中一个作者在QQ上对黎美洙说："洙，我告诉你，你别生气，他们本来是打算告的，可是，编辑私下给他们涨稿费了，所以，他们不想闹了！"

她的心便凉了！

她的笔名是逸洙子。

黎美洙群里的小朋友在网上被人骂得很惨："逸洙子是谁啊？你们嚷着米儿抄她的，她是什么东西啊？也是写书的啊？写过什么啊？是不是想出名想疯了，真不要脸！拿这个炒作，真是个贱人！米儿姐姐，别理他们这群疯子，我们都支持你！"

诸如这样的言辞一行一行出现在黎美洙的眼前，她颤抖着手，麻木地点着鼠标,眼泪无法控制地往下淌。

对方什么恶心的话都骂出来了,这绝对不是小读者能骂出来的,绝对是成年人冒充小读者。

2006年7月,黎美洙大学毕业,师兄将她带进一家漫画公司,依然当他的助理。可是,当她刚刚试用期满,师兄却要离开。

有本杂志回首中国动漫界的时候说过这样一句话:"中国绝对不是没有想象力与创造力的国度,20世纪60年代我们的水墨动画《小蝌蚪找妈妈》震惊国外,一举获得国外N个大奖;我们的《哪吒闹海》让人咂嘴称奇;木偶戏《渔童》令人叹为观止;我们的《大闹天宫》是上海美术电影制片老一辈的老师,坐着大卡车去工作现场,没日没夜地制作出来的。创作环境苦不堪言,那个时候没有人谈报酬,也没有人会喊累,但却做出令世界惊艳流传百世的作品。什么《狮子王》,什么《变形金刚》《唐老鸭米老鼠》,少了那份崇洋媚外的心,看看我们自己的精品,我们也有值得骄傲的过去。"

这自然是值得骄傲的,因为现在在电脑上,你什么特技做不出来?那个年代,没这些设备,老一辈的人是怎么做出让人惊叹的东西的?

师兄常说,我们是最幸福的一辈,我们见识过最纯正的手工制品,那是真正的艺术,完全摆脱商业动机,没有一点名利与功利,没有一点所谓的市场,大家全凭一腔热情。

而师兄进入一家动漫公司的制作组时,一向性格好的师兄竟爆粗口骂道:"创意、想象力都他妈的是狗屁,你大爷的,没有钱,什么项目都启动不了,花钱启动这项目的大爷又喜欢指手画脚,不懂装懂充内行。我算是看透了,什么才气不才气,有钱人的财气才是正经,什么创意创新,管它是不是大俗大土,只要做到他们满意,哄着他们开心,把他们当成大爷就行。国外的动画,都在我们这里加工上色,我们他妈的就是世界上最廉价的加工工地,我们就是一群不用付高价的加工工具,我们来这里干什么?

他妈的！那个纯艺术的年代，死了，死了——"

师兄说这话的时候，喝得烂醉如泥。这么大的动漫制作公司尚且如此，何况别的公司？中国从来不缺人才，缺的是一份谦逊加团体合作精神。但现在面对的是，谁都不服谁，谁有才就暗地打压，管事的成天想的是有没有人投资做这动漫，这动漫做出来，要怎样鼓动电视台买下来，最后能盈利多少……

才气？才气是什么东西？

你所有的才气，只是掌权人用得顺不顺手的工具。是不是适才而用不得而知，但绝对知道若用得不顺手，是才也废了。

黎美洙并没有因为师兄离开而离开这家漫画公司，虽然累得晕天晕地，但她依然不放弃。

总觉得，坚持就能看到胜利。

师兄辞职，离开公司的时候，部门的同事为他摆宴饯行。待酒宴结束，师兄又拉着黎美洙去钱柜K歌，包厢里已有一大群人坐等，黎美洙认出其中一个，就是去年寒假和师兄一起回来时见到的他的高中同学陈青远。

陈青远是师兄的高中同学，第一次见面，是在返途的火车上碰到的。更确切地说，是下了火车，在大厅里遇到的。

他笑着打趣师兄说："把你媳妇带回来过年了？"

林师兄道："别开玩笑了，她不是我媳妇，人家有相好的！"

黎美洙对那人笑了笑，那人说："等我一会儿，我去车库取车，送你们！"

师兄笑道："哪好意思劳我们陈总送啊！"

那人微扬了一下眉头："少贫！"

师兄打着哈哈说："好好好，师妹，我们就让我哥们儿送吧。对了，介绍一下，这是我师妹黎美洙，这是我高中同学兼哥们儿——陈青远。"

"你好！"

"你好！"

两个人礼貌地打了招呼。她掏出名片来，礼貌地双手递过："我叫黎美洙，师兄的助理，叫我小黎就可以了！"

陈青远好像被什么东西触及了心灵深处，但很快又平复下来，快得让人以为那是错觉。她不会明白，他深爱的女人叫洛离，他总是管她叫"小离子"，命运弄人，他们没能在一起。

这是一个挺有魅力的男人，有种说不上来的危险气息，也不知道这危险在哪里，但就感觉心里悬悬的。

他接过她的名片，突然间松了一口气："原来是黎明的黎。"他低声叹了一句，让人听不真切。

随后，他笑道："不好意思，我的名片用完了，号码……"

他说着，拿出手机来，执着名片拨号，记下彼此的号码。

陈青远拿着黎美洙的名片，对她说："你名片上的 QQ 号我回去加你。"

陈青远去车库了，在他把车开出来之前，师兄忍不住叹道："同人不同命哦，投胎是门技术活，同年的，人家都做经理了，一家酒店加一家健身中心，自己创业，身家以亿算，我们呢，唉……"

"这么多？"

"是啊，他爸更有钱，做房地产的，金沙湾的那片别墅区就是他爸开发的，你说有钱没钱？车库里什么牌子都有，想开什么车，依心情定。他就算坐着吃睡着吃站着吃，都能吃到几辈子后，家里已经很有钱了，他却要自己创业！"

黎美洙笑眯了眼睛："没事，他靠他父母，我们靠自己。"

师兄说："人家自己创的业！"

黎美洙说："我绝对相信他是自己创业，但我不相信他老爸没给他任何人脉资源。他出去找人家投资，找朋友合伙什么的，人家也不怕他亏了没钱给啊，因为有他老爸在后面撑着啊！我们呢……你看我们要找人投资一百万做个小小的动画项目，人家肯定先做资产评估，要看我们这证那证，还有一堆资料，如果他出面，肯定没这么麻烦，所以……师兄啊……"

她乐着打趣道:"咱们能靠自己走到这一步,已经很不错了!"

师兄看向黎美洙时,怔了怔,随后释然一笑:"对,咱们是靠自己,能够走出来工作,没向家里要一分钱,还寄钱回去,已经很不容易了!"

车到了一个路口,黎美洙从车上下来,陈青远随后从驾驶室出来,来到车尾打开后备厢,将黎美洙的行李箱拎了出来,箱子落地时,一下子砸到黎美洙的脚。

黎美洙"嘶"了一声,陈青远马上抱歉地说:"对不起,小黎子。"

"啊?!"

大家都喜欢叫她小黎,或者美洙,但从来没有人在小黎后面加个"子"字。

"呵呵,小黎子……第一次有人叫我小黎子,真有意思……"

他的目光里闪现出一丝痛苦,随后很快地平复,平静地扯唇一笑,说:"再见!"

这一次在钱柜,黎美洙再次见到陈青远,觉得他跟上一次不一样了,说不上来哪里不一样,就觉得那眼神有种邪恶的味道。那是因为他和他的小离子彻底断了联系,他选择了游戏人间。

与师兄饯别,只顾着唱歌,与陈青远隔得很远,只是在来的时候打了声招呼,就再无下文。

散场后,陈青远开车送师兄和黎美洙,师兄对陈青远说:"我到别处发展了,可我这个妹子以后有什么事情找你,兄弟,你要好好关照她啊!"

陈青远掌着方向盘,边开边说:"自己人还需要讲那客套话?"

师兄也转过来对黎美洙说:"丫头,以后有事找陈总,他很乐于助人的。"

"是啊,比如说扶老人上街,牵着盲人过马路,给流浪的小狗找妈妈,人家问我叫什么?我就说我是少先队员,叫雷锋!"

后座的黎美洙扑哧一声笑了出来。师兄也笑着打趣:"你不开口还人模人样的,一开口就人模狗样了,没一句正经话。每次被你逗乐,就想到念书的时候，你把各科老师气得笑出来的样子，你可真是一天才，硬是比人才多了一份二。"

他也总是把老师气得吐血吗？

她忍不住笑了起来。

怎么和熊逸这么像啊，那家伙也是这样，总把老师气得抓狂，很调皮，但是一点都不坏，总能让那么多人喜欢。

想到熊逸，她的内心就像用了暖宝宝一样温暖起来，拿出手机想给他打电话，可觉得在陈青远的车里，又当着师兄的面，不好说什么，于是便给他发短信。

她很想他，可是固执得没有跟他联系。他有一次在很晚的时候给她打电话，她因为要跟师兄讨论漫画脚本的事情，就说句"稍等，我空了回复你"，直到第二天，她才回复他。那个时候她问他："有事吗？"他讪讪地说："没……就是想你了。"

"嗯？！"

"能不能不要固执了，回来同我一起面对吧。"

"面对什么？"

"面对一切，有你……我想，我会坚强一点。"

"到底发生了什么事？"

"没什么……就是，想你了。怕你太忙，总是不敢给你电话和短信。你到底……什么时候才能忙完啊？"

她的回答总是："快了，快了！再等等我。"

他说："我来找你吧！"

她忙说："不要！你不要过来！我没时间陪你！"

其实是自己住的地方太寒酸了。

久不见阳光的地下室，有一股重重的湿气和潮气，吃的也不好，因为她还在试用期，根本拿不到钱，所有的开销，都是以前打工的积蓄。她又不肯向家里人要，也绝对不许自己向熊逸开口。

她太看重尊严了,童年缺失什么,成年后就极度地想要得到。这竟是真的。

她不要他看到这样的自己,怕自己过于狼狈,让他心疼。中国的孩子,都喜欢报喜不报忧。

她觉得自己什么成就都没有,拿什么回去跟他面对他的母亲,说她爱他?

她不要他的妈妈看低了她,让熊逸在她和母亲之间左右为难。

真的好爱他。

一切都是为了将来能和他在一起,平静又美满。

冷落熊逸太久了。

师兄介绍黎美洙认识了陈青远。也是师兄说,有什么事情可以找陈总,她的内心有了隐隐的希望,觉得陈青远可以帮她。

正是由于师兄临走前的牵线,黎美洙在几天后,用 QQ 问陈青远:"你有没有兴趣投资动画片?我这里有好脚本,你可以看看!"

他想了想说:"那就看看吧!"

"我把文件发你邮箱!"

他说:"我喜欢看打印好的文件,更喜欢面谈!"

于是,他给了她一个地址,说:"你想谈的话,就过来!"

黎美洙心底觉得有些不妥,可还是败给了希望。她依着他留下来的地址找到了这里。

进公寓门的时候,保安隔着铁栅栏问了她要找的人的房间号码后,按通讯器进行了核实。只听到陈青远说:"是我的客人,放她进来吧!"她便进去了。

第一次在现实中见识到智能密码锁。

按了按门铃,门开了。

开门的陈青远有种说不出来的气势,这让她无由地紧张。

这个酷爱黑色装的男人,有一双犀利的眼睛,好像 X 光能穿透一切。

黎美洙有些怔神，这个男人太帅了，帅得令人不敢直视。陈青远扯了扯唇，淡然一笑，手把着门说："进来！"

黎美洙随着他进门，在他的引领下，沿路欣赏，说不出这些椅子和摆设的名堂，可能看出其风格是走欧式复古风。

陈青远领她来到书房，让她在边上的沙发上坐下。

那张单人沙发做成书本打开的形状，坐上去时，只觉得很有意思。

对面墙打成的书柜上摆满了大部头的书，有很多描金字体的精装本，黎美洙忍不住赞了一句，"你真博学，这么多书！"

陈青远笑了，自嘲道："摆设罢了！"

"喝点什么？"陈青远轻声发问，他的声音很好听，好像 D 大调和弦。

黎美洙"啊"了一声，从欣赏沙发的情绪里恢复过来后，紧张地说："我啊？我随意！"

陈青远笑了一下，便说句"稍等"，就从书房里出去。

门关上了，黎美洙松了一口气，拍拍胸口，觉得舒服多了。

她不停地对自己说不紧张，不紧张。然后她开始打量陈青远的书房。

这里有好多书，特别显眼的是各种版本的《红楼梦》。

刚刚他自嘲地说是摆设，可这摆设太让人赏心悦目了。

她站在书架下，忍不住好奇，踮了脚去抽众多《红楼梦》版本中的一本，待看清封面时，她倒吸了一口凉气。

这就是前段时间炒得很火的一套书，报纸上登过，限量发行，封壳是纯金的，里面刻着字的"纸"全是一页一页的金箔纸。

这书的叫价堪称天价，说是纯金纯手工，这要什么人才会花钱买这本书啊？太恐怖了。

见鬼的是，发行了几套，居然全卖了出去。

黎美洙居然在这里见到了，翻书时，她连大气都不敢出，生怕弄坏了，她可赔不起，可又禁不住好奇。

"真是的，翻金子做的书，感觉真的不一样。有钱人真是有钱到烧得慌。"

她叹了一口气,突然听到外面有动静,门外有人按着密码将门打开,再咚地将门关上。

她本不想偷听,可是,门一关上,就听到一个女人大声质问:"陈青远,你为什么不接我的电话?"

这声音太大了,她忍不住好奇,将手里的书轻轻地放回书柜后,蹑手蹑脚地来到门边,轻拉了门,虚开了一条缝,直对陈青远的客厅。

只见陈青远不慌不忙不惊不怒地煮着咖啡。

那女的……黎美洙偷眼看去时,惊得快要合不拢嘴。

这不是小明星安朵吗?

有人在论坛上盘点"长得漂亮却不红"的女星时,就有她名字。

她长得真叫没话说,脸型还有眼睛,还有鼻子和嘴巴,怎么看怎么讨人喜欢,但就是总演一些不痛不痒不招人喜欢的小角色。还有化妆师化妆也不给力,她的街拍比电视剧里好看多了。

她怎么会出现在这里?

来不及惊讶,安朵愤恨地上前几步,隔着吧台,一把按住陈青远搅拌拿铁咖啡的手。

"嗒"的一响,陈青远的手停住了,但被搅成旋涡状的咖啡还带着奶白色的奶泡泡欢快地旋转着。而后,咖啡渐渐平缓,只剩下一点泡沫浮在上面,再映着灯光像丝绸般有质感的轻漾。

"为什么不接我的电话?"

陈青远面无表情更无情绪起伏地将手抽出来,将拿铁搁在一边的托盘上,然后才抬眼对安朵说:"不想接。"

"为什么?"

"腻了!"

"才三个月就腻了?!"

"够长了!"

安朵的声音颤抖起来:"你以为你让秘书把我的东西打包还给我,我就不会回来了？你别忘记了，我有进入密码。"

陈青远沉默得像无波的海面，客厅里静寂得让人发狂。

安朵绕过吧台，来到陈青远面前，直视着陈青远的眼睛。怒气过后，她眼底是化不开的痴情爱意。

"高中开学那天我第一眼就喜欢上你，你总是把老师气得吐血，但就是让人越看越喜欢。我花了大半个晚上的时间给你编心形的钥匙扣，附了一张小纸条一起放进你的桌肚子里，你居然把纸条撕了，把我编的东西送给了别人。那个时候我真的很忌妒洛离，你只和她在一起，对别人看都不看一眼，就算别人再喜欢你，你一样伤人伤得不留情面。"

陈青远冷淡的眼神突然间犀利起来，陡然抬眸，充满警告与威胁地看着安朵。

她知道自己犯了禁忌不由自主地捂住了嘴，惊大了眼睛，后悔自己不经大脑说出这样的话来。下一秒她慌了，吓坏了似的解释："青远，我不是故意提她的名字，对不起，我真的不是故意的，我只是想告诉你我很爱你，即使你那个时候伤了我，我都一直惦记你，即使你不看我一眼，我也一样。"

她紧紧地搂住他的脖子。

陈青远恍然未闻，只是淡然地伸手，从酒柜的柜台上拿出一只雪茄盒，打开雪茄盒后，将躺在里面的雪茄拿了出来，送进嘴里含着，另一只手拿雪茄盒边上的铂金机壳打火机，"叮"的一响后弹开盖子，"嗒"地一下按开打火机，带着靓蓝色火焰的火苗从打火机里窜出来，他便侧了一下脑袋点燃雪茄。

安朵猛然起身，把他的雪茄从手里抢过来放进了一边的水晶烟灰缸，再挥手，"啪"地给了陈青远一耳光。

陈青远想都没想，一巴掌回了过去。

两声清脆的声音先后响起，安朵紧紧捂住了自己的脸，眼泪涟涟地看着他，然后再受刺激似的站起来摔酒柜上的那些水晶酒樽，一手一个，一口气砸了七八个,那些碎片哗啦啦地摔了一地。

黎美洙听得心惊肉跳,而陈青远却稳如泰山,冷眼相看。

等安朵摔得气喘吁吁连发丝都散了时,她突然哭着坐在了地上。

她伤心欲绝地说:"我的经纪人告诉我,在这个圈子里混,没有权就得有钱,没有钱就得和他们有情。经纪人对我说,你现在需要找有钱的人,让有钱的公子哥喜欢上你,然后,让他们砸钱给你买角色。这是行情,出来混的,要懂!经纪人像拉皮条一样把我介绍给你。我还记得我们独处时你对我说的第一句话,你说,你长得像我高中同学。我问你,你还记得你的同学叫什么吗?你说,记得!叫林星,班上最漂亮的女生。然后我就哭了,我从来没有想过你还会记得我。我居然还被你记得。我告诉你,我不是什么安朵,这个名字是他们给我取的,我真名是林星,我就是你的同学林星。

"我哭倒在你怀里,你抱着我!是啊,你不是我的第一个男人,我为我以前做过的荒唐事情后悔,但是见到你的那一刻,我找到了干净的感觉,我能够想起我曾经的名字叫林星,干净的林星!

"那一晚,我和你缠绵。我幸福得控制不住自己,不停地淌眼泪,你帮我揩,你告诉我,别哭,宝贝!可是我哭得更凶。我告诉你,我爱你!那是真心真意的,不是演戏!

"我真是傻,我真的以为你不嫌弃我,可以接受我!我没向你要过什么,也没有让你花钱为我买角色,就想着有了你,我什么都不要了!我甚至知道你结婚了,我都可以不要名分!你爱着洛离时,连你多看我一眼都是奢望,你叫我宝贝,原来这只是你对女人的统一用语。我到底……还是一个花钱买来的玩具,你玩腻了,就赶我走了。你真的好狠的心啊,好狠的心啊!"

她仰起流满泪的脸,凄楚地笑了,彻骨的悲凉后,安朵讽刺地笑了:"陈青远……洛离,爱得那么深的两个人都分了,我还好笑地指望什么?"

她又无奈地笑着摇了摇脑袋:"出来混,我还是把自己当人看了。林星成安朵了,陈青远也不在了,都不在这个世界上了,全都找不着了!一群衣冠禽兽,这个世界,疯了!"

她从地上爬起来,夸张的高跟鞋踩着这一地亮晶晶的碎片,哗哗啦啦,咯咯嗒嗒,好像一具木偶的身体,机械地移动。

她来到陈青远的面前,就那么看着他,眼泪在眼底转动,眼波像三月的池水,带着无名的情愫微漾着,眼神痴迷,又有点卑微,更多的是内心的最后一点奢望,奢望他能看清她心底最后一丝深情。

只有这份情,才能让她觉得自己是个"人",还察觉自己还有一丝人性。

她奢望他能有一点点感动,能有一点点回心转意。

然而,他依然无动于衷,只是从吧台上拿出一瓶波尔多,砰地拔了木制塞,倒入手边的一个水晶樽,他将杯子执在手里,慵懒地晃着,转首看着窗外的夜景。

他的侧影依然挺拔俊美,但他的心好像被冰雪女王施过魔法的罗依,奇寒无比。

心碎之后,她说了一句令人难过的话:"平凡人家的女孩,美貌是灾难的根源。我以前不懂,现在全明白了。"

安朵妩媚地笑了,是绝望后极致的妖艳,程式化的笑容:"谢谢你陈总,分手费我很满意,吴导也在电话里告诉我,这次你投资让我演女一号,让你费心了!咱们散买卖不散交情,来日方长……"

她笑着,带得软骨的妩媚风情,探身,在他侧到一边的脸颊上香了一下,再笑着踩着她夸张的高跟鞋,在满是水晶碎片的地板上,咯咯嗒嗒地走向门外,脚步再也不像木偶一般机械,而是判若两人的轻盈。

门"啪"地一声关上了,安朵走了。一直冷漠的陈青远的眼泪以极快的速度从眼角里划落下来,他怔怔地伸手去摸,在灯光下看到留在手上的泪渍,满脸不可思议,再用手在眼角抹了抹,确定那确实是泪水的时候,竟别开脸吸了一口气,自嘲似的笑了出来。

"嗤"地一声，笑得特别轻讽。

书房里的黎美洙早已泪流满面，她紧紧捂住了鼻口，脸涨得通红，不知道哭什么，也不晓得为什么这么难过。

安朵……那以后，她便从青涩转向妖艳。电视剧里，她再也没演过配角，她没完没了地跟富商及富二代闹绯闻，真真假假，其花絮比电视剧还精彩。

每次看到她，黎美洙都会有一股说不出来的难过。

这个曾经叫林星的女孩子……她像一枝仿真的玫瑰，妖艳夺目，却没有属于真花的气味。

黎美洙哭得伤心，而陈青远已去了洗手间洗了一把脸出来。

他一副什么事情都没有发生的样子迈向书房，打开门的时候，就看到黎美洙哭得伤心的样子。

他忍不住笑了一下，笑得若水划痕，稍纵即逝。

"怎么了？"他低沉了声音问她。

她摇了摇脑袋："对，对不起，我不是故意偷听的。"

陈青远说："听都听到了，难道我还追究你收听权？"

"安朵她好可怜！"她说话的时候吸了吸鼻子。

陈青远面无表情地说："路是她自己选的，选的时候，就应该想到自己会失去什么。"

她看着他，难以置信地说："她那么爱你……"

"我不需要这份爱……"陈青远说，"当别人不需要你付出的时候，你付出的一切，只是烦心的累赘。所以，我不需要。"

"好了……"陈青远说，"去洗手间洗把脸，然后出来谈你来找我谈的事情。"

她抽泣着说："不，不用了，我看今天就算了，明天可以么？"

陈青远说："明天我要出国，大概一个月不在这里。"黎美洙有些慌了："一个月？"

她希望事情能够尽快定下来。

于是她说:"好,你等我一下,我去洗把脸。"

陈青远说:"化妆台右边的柜子有没开封的护肤品,左边是没开封的新毛巾。"

她点了点头,说:"谢谢!"

收拾一番后,她觉得自己清爽多了。来到书房的时候,陈青远正坐在高背办公椅上品咖啡。

他见她进来,便将杯子放进托盘里,让她坐在对面。

她坐下来后,他指着一边的玻璃杯说:"多喝点果汁,养颜!"

她说声"谢谢",拿起杯子来抿了一口,觉得味道不错,便多喝了两口。

陈青远就那么不动声色地看着她,等她放下杯子,便对她说:"你不怕我在果汁里下药?"

黎美洙说:"不怕,师兄说你是好人。"

他淡淡一笑,执杯抿了一口咖啡,道:"说说你想跟我谈的项目。"

黎美洙"哦"了一声把厚厚一沓脚本拿给他看,紧张地看着他。

他只是接过脚本,随手翻了一页。

"大概是个什么故事?"

她说:"这个故事讲的是一个男孩很爱一个女孩子,爱了好几年,突然有一天,女孩被车撞死了,他伤心欲绝。他有一个来自异世界的朋友,用时光机让他回到女孩子去世的前一年,给他一次大胆表白的机会。重新开始的男孩子大胆地向女孩子表白了,没有想到,女孩子也爱着他,只是害羞不敢表露心声。来自异世界的朋友说,你可以改变很多事情,唯独改不了结局。那一天一定要有一个人死,你替她,或者她死。所有人都以为在那天男孩子一定会替女孩子死,但是没有想到男孩子居然眼睁睁地看着女孩子再次被车撞死。"

"为什么?"陈青远突然打断问,"为什么不是男的替女的死?"

黎美洙说："我也知道这这完全不符合言情逻辑。但是……"

她抬起眸子，迎着陈青远的目光，因为讲到自己笔下的人物，就好像对人夸赞自己的女儿，于是，这没有由来的母性光环，就此罩在了她的脸上，她不紧张了，更不拘束了。

"但是不是这样子的！"美洙说，"男孩之所以选择眼睁睁地看着女主死去，正是因为他知道女孩爱他，就像他爱她一样。因为深爱着，所以，他明白最心爱的人在自己眼前死去的痛苦。既然结局是注定的，他情愿自己再次承受这种痛，也不想她尝试一星半点。爱情……并不是为谁去死，而是为谁去承担！脚本里他最后一句话是：你去吧，你的家人由我来守护，你的父母就是我的父母，我对你的爱，是永生永世，不管几个轮回！这样有担当的男人才是女生最喜欢的。作为一个创作者，传递读者'坚强'与'相信'的意念才是重要的。所以请您相信我，这个脚本是很好的，因为它在传递一个信念，告诉我们人活着，是有很多美好的羁绊，可以通过回忆，让人寻思人性初期的美好，能让人懂得活在这个世上，不单纯是为自己而活，还要懂得什么叫责任。"

"美好的羁绊？"他冷冷一笑，随后，不露声色地嗯了一声，起身走到黎美洙的椅子后面，俯下身来，好像是在拿脚本。

"脚本不错，可以考虑。"

"真的？"

她喜出望外，一转首，他的脸贴了过来，用唇轻含了一下她的耳垂，说："真的！"

她惊得要跳起来，触电似的躲开，可不曾想到他一把将她箍住。

他在她的耳边轻语："什么叫美好的羁绊？"

她用手抵住他的脑袋，僵着脖子说："父母、家人、心爱的恋人，还有朋友，都是活在这个世上的羁绊！为了他们，再艰难都可以硬撑下去！"

"如果家人欺骗你，婚姻是交易，而朋友背叛你，你还能找什么为你的好死赖活当借口。"

"就算是借口,也是我活下去的理由,努力地生活,再悲也要相信自己可以幸福。"

"不对,是堕落!"他的声音低沉慵懒,"是随心所欲的堕落。"

黎美洙说:"我和你不一样,你想堕落,怎样都行,坐吃等死都饿不死你,而我敢像你这个样子,我会活活饿死。"

"嗯,你是个聪明的家伙,但我最讨厌你这种想法单纯的家伙……"

他一把将她托了起来。

"以后不要这么傻气。因为,随便相信人的下场会很惨。"

她扯不开他的手,好像被蝎子蜇中的猎物,惊恐地后退着,她已经贴着墙壁,他的手撑住她脑后的墙。

她不懂,她不懂一个人若由单纯变得残忍,他最喜欢的事情就是毁灭他看到的单纯,因为那是曾经的自己。他很害怕去想自己为什么会变成这个样子,一想到曾经那么相信过幸福,而又被现实辜负的回忆刺疼了,他只想亲手毁灭这些,拉着别人一起痛苦。

她左右躲避。他老到又有技巧地将她困在墙与怀抱之中,让她躲避不得。

他的唇在她的耳垂轻啄着,探出舌头来轻触着。一股奇妙的感觉令她莫名紧张,她顿时感到耳朵上爬了毛毛虫似的酥痒起来。

她未经人事根本不是他的对手,而且,他身上有股好闻的味道,这让她无由地沉迷!

他有一种近乎于罂粟的毒性,只要接触,就沉迷其中,无论是气息还是眼神,都能令人迷失上瘾。

他开始吻着她的脖子,手摸到她敏感的地方,黎美洙陡然间睁开了眼睛,一把将他推开。他抬首,迎上她惊恐的眼神。

她紧紧地抱住胳膊,将胸部环住。

陈青远竟笑了,笑得极其讽刺,他笑着一手把她扯住,双手一按,将她整个人贴在了墙上。

他邪肆地笑着："喘成这样了？反应不错啊！"

"下流！"

她挥手，他眼疾手快，一把扯住她的手举着贴近她脑袋边上的墙，他一手贴墙，一手将她的腰身搂住，搂得很紧，与他的腰部紧紧相贴。

她噙了眼泪，不可思议地看着他："我根本不漂亮，也没有火辣的身材，跟安朵比起来，我差了十万八千里，你睁大眼睛好好看看我的样子，别低了你的品位。"

他说："这跟品位没关系，我就想图个新鲜。男人起了心思时，只要女的长得过眼就行，我现在兴致很高，就是这样！"

他懒懒一笑，笑得轻松，却让人紧张至极："跟我不好么？"

"对不起，我有男朋友了，我很爱他，我不会做对不起他的事情。"

"女人呢，若是没有好的家世做背景，就应该懂得抓住时机，利用自己的优势换取物超所值的东西！"

"如果让我用我的第一次跟你换这些东西，我不如一头撞死在这里，这辈子也不用去见我的心上人，干脆死了算了！"

"第一次？"陈青远竟不信地挑了挑眉头，上下移动着眼睛，审视黎美洙，然后笑道，"真的假的？"

"跟你没有关系。"

"好啊，选择权在你，跟我，有钱，不跟，没钱！"

"这个世间做什么都讲交易吗？"

"这个世间做什么都需要交易！"

"这个项目我保证你可以赚到钱的！"

"我不需要钱。"

"我也不要你的钱了，我不找你了。"

陈青远冷冷一笑，笑得讥讽："动画业不景气，投钱进去就是烧钱。你要是能随便找到人投资，你不会来找我！"

"师兄说你可以帮我我才来找你的。"

"我凭什么要帮你？你要知道，凭你的姿色，你已经找不到像我这样出手这么阔绰的人。"

"有钱了不起吗？"

"有钱就是了不起！"

"那我有货也不卖你！姐我白送人也不做你的生意！"

他笑了出来："若依了我，我不会亏待你！"

他的气息又包拢过来，她左右躲避，眼看自己挣不过他，情急之下喊道："师兄是个骗子！他说你是一个专情的人，他说你是个很好的人，让我有事情可以找你商量，但是你根本不值得人相信，你就是一个只知道玩女人的王八蛋，你这种人一辈子不配得到真正的爱情。我情愿当尼姑也不会让自己被你这样的畜生糟蹋！滚开——"

她着力一推，将他推开，奔向门口，手哆嗦得厉害，抖抖擞擞地去拧门的把手。

他用虎口紧紧地掐住她的脖子。

她含着眼泪瞪着他："王八蛋！"

他冷冷一笑："骂吧，你越挣扎我越兴奋。"

他捂住了她的嘴巴防止她尖叫，她瞅了机会，抱住他的手就狠狠一口。他吃痛不已的时候，她拉开身后的门，夺门而逃。逃得太慌张了，她竟一下子扑倒在地上的水晶杯的碎片上。立马，手腕、膝盖都有血渗了出来。

她怔怔地抬起手来，发现有棱形的碎片插进了她的手腕里。那血，一滴一滴地滴着。

追出来的陈青远捏着被咬的手腕惊住了。

她抹了抹眼泪，用手掐着手腕从地上站了起来，那血顺着她的手腕往袖子里浸，袖口饱满了，便一滴一滴地往地上滴。破了皮的膝盖处，已感觉有血热乎乎地流了出来。

他惊愕地看着她，她竟凄楚地笑了："谢谢你了……打扰了！"

"你的手……"

"不用你管！"她一把推开他靠近的身体。

她突然一阵心酸，哭了出来："我只是……只是想给自己攒点嫁妆，只是……只是想攒点嫁妆而已，怎么……这么简单的事情，做起来就这么难？"

她捧着手腕站了起来，知道这个时候不能拔出玻璃来，便捂着手，消失在陈青远的视线里。

很多年后，黎美洙想，若是那个时候依了陈青远，她大概就不会这样辛苦了吧？那个时候……只想干净地赚钱，只想干净地将一份感情成果献给最爱的人。

她从来没有对熊逸说过爱，可对于她来说，爱一个人……说得再多也不如用做的来得实际。她执着地保留着最珍贵的东西，想把最干净的自己献给最爱的人。她相信她会嫁给熊逸，相信她会有一个好的结果，好的归宿，好的家庭。

她才不会像安朵，才不会用自己的身体去赚钱。

黎美洙扼着满是血的手向街上走去，这里的人出入都有车，根本没有计程车。黎美洙扼着渗血的手腕，几分钟松一次手，以免扼得太死，血脉不活。

一辆银色的车停在了黎美洙的身旁，她疑惑地看着副驾驶室自动摇下的车窗，弯身看到陈青远隔着座位对她说："上来，我送你去医院！"

黎美洙说："不用你管！"

陈青远说："别耍小孩子脾气，快点上来，这里你是拦不到车的。"

她皱了眉头想了想，便拉开后座的车门坐了进去。一路上，陈青远一句话都不说，只是飞快地向医院驶去，黎美洙扼着手腕，看向车窗外，红绿灯的时候，陈青远停车安慰黎美洙："马上要到了！"

黎美洙淡淡一笑："没事，这种事情我有经验，一时半会儿死不了！"

陈青远不解地"嗯"了一声，黎美洙凄凉地笑道："小时候，我的手腕被镜子碎片割伤，比这伤口深许多，老师带我去医院时，沿路流了好多血，那时我浑身凉冰冰的，在路上就晕过去了。那血滴得跟红太阳似的，一滴一滴的，还挺好看的！"

"这个时候你还有心思说笑话。"

"不然怎么办呢？不说笑就会胡思乱想了。"

陈青远说："不会有事的，医院马上要到了！"

黎美洙笑道："我收回刚才的话，你是个好人！"

陈青远怔住，脱口而出："我不是！"

黎美洙说："不承认算了！我知道你是好人就够了。"

到了医院洗伤口的时候，黎美洙痛得要死，伤口好像被火烧。她满头是汗，却依然虚弱地对他说谢谢。

回到车上，陈青远启动车子，突然说："我决定投资了！"

黎美洙不解地问："为什么？你在可怜我？"

陈青远说："不是可怜，是羡慕！"

"羡慕什么？"

"羡慕班对、校对，所有从学生年代相恋，最后修成正果的恋人。羡慕他们，羡慕得要死！"

"还有……他很幸福！"陈青远突然说了这样一句话。

"什么？"她没听清楚。

陈青远说："没什么……"他摇了摇脑袋，拒绝重复。

黎美洙微微一笑："不想重复就算了，反正不是坏话，师兄说你是好人，我就知道他不会骗我！"

电话铃声在车里回荡，黎美洙伸手掏包里的电话时，陈青远看着驾驶台上搁着的手机，淡淡地说了一句："我的！"

黎美洙"哦"了一声，看到他帅气得要命地拿起耳机插到手机里，再把耳塞塞到耳朵里，淡淡地说了一声："喂……"

"嗯，好的，我一会儿去你那里！你先放水，滴些玫瑰精油，我们一起洗！嗯，好，一会儿见！"

他按断了通话，拿下了耳塞，淡然地转了转脑袋，又转回来时，眼睛看向前方，却对黎美洙说："我不是好人，我只会玩女人！"

"对了！"他又说，"明天早上九点，我们再联系投资的事情，我答应过的事情，都会尽量做到，这一点，你可以把心放到肚子里！"

他帮她，是因为她和熊逸是班对。他说他羡慕班对，羡慕得要死。

而她也明白，他帮她，是因为他的"触景生情"，她和熊逸的存在，触动了他不为人知的曾经。

有些人总会从别人的身上看到自己，设身处地，情不自禁地想要帮一把。因为他清楚，曾经的自己也有过相似的情境，也曾奢望有谁来将自己拉出绝望。

世间的事情，就像安排好的，遇到的人，好像命中注定的，隐隐的像一个个的环扣，扣在一起，缺一不可，否则，无以为续。

陈青远投资的事情就这样敲定了，通过这纸合约公司也让她从试用转正了。这投资是她拉来的，先奖励了一万块钱。同事知道后，努了努嘴，几百万的投资，就给你一万块啊？

她整理着东西，说："主编说了，不会亏待我的，一万就一万吧，先拿着，我先回去一趟。"

"回哪儿啊？"

"回自己的家啊！"她说，"车票都订好了！"

"你请假了吗？"

"请了！"

"那么急啊？"

可不是吗？真是迫不及待了，好久都没有见到熊逸了。

一拿到钱，黎美洙就迫不及待地想给熊逸打电话，掏出电话，突然又打住了，她想给他一个惊喜。于是，她跑到主编那里请假。

主编特别乐意地答应了，她跑到位置上清理东西，再跑到家去收拾行李。她刚看到了希望的曙光，就迫不及待想要和他分享内心的喜悦，想要见他，等不及功成名就的那一天，思念成狂，不容等待。

一想到要见他，她就真的很开心。

熊逸，我要回来了！

黎美洙没有通知熊逸她要回来，想给他一个惊喜。

她想着，要是她给他打电话，告诉他，她回来了，让他去车站接她，他匆匆从家里走出来时，看到楼底下笑得坏坏的她，会不会说她越来越调皮了？

他一定会觉得她变坏了！呵呵！

可没有想到，临近他家的路口，她就看到熊逸从车站边的购物中心出来，一手拎着购物袋，一手牵着套了狗圈的大狗。

那狗狗就是当初熊逸偷拿出来，被舒欣要回去后，又被他要过来的那只小狗。它刚刚满月的时候在黎美洙的怀里呆过，没有想到时隔几年，它居然还认识黎美洙，在十几步之远，就冲着黎美洙摇尾巴，还向她扑过来，想扑到黎美洙的怀里。这一扑，狗圈绳子就在熊逸手里紧了。

熊逸喊着："小白！"就去扯绳子，小白的四肢都立起来了，兴奋地摇着尾巴，熊逸这才抬起头看过来。

那一刻，他看到她了！他眼底闪过一丝惊喜，却马上变得复杂犹豫。

"你怎么回来了？"

这句话让她笑得灿烂的脸一下子冰住。

"熊逸！"只听得一声叫唤，原来是熊逸的妈妈在不远处停着的车子上摇下车窗叫熊逸的名字。

熊逸"唉"了一声，就扯着小白向车子走去。

"熊逸！"黎美洙起脚几步，叫了熊逸的名字。

熊逸转身，只是看了她一眼，便转过头去，好像痛苦地挣扎了一会儿，再转过来说："我……我们……以后不要再见面了！"

她以为自己听错了。

"为什么？"

他欲言又止，却还是苦笑着什么都没有说出来。

他来到车后，打开后备厢把袋子放了进去，准备将盖子关上的时候，身体一僵，便愣生生地转过脑袋去。

"熊逸……"

他转身就看到她噙了眼泪的眼睛，低首就看到她拉住自己的衣服的手。

她就那样看着他，一句话也不说，眼底写满不解与凄楚。他怔然而忧伤地与她对视着。

彼此从彼此的眼底看出了深情与悲伤，但谁都不开口说一句话。

车子里的熊老妈不耐烦了，她不悦地将手伸出摇下玻璃的车窗，在车门上拍了几下。

熊逸好像从梦中惊醒，拉开黎美洙的手，牵着狗来到后车门将车门拉开让狗狗上去。门刚关上，黎美洙不甘心地上前拉住他。

"你说你会等我的，熊逸……"

熊逸痛苦地低下头，不敢看她的眼睛，而后说："过去的事情不要提了！"

"可是，我一直在为你努力啊！"她淌着眼泪说，"这段时间，我一分一分地攒钱，我在攒我的嫁妆，我一直想要嫁给你，你怎么可以对我说我们不要再见面了？"

熊逸不语，熊逸妈妈摸着大狗的脑袋冷笑道："你攒钱？你攒多少钱了？"

"一万！"黎美洙说，"毕业一年多，我赚了一万块钱！是我拉到投资，公司奖励给我的，以后会更多。"

熊逸的妈妈笑得将脑袋仰了起来，尖酸地讽刺道："哦，万元户啊？可真气派，我们家熊逸可高攀不起。"

"一万块怎么了？"

熊逸妈更尖酸道："一万块钱能干什么啊？当嫁妆？人家陪嫁的可是车

子或房子,你那点钱连酒席钱都不够。"

"我的钱是少了一点,可这钱是我自己赚的,我没有依靠我爸我妈,是我干干净净去赚的!我去年才进公司,试用的三个月里我根本拿不到钱,现在我刚刚谈拢了一个项目,用不了几年我就……"

熊逸妈干脆扭了脑袋对熊逸喊:"你还站在这里干什么啊?走啊,看到她我就烦,怎么还不走,你又想把我的心脏气出毛病是吧?"

熊逸心酸地看着黎美洙,只是说:"我知道……你一直都很努力,可是我……我妈只有一个!对不起,美洙!"熊逸转身,要向驾驶室走去。

"熊逸……"

黎美洙又唤了一声,熊逸痛苦地转了脑袋说:"其实我们根本没有建立过正式的恋人关系,根本没有真正开始过,所以,你就忘了我,当是从来没有认识过我吧。"

话一说完,他狠下心去拉开驾驶室的车门,钻了进去,快速地系了安全带,再发动车子,从她身边驶过,将她抛得远远的。

那种感觉像是把黏在她身上的心拉扯到很远,直到硬生生地扯裂。

她失魂落魄地回到家,发现熊逸居然在她家门口的路口等她。

"你来干什么?"

熊逸说:"看看你!"

"看我?"黎美洙冷冷一笑,"有什么好看的?"

"我们找个地方聊聊吧!"

她一笑,道:"好吧,去我家吧!"

"方便吗?"

"方便!"黎美洙说,"家里没有人!"

路上,她打过电话,妈妈说,她和弟弟到继父那里去了。

那是熊逸第一次来到黎美洙的家。

他进来后,四下看了看,黎美洙冷笑道:"我家很穷,墙只是用腻子粉刷过,家具很旧,还是以前的组合家具,都脱漆了。我太穷了,连张像样的床都没有，像我这种人……哪嫁得起你这种人啊？"

"黎美洙，可以不说这些吗？我不比你好受，我怕你想不开我才来看你。"

"不需要！"她说，"你太小看我了，要走就给我走得彻底，我不需要你假惺惺的同情。"

他抓住她的手腕，痛苦得抬不起头来，一滴一滴的眼泪从他的脸上滑落下来，溅在地上。他呼吸急促，双肩无法自抑地颤抖着，好像筛子一样抖动。

她滑稽地笑了出来："我又没打你，你一个大男人哭什么？"

他揪心地哽咽："别恨我！"

她酸楚一笑："我从来都没爱过你，恨你干吗？可别忘记了，是你追我的！"

"那就……好，那就……好！"

他攥住她手腕的力道加大了一些，她低首去看时，竟轻笑道："一个大男人怎么这么拖拉，你想说的都说完了吗？说完你可以走了！"说的同时，甩了甩手，他竟不肯松开。

她心痛至极却这般讽刺地笑了："我懂了，就这么放手，挺不甘心是吧？"

拿不开他的手，便带着他的手，将自己的衣扣一颗一颗地解开。

"你……干什么？"他惊愕地抬起头来，触电似的将手松开。

她说："上床啊！你拉着我的手不让我走，不就是想干这个吗？"

"……"

"都别矫情了，进入主题吧！"

他紧紧地抱住她，抱得她动弹不得。

"别告诉我你不想要！"

他在她肩膀上痛苦地摇着脑袋，哽咽着："我想，我做梦都想！但是我不能伤害你！"

她的心要笑开一个口子了:"谢谢啊!捅了别人一刀后,才说不是你的本意,这笑话真冷。"

他将她从怀里撑了出来,凝视着她,咽下一波酸楚,强迫自己冷静,在她耳边说:"你一定要幸福。"

她觉得这个笑话更冷。

他捧住她的脑袋,对着额头就是重重一吻,不等她反应过来,便松开她,转身拉门出去,瞬间消失得无影无踪。

她失魂落魄地坐到地上,呆坐半晌,说不出一句话来,脑袋空白了,舌头都好像尝不出味了,甚至都不觉得自己是活的。好像他的离去,将她所有的力气都带走,包括灵魂,包括他所说的幸福。他走的那一刹那间,心就空了,透风了,凉飕飕的。

黎美洙呆呆地坐了好久,听着闹钟嘀嗒的声音,她拼了力气从地上起来,到超市走了一趟。她目光直愣,眼神呆板,买的东西多了,便提着满满的购物袋走到一边,想歇口气再走。放下袋子将手伸进包包,想掏出手机来看时间,不承想摸了好久都没摸到。

她忙找到一张路边的石凳坐下,将包包里的东西全拿出来翻找,她惊惶地发现,她的手机不见了。

她把东西一股脑地塞进包包,急速奔向路边的 IC 电话亭,按了号码……

听筒里传来的竟是"您拨的号码已关机,请稍候再拨"。

一天后,黎方瑜带着小弟赶回来了。

黎方瑜开门后,觉得屋子里的空气坏透了,窗帘都没有拉开。她进来拉开帘子,推开窗户时,突然"呀"地叫了一声。太阳光透进来时,阳光刺疼了美洙的眼,她抬起手来,用手背挡住了脸,试图遮住那刺眼的光。

"你……在这里干什么?"黎方瑜被吓到了。而她怀里的小儿子看到一个"陌生人"躺在窗边的角落里,竟被吓哭了。她抱住儿子安慰,不哭不哭，是姐姐。

这个弟弟，小黎美洙二十岁。他生下来的时候，她在外地念大学。前两年放寒暑假的时候回来，他还是个奶娃娃。她念大四的时候，跟师兄画漫画，没有时间回来，而毕业后，直接去了漫画公司……

他不记得她，也是理所当然。

但是，黎美洙却记得……

在自己十九岁的时候，妈妈怀上了他。在那检查结果出来证实妈妈怀孕的那一天，他抱着她说，太好了！

她还记得那夜，她哭着对他说，小时候，她对妈妈说得最多的话，是求妈妈抱抱我，可妈妈不肯抱。他心疼地说，我抱，以后，我抱。

他还说，以后有事，他会随叫随到。

他还说，他会等她，多久都会等。

他还说……

他还说过什么？

她痛苦得拧紧了眉毛，脑子里一片混沌，什么都想不起来了。

黎方瑜抱着小弟，不停地安慰他，让他不要怕，却没有留意自己的女儿，为什么如此反常地坐在这里。

小弟哭着说"让她走，不要让她在我家"时，黎方瑜哄着说："好好好，宝宝乖，妈妈让她走，你别哭啊，别哭！"

她爱着孩子，充满了母性。而黎美洙注视着这一切，发现她不是没有母性，而是从来没有在她面前显示过母性。

以前，别说是哄她，就是理会一下她，她都会觉得好惊喜。

脑海里，又浮现出那样的画面。

小小的自己在她裤管边，伸着手，哭着说"妈妈，抱抱，妈妈……抱抱……"可是，她不理她。

原来……那个时候的自己那么可怜。

强烈的酸楚袭击了她的泪腺，她想哭，感觉眼泪在眼底打转，却只是苦苦一笑，笑得那么心酸。

她进入自己的房间，隔着门板，还能清晰地听到妈妈安慰弟弟的声音。

她无力地倒在床上，望着白色的天花板，目光直直的，视线却越来越模糊，直到眼泪掉落下来。

心很痛！

只能流泪！

但哭不出声来！

黎方瑜哄好儿子，让他和邻居的小朋友一起玩，而后才空出时间来，想到自己的女儿。

她推开美洙的房门进来，反手掩上，看到她的样子，便微微皱了眉头。

"怎么了？回来的时候，打电话说是转正了，这会儿要死不活的，是不是老板炒你鱿鱼了？"

她沙哑了嗓音回答："别问了！"

方瑜以为自己猜对了，于是她开始唠叨："肯定是的。刚刚转正就请假，我要是老板，我也不要你。还有，你在火车站打电话给我，说你回来了，之后就再也没有电话了。打你手机，一直关机，也不给我们打电话报平安，也不知道你到家没有，害我连夜从你叔叔那边赶回来！"

她下意识地吞咽了一下苦水，再用沙哑的嗓音，平静地告诉她："我的手机丢了。"

黎方瑜说："这么大的人，连个手机都看不住，你怎么搞你？"

更年期的黎方瑜非常唠叨，唠叨得让人受不了。

她絮絮叨叨了半天，才说："肯定是被偷了，不然不会给你关机的，有心还你的人，也不会给你关机啊。唉……"她叹了一口气说，"这要是被偷了，人家第一件事情就是把你的卡丢了，这孩子，怎么这么不小心呢？算了算了，不就是一个手机吗？你去买个新的吧，现在手机也便宜！"

黎美洙木讷地流泪："不是手机，不是手机的事情……"

是她的手机里有熊逸发给她的温言软语，不多，全部都没了！

是他留给她的东西，全都没有了！

"想你了！"

"有你真好！"

这些……这些全没有了！

黎方瑜叹了气说："丢了就丢了，我又没有说你什么，不过，你昨天在电话里跟我说，是要去找熊逸吧？"

黎美洙怏怏地应了一声。

黎方瑜问："没和他过夜吧？"

黎美洙说："没有！"

黎方瑜说："这就对了，虽然关系很好，也不能在嫁过去前让人觉得随便，知道吗？"

黎美洙的眼泪忍不住从眼眶里掉落下来。

"妈……"黎美洙流着泪对她说，"再也没有熊逸了，我们再也不会见面……"

"为什么？"

黎方瑜问为什么？

黎美洙很想脱口问她，人家为什么瞧不起我，难道你不知道原因吗？

但她什么都没有说出来，只是嘘口气道："我跟他什么关系都没有了，当我从来都不认识这个人，别再提了。"

她向床里窝去，抱着枕头哀求："别问了，让我睡一下，可以吗？我好累！"

她闭住眼睛，拼命地忍着泪水，颤抖着声音求黎方瑜别问了。

黎方瑜欲言又止，还是离开了这里。

美洙沉沉地睡去，睡得很沉，希望自己不用醒来。

这一年，黎美洙没有回到漫画公司，而是选择了辞职。公司里的人特不能理解，说："投资人是你拉来的，你把事情谈成了，自己怎么走了？"

公司经理想留她，说钱的事情好商量。黎美洙不想解释，只是苦笑说不是钱的问题。

她向陈青远道歉，说她辜负了他的初衷。

她说："对不起！我是个懦夫！"

"我真的没有办法面对！"

"我想远离有关他的一切记忆，屏弃与他相关的一切东西，包括当初的坚持。"

陈青远只是淡然地笑了一下："哦，这样啊，随缘吧！"他似水无痕，风轻云淡。

"虽然我没有办法面对，但是我相信，你的钱投进去，会有回报的。"

他还是淡漠一笑："无所谓，就当换了辆新车，国家也扶持国产动漫，我就当响应号召了。"

"我……"她还想说什么。

他起手，截住了她的话，对她讲："不想面对，就忘个干净，这就是我对你的忠告。好了，大家都很忙，就这样吧。"

他就这样离开了，一点都没有怪黎美洙的半途而废，也没有怪她有可能让他的钱血本无归。钱，他多的是。触动他投资的，是黎美洙对熊逸的感情，是她的傻让他看到曾经的自己。他并没有想过收益。可惜，造化弄人，措手不及的变故，让她选择遗忘和逃避，而陈青远没有只字半语的责怪。

如果这是小说，作为女主的她，应该留在公司，被委以重任，做出成绩，扬眉吐气，吸引良人，让熊逸惊艳，悔不当初，再与"良人"进行一段缠绵悱恻的争夺恋。

可惜，她是黎美洙，无法面对的黎美洙。

爱得太深了，只想摒弃与熊逸有关的一切，且能快点忘记负心人。

她从来没有得到过父爱，也不曾享受过正常的母爱，成长过程磕磕碰碰,内心千疮百孔,一根稻草都能让她崩溃的今天,她没有办法再去面对一段全心投入,却有无始无终的爱情。

熊逸……

我以为相忘江湖是我们的结局,我死都没有想到,我们还有后续!

我以为我的前半生是悲剧,没有想到……遇见你,才是真正的惨剧!

不是磨得尖的利器才能伤透人心,裹着糖的毒药,才更伤人于无形,即使七孔流血,却还在舌尖留有香甜的气息。

Chapter07 我在努力忘记你

我痛苦而绝望地发现,我从来没有忘记过你,只是凝结了念想,不然,何需一通小小的短信,就能将我瓦解?

这年,黎美洙的外公到这座城市求医住院,黎方瑜带着儿子去看儿科的时候,在医院大门口与他相遇,父女俩见面,竟哭得泪流满面。

黎美洙家的旧房子拆迁重建,搬进新居后,她把钱拿出来贴补了装修的费用,她也自立门户,开了一个设计工作室,在自己家里隔出一间小小的工作间,接一些海报与图书封面的设计。

这种设计工作室是只要你手上有小说的书,一般在封面或者封底折进去的那一页里,可以看到一个"封面设计某某某",就是类似于那种性质。就跟开淘宝一样,以公司或者工作室的名义成立,其实都是一个人。需要为小说设计封面的人都可以找到工作室,让设计师为书的封面做"衣服"。

一接到工作,就要一次性设计几个方案,对方感觉不错了,就要调整细节。这工作看上去自由,但是改动细节的时候会累死你。如果对方很着急,她就会改到凌晨三点才眯一小会儿,醒了再继续改。

好不容易交了工，对方来一句："还是上一版设计好看！"会把人气得吐血一升。

自从做了这活儿，美洙的交际圈越来越窄，几乎到了足不出户的地步。

黎方瑜看不下去了，她说："美洙，你不能这个样子，你应该出去走走，和人说说话！"

她疲惫地闭上眼说："我出去过啊，我去过超市买东西啊，这可乐和零食不都是我出去买的吗？我也说过话啊，我不是在跟你说话吗？"

黎美洙的小弟拉着黎美洙奶声奶气地说："姐姐，带我出去玩啊，带我出去玩！"

黎美洙像具木偶被拉下电脑椅，她木木地笑了一下，说了一声："好！"

等她回来的时候，给弟弟买了很多玩具。

黎方瑜接过她手里的东西，边接过边啧啧咂舌道："你疯了，这么贵的东西你也买？"

黎美洙说："弟弟要买的。"

黎方瑜说："他要你就买啊？他要天上的星星你给不给他摘啊？"

"他说，幼儿园的小朋友都有，就他没有！"

黎方瑜一脸气道："别人有是别人，别人有什么我们就一定要有了？你小时候，别人都有呼啦圈都有溜冰鞋的时候，你也没有问我要过，不是照样好好的？"

黎美洙的声音开始发抖："不是我不想要，而是我不忍心要。我情愿我不要那么懂事，我情愿哭闹着向你要，这样的话……就可以不用在听到你对外人夸我多省钱多懂得节约的时候，心酸得像醋泡着。"

好久未见的师兄突然打来电话问黎美洙最近好不好。

她想说好，却哽咽着说："我和他分手了。"

师兄叹口气："唉，听说了，所以，过来关心一下你，师兄最近也忙，现在才知道。"

对于她和熊逸分手的事情，师兄什么也没有说，见面后，美洙才知道他和女朋友也分手了。自从他的女朋友移情别恋，他就像变了一个人，再也不喜欢说笑了。

黎美洙曾不解，师兄的女朋友那么爱师兄，为什么会和师兄分手？

师兄苦笑道，无法满足物质需要的爱情，是没法经得住考验的。

为了这份失去的爱情，师兄心伤地去而复返，回到曾经离开过的这里，然后闪婚，娶了一个非常仰慕他才气的女子做了老婆。他说他的老婆不算难看，家庭环境很好。

黎美洙"哦"了一声，再也不会问什么白痴的有关于爱情的话题。

两个人都是影子，从彼此身上看到被现实磨伤的痕迹。

师兄随老婆去了她所在的城市，在老婆的资助下，开了一家设计公司，公司实际上是老婆在打理，师兄不时地去客串一下彩绘师，去给别人画背景墙。而且做彩绘的背景墙……要比做漫画赚钱多了。

"你要跟我一起吗？"师兄问黎美洙。

"不了！"黎美洙说，"我还是留在这里吧！"

"不要活在失去他的阴影里。"

"不要小看我，我已经努力地在找幸福，而且，我妈给我找了一个不错的男人，我想，我会幸福的。"

师兄自然感兴趣，问了两句。

她的回答也简单："妈妈的同学介绍的，部队的，地质勘测，长年出差。我们相亲见过面后，他就出差了，快半年了吧，年底才会回来。"

"就见过一面，便确定关系了？"

她点头："是啊，一面就够了。"

黎美洙的男朋友是妈妈的朋友介绍给她的，介绍人说那孩子是军校毕业的，留在部队里做勘测，长年累月在外面出差，一年就有八个月外派。正好适合你们家美洙，因为美洙好静，又是做设计的，正好他长年在外，不用担心他吵她。

"美洙，去见面吧！"黎方瑜说，"那孩子各方面条件不错。"

介绍人说："人家是部队的，一个月五六千块钱，外派还有补助，八年后复员，分配工作，还补二十多万块钱。有多少人拼着命找部队的人都找不到，现在人家先看了你的相片，觉得你不错，你们就试着交往一下吧！"

一个月五六千块很多吗？

黎方瑜说："美洙啊，你试着处处吧，听说他不抽烟不喝酒，脾气也很好，重要的是他对你第一印象很好。只要这男的一喜欢女的啊，女的就不吃苦，要是跟着自己喜欢的，又不喜欢自己的，那叫受罪。美洙……你也不小了，感情的事情可以慢慢培养，谁不是一边过着日子一边学着相处啊？"

是啊！

谁不是一边过着日子一边学着相处……

外人介绍的时候，只会说，他条件很好，条件很好，条件很好，条件很好……只有自己的亲人会加一句：他人品怎么样？

好吧，试一下吧，她想。女人总是要嫁人的。

爱情没了，只需要做好女人的第二职业——妻子，尽职尽责就行了。

你看……

人就是这样一步一步丢弃爱情的！

或许所谓的闪婚，心态就是这样的。以为的天长地久，在不知不觉中天南地北，移情别恋！

如果当初有人说，你会和熊逸各奔东西，有缘无分，他们定会绝不客气，且激烈地反驳，让诅咒他们这段爱情的人有多远死多远！

可是再回首会发现，原来，我们曾经不信的东西，在不知不觉中，都潜移默化地接受与相信了！

好像吃了安宁片，手无缚鸡之力且眼睁睁地，接受了我们曾不相信的事实！

等我们以过来者的身份去告诉年轻的后生时，他们又会破口大骂你的极端及恶毒！

你要等我！

好，我等你！

你一定要等我！

好，我等你！

但是你没有等我！

我连原因都不问，却知道……你我都等不下去！

那年年底，师兄又打来电话，对黎美洙说："我哥们儿的公司缺一个美术编辑，你要不要过来试一下？"他还说："整天宅在家里干吗呢？还是把你的工作室关了，出来做事吧。上次见你的时候，脸惨白惨白的，一点血色都没有，看着就缺阳气似的，还是出来，沾点人气。否则，我看你长期不和人接触，都要得失语症了。你就到我哥们儿的公司做美编吧！"

她想了想，同意了！

老是待在家里，也厌了！

刚入职，她要嫁的男人出差回来了，黎美洙给他打电话让他在小年里来她家吃饭。

黎美洙在电话里对他说："对不起，我不记得你长什么样子了！"

那个男的说："没关系，我记得你，我手机里有你的相片！"她想起来了，介绍人介绍他们见面前，用手机给她拍了一张相片传给他。

他所在的部队，出任务的时候，是不能与外界联系的。而在大山里勘测数据时，所在之地荒芜得连信号都没有。

所以，他们就像牛郎和织女一样，一年只见了一次面，中间都无联系，等他回到总部后，才和她取得联系。

她苦苦一笑，说："行，我在路口接你。"

他要上门拜访了！

他们仅仅只见了一面，就莫名其妙地"被"谈了一年。

等待的过程非常无聊，在等他的时候，顺便去超市买了一大袋东西。

两个人并肩走的时候,他迈着步子走他的,黎美洙拎着袋子换手的时候,还"哎哟"一声甩甩手,他只是回首看看,丝毫没有想过帮她提一提。

她脚步有些缓了,那男的走到她的前面,她就缓步走到他的后面,边走边看着他。

这个男的木讷,不解风情。她曾跟妈妈说,这男的跟她打电话的时候,总是说不到两句话,两个人就不知道说什么,经常冷场。妈妈说,这是单纯,说这孩子一直在部队里,哪里知道讨女孩子欢心。又说,你都这个年纪了,到哪里找这种感情空白又单纯的孩子啊?

大家都说他单纯,都说他感情经验一片空白。

也许……

也许!

那么,就算了吧!

黎美洙想,他还提着一个包呢,也许很重,所以顾及不到她吧。这般想着,她急走几步,与他平行。他看她急走几步,也加快了步子。她觉得两个人是恋人,那么走在一起很平常,所以,又加快了。她服了他,他居然配合着她越走越快。

黎美洙有些喘了:"你走那么快干吗?"

他憨厚一笑道:"不是见你走得快,我才走这么快的吗?"

她怔怔地看着这个男的,哭笑不得。

到了家后,黎方瑜和继父十分热情。

那男的进了门也不脱鞋,要知道地板是妈妈趴在地上擦的。

黎美洙说:"哎,你换鞋啊!"

他笔直走到客厅,边走边翘了翘脚说:"我这是新鞋,不脏。"

看到他一脚踩到地板上的脚印,她刚想说什么,黎方瑜马上说:"进来就进来了呗,讲究这些干什么?来来来,魏明,你坐。"

他坐了,起身接过黎方瑜倒的茶,说阿姨您别客气,然后又把茶杯放下,将他带来的大提包的拉链拉开了。

黎美洙有些好奇，这么大的包包里面装了什么？

对于第一次来的男朋友，算是正式上门，家里承认他和她的关系，算是很重要的一次拜访。

他兴冲冲地打开包包，从里面拿出一件厚厚的军用大衣。

"叔叔，送你，我们单位发的！"

衣服抖出来，包包就空空地塌了下去。

一屋子里的人面面相觑，尴尬得无以言表。这应该算得上他第一次拜见女方父母，也算第一次上门吧？

黎方瑜马上打圆场说："当家的，快来试试，看这衣服，魏明送你的，快来试试。"

黎美洙愕然地看着他，他冲她憨厚一笑，她五味杂陈，说不出是什么滋味。他坐在她身边看电视时，她问他："你就空着手来的吗？"

他说："我带了军大衣给叔叔。"

"除此之外，你就没有想过买什么东西吗？"

"我……没！"

她叹了一口气："好吧，我当你在部队里生活，不懂得人情世故，但你来之前，你有没有问你妈，你准备结婚了，你到你未来老婆家去，第一次上门，应该准备些什么？"

他两手一握，抠着自己的手说："我没告诉我妈。"

"你都要娶老婆了，你都不告诉你妈妈？那你跟我说你要打结婚报告是什么意思？我就这么见不得人吗？连让你妈知晓的资格都没有吗？"

他一听，马上像做错事情的孩子，小声问她："我是不是做错了什么？你说出来，我立马改正。"他的语气根本不像在跟自己的恋人讲话，而是像在跟自己的领导做检讨。看着他一脸委屈的样子，她连脾气都发不出来，她觉得自己说得够明白了，他怎么还不懂？沟通无能，简直了。

随后，他说："我知道今天做得不够好，我以后会好好表现的！"

然后，他不时地跟黎美洙说些什么，出于礼貌，黎美洙一直微笑地听着。

晚上，黎美洙对方瑜说："妈，我觉得我们不合适！他还没有让他妈妈和他的同事知道我的存在，我跟他吹了吧。"

黎方瑜说："美洙啊美洙，你这年纪到底想找什么样的啊？他不抽烟不喝酒，又那么老实，你上哪里找啊？木讷的男人会过日子啊！人家现在是工程师，复员后公务员待遇，人家死活要找这样的，你为什么还不要呢？"

"过日子是两个人的事情，跟什么公务员没有关系啊。第一次见面，我感觉是挺好的，可是越相处越觉得，他根本不适合我啊！"

"但是，你又答应了别人，你就不怕别人说闲话？"

"可是妈妈，他不适合我，我若是这么拖着他，对他不公平，更重要的是，我不喜欢他。"

接触了几日后，她执意和他分手。一段连手都没有牵过的爱情，居然用上了"分手"，甚至到了谈婚论嫁的地步，却还是分手了。

他不解，苦苦哀求，可她不愿意。她说："我不想害你，我不爱你。我对你的感情不足以支撑我能无怨无悔地等你。"

她想到公司分发大米时，别人都有男朋友和老公来接，而她抱着一袋大米，拦不到计程车，又没有人可以求助时，便设想到以后的自己会很可怜。

因为现在只是抱着一袋大米，将来若是有了孩子，她该怎么办？

适合他的女人，是左右逢源、有人可求、有人可依的人，不是她这种有了事情，完全不知道去求谁的人。

如果和他在一起，将来的宝宝有什么三病两痛，或者……有什么意外，他外出，她一个人该怎么办？

妈妈有了新的家庭，老公和儿子拖着她，她都分身无能，哪还有精力照顾她将来的宝宝？

他一年出差八个月，她不敢想象以后的生活会是什么样。

选择什么样的男人，就是选择什么样的生活。

她无法驾驭那种生活，只能放弃，对彼此都好。

黎美洙与魏明分手那天，是情人节，她狠狠地松了一口气，从来没有觉得像今天这么轻松过。

和同事从办公楼里出来的时候，天已暮色，一个男子骑着电动车捧着一束玫瑰在外面等。

同事不齿道："这男的有点二吧？情人节的玫瑰就是要送给女朋友身边的人看的，在别人的羡慕中得到满足，他这个时候送来，都下班了，还有谁去看啊？"

黎美洙笑了，笑得有些苦，她人生中收到的第一枝玫瑰，是同事的老公让快递送到公司，同事将花束里的花一人送了一朵，以示她分享快乐的心情。

街边，远处少年的身影很像熟悉的人。

她的心口一紧，倏然间，一个名字脱口而出……

下一秒泪眼模糊！那个男子转过身来时，却不是熊逸。

突然接到一个电话，她念大学时打工的婚纱店的朋友说人手紧缺，让她来当化妆师搭把手。

帮吧，周末，闲着也是闲着，好久不见，权当叙旧。

那天的阳光挺好，正在茶水间里偷闲和人闲聊的小姑娘们突然听到外室传来一声声骇人的尖叫。

只见化妆师小余吓白了脸跑进内室，浑身发抖道："死人，死人啦！"她哆嗦着，断断续续地哭诉，"那男人抱着一女人进来，我当时想她怎么睡着了啊？还穿着病服呢，又肥又丑的，这男人看上她哪一点啊？那男的把女的放到化妆镜前，让我给她化妆，我发现……这个女人是个死人！她……她根本没气啊！"小姑娘哇的一声哭了出来，吓得脸都白了。

黎美洙好奇地走了出去，只见到一个男人抱着一个女人，坐在大厅接待的沙发上。

他深受刺激似的，对着店里的人大喊："化妆师呢，化妆师呢？"

黎美洙怔怔地站在人群里，怔怔地看着那个男人，他在哭，哭着说："小离子，我们拍婚纱照呢，你醒过来吧，嗯？醒过来吧……"

他哭着，脸都哭皱了。

"小离子？"

"小离子！"

陈青远深爱的小离子。

抱在他怀里的那个，原来就是他深爱的小离子。

被人惊喊尸体的小离子。

只知道师兄说，他们爱得很深，却有缘无分。她一直想见见这个小离子，没有想到，见到了，却是他抱着她的遗体闯进来。

发生了什么？

怎么会这样？

当时除了黎美洙这样疑惑，所有人都是恐惧到极点，胆小的不断尖叫，现场一片混乱。

保安出其不意地抢走陈青远抱着的尸体，在他醒过神来去抢时，另外两个用擒拿术一下子将陈青远反扭住手，降服着让他跪在了地上。

黎美洙从来没有看过那样狼狈的陈青远。他放声大哭，大声喊着那个女人的名字。他说我们要生孩子的，我们要生很多孩子的，你醒过来啊，你快点醒过来啊！

她不由自主地迈步，手被身边的人扯住。她挣开了那人的拉扯，向前走去，对保安说："这位我认识，咱先放开他，有事好好说，行吗？"

保安不放手，黎美洙转首向店长，一脸哀求："店长！"

店长看向了黎美洙，一脸不快说："就算认识，也不能抱具尸体来啊！"

陈青远放声大吼："谁说她是尸体？她只是睡着了，睡着了！"

店长坚决不同意，黎美洙拿了一个化妆盒，来到了陈青远面前，说："我是化妆师，我来给她化妆。麻烦你抱着她去那边坐下。"

店长气得直跳脚，说："谁会用死人用过的东西？"

黎美洙拿出自己的银行卡，对店长说："店长，他们用过的东西我都买下来吧！他是我朋友，我想帮帮他。"

陈青远悲伤过度，不大清醒，那些费用全是黎美洙用自己的钱给他付的。

她让他把"她"交到自己手上的时候，微笑着说："陈总，我是黎美洙，好久不见了，你还记得我吗？我现在是这里的化妆师，你把她交给我，我一定把她打扮得漂漂亮亮的，做你最漂亮的新娘子。"

他红了眼睛，看了她一眼，微怔，目光深情悲绝地看着怀里的小离子，又看了看黎美洙，她的眼底全是真诚，带着无由的说服力。陈青远看了一眼怀里的女人，小心翼翼地将她抱到坐椅上，交给了黎美洙。

那个女人身体还有余热，好像才断气不久，身体发肿，没有眉毛，也没有头发。她猜测应该是……死于白血病，眉毛和头发是化疗后失去的。

黎美洙精心为她化着妆，为她挑了一顶好看的假发，又挑了一件漂亮的婚纱，在换衣室里，让陈青远帮忙，一起为她换上。

他抱着他的小离子，又哭又笑，问她："我的妻子……好美，是吗？"

她噙了眼泪，点头，说："嗯！好美！"

他微笑，又转向怀里的小离子，眼泪狂涌，却还是弯起唇角来，边笑边说："小离子，我们……永远在一起，再也不会分开了。"

他欲走，她慌了，拦住陈青远说："陈总，你不能想不开啊，如果我是她，就算死了，我也希望我深爱的人好好活下去，我……"

"她没死，你听不懂吗？没死！"

他抱着小离子，一把撞开她，撞得她摔到一排挂衣服的衣架上。黎美洙狼狈地看向他时，他已经抱着他的小离子远去。

等她追出店的时候，他已经驱车离开。

她突然想到师兄，马上给师兄打电话。师兄知道情况后，便慌了："什么？洛离死了？完了，陈青远花心到顶，但是，他唯一爱过的人就是洛离，爱得最深最真。洛离一死,他是真的要做傻事了。"

师兄让她不要慌,说会打电话给就近的人去找陈青远。

她坐立不安地等了一下午,等到师兄的电话说陈青远没事了,他正在安排洛离的后事,虽然悲伤,但不会做傻事了。

过了几天,师兄又给她电话,说:"陈青远那家伙……自杀了!"

"啊?!"

"未遂!"

"你吓死我了!"

"你工商银行卡的账号没变吧?"

"嗯!"

这话题转得太快了。

师兄说:"他割腕被救活后,第一件事情,就是托我给你转账,说是欠你钱!"师兄说完,就下线了,随后,她的手机提示音响起,提示她,师兄向她的卡里转了十万块。

她吓坏了,忙打电话给师兄,"你弄错了吧,怎么给我这么多钱?"

师兄说:"我不知道,他说他欠你这么多,我就帮他转了。"

"这太多了!"她说,一套化妆品加一套礼服,只要三千块就好了,用不了这么多的。

那家婚纱店不是什么大牌,里面的衣服半新半旧,靠的是灯光师还有后期的 PS。陈青远当时是伤心欲绝,才抱着他的小离子就近来到了她们店。

根本不用这么多,得把钱还给他。更何况,他曾为她投过一百万到漫画公司,她为他付的这些,根本不足挂齿。

"我不能要!"

师兄说:"收着吧,他说,你是个善良的姑娘,这是你善良的回报。"

"我善良吗?"

"你没有发觉吗?"

"真没！"

"那好，他发现了，这是你的奖励。"

"他呢？"黎美洙问师兄。

师兄说："他把人捅伤了，正打官司呢！"

黎美洙问："为什么他会把人捅伤？"

师兄说："我怎么会知道呢?！"

一个月后，她在 QQ 上遇到陈青远，问他的时候，他才告诉她，他有个青梅竹马的女朋友，叫洛离。因为很多误会没能在一起，想忘又忘不了，就每个月打钱给朋友，让朋友以合伙人的身份给她做运营资金，那人要多少他给多少，从来没有眨过眼睛心疼过。没有别的，只是想不能和她见面，不能给她幸福，但有个人能告诉他她很好，他就心满意足。没有想到，这朋友把钱都给吞了，拿去养女人。更没有想到，钱根本没用在她身上，她得了绝症，还要为公司运作问题担心，为给员工发工资，在工作压力下加重了病情，那个人一分钱都没拿出来。她知道自己要化疗，会毁容，所以，在化疗前来见他，一无所知的他残忍地拒绝她，还羞辱她，却没有想到，那是她鼓起勇气来见他的最后一面。后来，她死了。断气时，他没有赶上。

他是真的崩溃了。

抱着她，去实现昔日许给她的诺言，抱着她，走在街上，找到了就近的婚纱店，心里只有一个念头：想娶她，要给她婚礼，要她成为他的妻。

后来，陈青远自杀被救活了，他知道了真相，冲动之下把人捅了。

陈青远家有钱有势，陈青远的父亲又极为世故圆滑，所以，陈青远配合着"调查"一下，很快就庭下和解了。

他们家老爷子怕他再做傻事，将那人的行踪隐匿了起来。他暂时找不到那人，但不代表永远都找不到。陈青远轻描淡写地描述了这些，不带任何修饰，好像没有了感情。

然后又问她："当时，我抱着她进来的时候，店里的人都吓坏了，你为什么不怕呢？

她在那头告诉他:"因为……我从来不知道,你会有深情的一面,从认识你以来,都觉得你放荡又轻薄,同时对女人有无法抗拒的魅力。我以为你被女人宠坏了,不可能懂得什么叫爱情。看到你抱着她进来的时候,哭得眼泪和鼻涕一起淌,我特别震惊,我完全能感受到你内心的痛苦。我是感知型星座,所以……我就没有那么害怕了!"

陈青远说:"这份情,我欠你的,需要我帮助的时候,随时找我。"

她笑:"等我有需要的时候,你不要赖账就行。"

那天,他的倾诉欲望特别强,跟她聊了好久,让她知道了他与"她"的故事。她笑道:"'她'是金牛座吗?也许有一天,我会写一本书,叫《金牛座的眼泪》呢!"

他说:"你写吧,用真名都没有关系。"

也是在那一天,他对她说,想让一个人痛苦,最直接的方式,就是折磨他最心爱的东西。

他还告诫她,一个男人越爱这个女人,内心越是在意,越是在意就越是痛苦。

她和陈青远没有故事,也不可能有故事,因为,他爱洛离太深了,没有人能取代。

爱是一件多么珍贵的东西,我们终其一生都在爱与不爱中挣扎着翻滚。失去了爱的,羡慕别人,忌妒别人,想要破坏,或者想要成全。

当初的黎美洙,就是用她对熊逸的爱触动了陈青远,才能和他有接下来的交集,才能让她知道他的故事,知道以前不知道的事情。

黎美洙非常明白这点,只是,如果时光能够倒流的话,她情愿他不告诉她这些,因为他的告之,令她做了一件糊涂的事情。

这件事情,是由她去北京书市引起的。

是的,全国书市。北京每年年初都会有大型书市,国内各大出版社的人都会云集在此。作为一家公司的美术设计,她被安排到这里出差。

进书市前,她口有些渴,便去了一边的超市,超市货架上的可乐标价

2.25 元，她忍不住乐了："这年头怎么会有五分钱？"以为商家会玩四舍五入的游戏，没想到收银员找给她一枚五分钱的硬币，她顿时傻了眼，翻来覆去看了许久，发现发行流通时间是 1986 年。

是不是穿越了？

她忍不住问收银员："这是 2008 年吧？确定是的吧，没有弄错吧？"

收银员乐道："我这儿还有壹分跟贰分的，你要吗？"

黎美洙直摇脑袋："不要不要了，我一会儿赶火车，带回去用不了！"

收银员笑道："姑娘，哪儿人啊？到北京来念书还是来玩儿的啊？玩儿几天啊？这么快就回去了？"

穿着白色卫生衣的收银员大婶笑容可掬。首都的人民很热情，标准京范儿的儿化音总能让人耳朵愉悦。黎美洙笑了笑，道："我是南方人，有事儿在这里待几天。"她边说边将装好东西的塑料袋提了起来。

收银员大妈笑道："一看你这小身板就知道是南方人！走好嘞您！"

从便民超市出来，黎美洙忍不住把五分钱的硬币拿出来把玩观看。

币面银光闪闪，金属质感，好像波光粼粼的溪面。

她随手把它放进白色的塑料袋，怎想手滑将它掉落在地上。

它落地后叮当作响。

乍暖还寒的冬阳下……

渐转渐缓而最终停住的硬币闪烁着金属光芒。

注视着它，便莫名其妙地……在脑海里闪现出曾经的事情。

晚上，黎美洙与朋友们吃饭的时候，他们笑着打趣黎美洙，说她笑起来挺好看的，男朋友肯定很疼她！

黎美洙执箸一笑，笑着将筷子上的菜放进了手边的小碟子，只是淡然一句："单身！"

"不可能没有人追吧？"

她笑道："差一点结婚，吹了！曾经有相爱的人，可惜他死了！"

气氛僵了，一桌子的人看着她，身边的人不相信："开玩笑的吧？"

她看着那女生的眼睛说："真的，没哄你们，他死了！"

……

"我一直都当他死了！"

说这话时，她嗓子有些紧，鼻子有些酸，喝了点小酒，有点醉意，说出此话时，竟含泪苦笑。

一时间，有清醒的人明白了，那人举杯说："我懂了，我们每个人心里都埋着一个死了的活人。来来来，不要想了，重要的是，我们还活着。"

那餐饭吃完后，又去钱柜唱歌，折腾到十二点，黎美洙便打计程车回宾馆。

北京的冬天干冷干冷的，不像南方湿润得可以带走人的体温。

进了酒店房间，洗了热水澡，换了衣服，正准备睡觉，突然看到手机屏幕上显示着一条未读短信。

没有收信人的名字，只有一组号码，显然是她手机里没有存储的号。

她觉得很奇怪，还是点开，然后惊住。

"你还好吗？结婚了吗？突然想起你。"

心脏猛烈一跳。

不……

不可能是他……

在记下他号码的时候，就以"熊"代替，不管是接电话还是拨电话，都只显示名字，没有显示过号码。她根本就不记得他的号。

黎美洙摇首苦笑，不可能是他。

他不可能发短信给她的，这是绝对不可能的。

她拿起手机，回复道："对不起，你发错短信了。"

翌日，在地铁的时候，拿出手机看时间，又想到那条短信，翻出来看的时候，一股心酸涌上心头，酸得她一把扶住地铁通道口的楼梯扶手。

这么多年了……

音讯全无。

手抚上额头，那里奇迹般有了灼热的感觉，好像什么东西触动了封存的记忆。

揉了揉眼睛想，忘记了吧！约了朋友呢，哭丧着脸的样子……怎么见人啊？

在约定的时间内与朋友见到了。

要见的这位朋友，她帮他们公司做过海报与设计，既然来了，就约出来见上一面。

见到这位朋友时，黎美洙的状态差到了极致。她一路走来，一路找东西，一会儿找手机，一会儿找钱包，一会儿找防辐射的眼镜，一会儿再找手机，一会儿大嚷："完了，我刚刚是不是把钱包掉在地铁里了？"

恍惚得有些傻气。

吴桐笑着说："如果不是亲眼见到，我真不相信这世上还有这么迷糊的人！"

黎美洙不好意思地笑了："凑合凑合！"

吴桐呵呵笑道："太有意思了，你太有意思了……"

他笑得挺开心的，她竟有些脸烫了。

过马路的时候，两个人的手不知不觉地牵到了一起。过了马路后，她才迷糊地意识到自己的手被吴桐牵着，没有一点讨厌的感觉，只是觉得这样不对，于是，说着"谢谢"，把手挣开。

离别的时候，华灯登场，吴桐说："给个离别的拥抱吧！可以吗？"

黎美洙笑道："有什么不可以？"

她展开胳膊，抱了他一下，即将松开的时候，吴桐的胳膊将她紧紧地环住，只听到他在耳边呢喃："让我多抱一会儿。"

黎美洙微合了一下眸子，心想：抱吧，反正对他也不讨厌。

在来北京前就跟他联系过，见面的时候，吴桐说她笑起来的样子很好看。他说话很直接，也不吝啬对她优点的赞美。

在心情不好的时候，也在 QQ 上把他当树洞倾吐过。有委屈的时候，她也适时地被他安慰过。所以，见到他的时候，没有什么陌生感，倒像是认识了好久的朋友。

那么……和朋友之间，来个离别的拥抱无可厚非吧？

她也不是什么豆蔻年华的小姑娘，想抱就抱吧，推三推四的，反倒矫情了。

拥抱过后，两个人道别，可知晓各自的目的地后，才发现，原来这个拥抱抱早了，大家都要进地铁口，往相反的方向搭乘地铁。

两个人都忍不住笑了，意识到时间不早了，便平行着向地铁口走去。

也许是夜色太美了，月色在她身镀上一层冷艳的光，走在通往地铁口的天桥时，她无法抑制地想到一个背着牛仔背包的男子与她在桥上的拥抱，在她第一次袒露心声，第一次告诉他她很难过时，他将她抱在怀里，告诉她："哭吧，别憋着。我懂的！"

画面温馨得残忍，抬首所见的月亮就像当初一样的……冷！

好久都没有这样看月亮了，好久了！

陡然间，她感到胳膊被人扯住，扯进一个结实的胸膛，还不及意识到发生了什么事情，唇就被人吻住。

她吓得后退一步，吴桐有力的手将她扶住。

他紧闭了眼睛，她惊大着眼睛看着他，好像还没意识到他在干什么！

这太突然了，她完全没有防备。

她就那么看着吴桐，看着他的面目特写，自始至终地看着，也不动，也不回应，像木头，很奇怪自己怎么没有感觉，就好像谁将果冻贴在她的唇部，根本感觉不到自己在被人吻。

真的，没有任何感觉，就像看电视剧里别人和别人的接吻，只是静然不动地看着。

和熊逸在一起时，很久才牵手，很久才吻额头，很久……才接吻。

而这个吴桐，居然在她和他初次见面，就玩强吻。

人真的……越年轻，越认真；越认真，越珍存每一份心怡与感动。

她突然想到那个差点成为她老公的男人，和他相恋三年，他们居然都没有拥抱过，也没有接过吻。有一次，他目光火热地看着她，越靠越近的时候，她竟看到他鼻子上挂着两条鼻涕，吓得她赶紧把脑袋转开，一想到这里，她就想笑！

被人吻着，她居然想笑？

正在这个时候，吴桐喘息着结束了那个吻，他的唇离开她的唇，呼吸很急促，带着歉意说："对不起，我……实在控制不住自己，对不起！"

她糊里糊涂地说了一句："没关系，是我对不起你，我让你没有控制住自己。"

吴桐的气息喷到了她的耳边，她郁闷得想咬掉自己的舌头。

只听到他在耳边喃语："你太可爱了，太可爱了……"然后他移了脑袋，竟在她的额头上轻轻印吻。

好像一颗子弹从眉间射入，由一点扩开，嘎然瓦解咯然崩裂着剥落覆在身体表面的冰层，或者像植物大战僵尸里的西瓜冰弹，她竟听到被冰弹射中的声音，更像一块急速解冻的豆腐，心里的冰层化水涌入眼眶。她不敢相信地看着吴桐的脸，夜色里，路灯下，迷蒙地看着他的眼睛。

他误读了她的意思，只感到刚才的吻过于紧张又如此意犹未尽，当她看着他的时候，他见她没有恼怒也没有拒绝的意思，便又俯下身，覆上了她的唇，辗转吸吮，很是陶醉，只是她依然没有回应，且不易察觉地滴了一滴眼泪。她怕自己会哭出来，便咬紧了牙关忍着。

内心苍凉，竟发现，她还是忘不掉熊逸。

她不适地转了转头，他不解地问："怎么了？"

她说："对不起，我不会接吻……"

吴桐的手抬起来捧住了她的脑袋，克制地喘息着，却又轻哑着嗓音问："没接过吻吗？不要紧，我教你。"

她有那么纯吗？纯得像连吻都没接过的样子吗？

吻过！

纯纯的，欲望的，还有情不自禁的。

再次接受了吴桐的吻，在微合着眼睛的时候，她乏力地眨了眨，而后，泪光朦胧了她的视线，错觉……这个拥着她、吻着她、引导她回应的人，是内心未曾忘记过的那一个。

直到吴桐在耳边喘着湿温的粗气问她："你还回去吗？"

她立马睁开眼睛说："当然回去，我不回去我睡哪儿？"

怕是这回答太过速度加认真，只见吴桐扯唇轻笑，而后耳鬓厮磨着亲吻着她的耳朵，环手拥住她，手在背后游移着，将她的身体紧紧地拥过来贴近自己时，似请求也似诱惑着："别回去了，好吗？别回去了……"

这是上床的邀请？

好吧！我忘记了，我们都是成年人，欲望都市里，约吗？不足为奇。

只是我没有玩过……我玩不起。

拒绝了，笑着说开什么玩笑呢？以后别开这种玩笑了，巨冷。

吴桐将美洙送上地铁，她刻意忘记刚刚发生的事情，只是拂了拂头发时，触到额头……莫名的心酸，脑袋靠在一边的扶手上，在发着轻微震动声的地铁里，抑制不住地哑然落泪。

怎么办？

离开北京的那天，吴桐来送行！

他在 QQ 上表示歉意，美洙说："那你送我吧，我正愁没人替我拎行李呢！"

第一次见面，吴桐请美洙吃饭。这一次，美洙一定要请他，连搭计程车的钱都不让他付。

与吴桐用餐的地方是候车大厅里的餐馆。中途，黎美洙去了洗手间，返回的时候，在人挤人的候车大厅里，黎美洙的肩膀被谁拍了一下："美……

洙，你是美洙吧？"

黎美洙转头，疑惑的眼眸里也盛满了惊喜："林蔓？"

"是我是我啊，好久不见！"穿着深色大衣的林蔓哈哈笑道，双手一攀，将黎美洙的肩攀住，"都好些年没有见了，我跟在你的后面走了半天，怎么看都像你，太意外了！"

黎美洙也笑道："太意外了，真的没有想到能在这里见到你！哎，你怎么来了？"

黎美洙说："因为书市，我来看看，我现在在做这类的工作。"

"哦哦哦！"林蔓说，"我和我老公去外地办点事儿！"又说，"我晕死了，你是不是整容了？怎么一点都不显老啊？"

黎美洙笑道："哪儿不显老啊，都奔三的人了！我连妆都没化，还整容？我哪有那个闲钱啊？"

"瞎讲，你才刚满二十五岁！"

"四舍五入啊！"

"那我们岂不是都是奔三的人了？不过，你真不显年龄啊，就像还在念大学的大学生，不像我们，真的可以四舍五入，看着就像奔三的。"

"因为我很宅吧！"

林蔓看着黎美洙苍白的脸，只觉得那是一张久未见阳光而有失血色的脸，便笑笑，转个话题说："对了对了，这是我老公！"林蔓拉过身边的男人，说，"我老公，张阳！"

"啊，你好你好！"黎美洙伸出手去，跟那林蔓的老公握了一下手，林蔓笑道："老公，这是我大学同学黎美洙。"

男人从荷包里掏出一张名片给她，黎美洙双手接过，看了一眼便笑道："不错啊，林蔓，你可真幸福啊！"

来不及细聊，广播提示着林蔓等候的车次检票。焦急间，林蔓要了黎美洙的电话还有QQ号码，马上用手机加了她，也怨了她两句，说，怎么这几年她都不跟他们联系，好像消失了一样。

因为，她拒绝所有与熊逸有关的事情，怕触及回忆。

可她不愿意告诉别人，只是说："对不起，QQ被人盗号了。"

目送着林蔓离开，进了检票口的电梯，林蔓还回首与她挥手告别。

思绪有些乱了，压制的记忆，埋藏在心底的人，什么都不怕，就怕一张熟识的面孔，怕这张面孔带起来了琐碎回忆，以及所谓的触景生情。

一直躲着他们，躲着过去的回忆，却躲不过这偶然相遇。

与吴桐道别后，黎美洙进了检票口，上了火车，找到自己的卧铺，将行李安置好后，给吴桐发了短信，告诉他："上车了，谢谢你。"

不等吴桐回复，黎美洙就登录上QQ，收到林蔓的好友申请验证。

黎美洙通过了林蔓的好友验证，只见林蔓QQ签名上写着：恭喜熊逸喜得贵子。

她哆嗦着手点进了林蔓的QQ空间，看到林蔓的第一篇日志是从熊逸空间转过来的，日志里有好些相片。

这么多年来，黎美洙第一次从林蔓的空间读到熊逸的消息，大约知道他现在在物价局坐班，老婆在铁路局，刚刚有了一个儿子，已经四个月大。

很幸福的一家三口啊！

幸福得……都让人忌妒了。

也当真……门当户对啊！

忌妒间，竟痛心泪流！

求你！

也求所有与你相识的人，对我截断你很幸福的消息，因为没有你，我很不幸福！

手边的手机在震动，是吴桐的回复。

"乖，有空去看你！"

"好啊，我等你！"

你看，人心就是这般堕落的。

急切地想忘记一个人，忘记一段回忆，就是这样……堕落的。

说着令人脸红心跳的话,但是,心和2008年年头的大雪一样,漫天漫地,一片死寂的冰冷。

从北京回来,放下行李的黎美洙倒在床上睡了一觉,睡醒的时候,见妈妈在隔壁房间移柜子。

她起来帮忙,知道黎方瑜想把床移个方位,也不是讲究什么风水,就是这个方位睡了好多年,挪一挪,图个新鲜。

移床的时候,黎美洙从床底下的间隙里拣到一个小灵通。这是她念大学时用的,大三那年买了手机后,就把小灵通当玩具给小弟玩,玩着玩着也不知道他玩到哪里去了,这会儿见到了,她莫名有了激动的感觉。

里面的通讯号码都在,都在!

她翻开,找到"熊",点开"查看详细",终于看到那组号码。

她被电击似的跑到房间,从包包里拿出手机,哆嗦着手去看在北京的夜里收到的那条短信,那个……那个短信的手机号码。

一个数字一个数字地对。

怕看花了眼睛,就用手指按着小小的屏幕,一个数字一个数字地对。

怕对错了,就念了出来。

1…3…9…7…1…6…4…8……

一数不差,一字不错。

眼泪突然涌了出来,脸上的表情竟是幸福里夹杂着酸楚与痛苦。

熊逸……

从你对我放手的那天,我就好像活在静止不动的真空里。

还记得那个腹黑的物理老师吗?

还记得他让你做的那个实验吗?

用一片硬纸壳将装满水的水杯口遮住,陡然间反过来,杯口向下,却滴水不漏。

好奇怪啊!

陡然间就记起你，记得你被腹黑的物理老师戏弄得火冒三丈的样子，记得你的每个表情，每一个挤眉弄眼的抱怨，记得你的调皮，记得你那张让人哭笑不得的脸。

　　记得你拥过我，抱过我，在我耳边细语："我喜欢你，我真的喜欢你！"而我明明动了心，却从来没有告诉你，我也喜欢你，喜欢到……放弃！

　　楼下的夫妻又为婆媳关系不和吵架了，吵得好像一曲悲剧的伴音，吵得我悲凄。我活得一点都不梦幻，我活得其实很有远见，害怕这样的现实，所以当初才那样残忍地让你等。

　　你走了，我也没哭没闹，因为我害怕有一天会面对这样的事情，不想我心爱的男人把我强娶了进来，左右为难。你告诉我，妈只有一个，那时我能想象得到你面对的压力，我舍不得你再为我受苦。

　　这些年，我从来没有告诉你，我喜欢你，喜欢到为了不让你为难，我情愿放弃。

　　记忆陡然间清晰尖锐起来。

　　我突然可悲地发现，我就是物理实验里颠倒的水杯，强烈的压强下，我措手不及。

　　你我断掉联系后，我没有刻意想过你，也没有刻意地去追寻。只是想着，我会幸福的，一定会找到幸福，这样的话，你我都可以没有牵挂地过着另一种生活。

　　只是对不起，我努力了，可就是遇不到值得托付的幸福。你的一句问候，像撤掉纸壳的水杯，好似被时间凝固的水，刹那间倾口而下。

　　悲伤的感觉如洪流迎头而下，把我淹没。

　　你的一句问候，就使伤口溃烂出血。

　　我痛苦而绝望地发现，我从来没有忘记过你，只是凝结了念想，不然，何需一通小小的短信，就能将我瓦解？

　　可是你……

　　你发什么神经，在凌晨一点零九分给我发这样的短信？

你要我如何面对你抱着其他女人对我表达这份变味的思念？

她淌了眼泪，在QQ上问吴桐："你不是说你要来看我吗？你不是说你想要我吗？你到底什么时候来？"只要将感情转移，就能忘记熊逸吧？

隔了几个小时才得到他的回复，他说："宝贝，刚才回复不方便，女朋友在电脑边！"

女朋友？

"是吗？原来你只是说说而已，我却当真了！"

"没有，我没有哄你，我想要你！我已迫不及待地想要你了！"

"是吗？"

她笑了，笑得很冷，像荡妇一样说些脸红心跳的句子，只想看看这个男人到底有多"迫不及待"，看看男人想要一个女人的身体时，会有什么样的丑态！

也许，电脑那边的他，也在想，原来这个女人表面清纯内心却如此淫荡！

呵！

陈青远，我真的明白了！

无关长相，只图新鲜！男人起了心思，又觉得有机可乘时，大抵如此。

原来……

男人都是一样的！

有经验的女人勾引男人，首先就是给对方暧昧，让对方觉得有机可乘，知道男人眉眼间对自己是否有兴趣，给点甜头，又不让对方得手。

以前觉得这样的女人风骚下贱，现在却觉得……原来让一个男人丑态百出，是这样一件大快人心的事情！

说着情话与肉麻话时，却与感情无关，只想知道对方迫不及待的底线。这种事情……原来就是所谓的"调情"。得不得手都不重要，重要的是，调得对方欲火难耐，调得双方坐立不安，竟是这般享受的事情。

"爱你"和"宝贝"，"吻你"和"我想你"，竟如此廉价。没有什么不能发生，没有什么不能接受，没有什么……值得我们衡量取舍。丢弃了就丢弃了，发生了就发生了，没有什么要死不活，也再也不会因为一个人的惦念而要死要活地泪流满面。

这一天，黎方瑜说："美洙，前几天，你出差前林阿姨给你介绍的那个对象，你们怎么样了？"

黎美洙说："见过面了，我也主动发过短信，可人家不回我，我也没有说下去了！"

黎方瑜说："我去问问，探个口风！人家怕是忙忘了！"

黎方瑜进里屋打了电话，出来后，脸色很尴尬，她告诉美洙，介绍人那边的回复是：他觉得黎美洙太像小孩子了，见到她的时候，一看就是没有吃过苦头，生活无忧，让人宠着爱着的女孩子，她不是他喜欢的持家型。

黎美洙就笑了："是吧，被人宠着，爱着，生活无忧？好像见过我的人都这么说呢！"

因为她总是在别人面前说她有多么幸福！

看来，这些年，一直伪装得不错，成功骗过了所有的人。

黎方瑜说："其实他有女朋友，只是想找个更好一点的，所以才相亲的，这男的咱不要了！咱能找到好的！"

黎美洙苦笑一下，摇了摇脑袋说："妈，手纸用完了，我去买些回来！"

有了女朋友还相亲……

有了女朋友还对别的女人乱来……

呵！现在的男人……

竟将自己身边的女人都视为备胎。

现实的是他们，一直都是。

入夜，华灯初上。

黎美洙站在天桥上，看着来往的车辆，她翻着手机，翻开一个人的短信,是一组号码,那组号码点开后的内容是:"你还好吗?结婚了吗?突然想起你。"

她微笑着,流下眼泪,然后回复他:"我翻了以前的小灵通,我知道是你了,对不起……我没有结婚,刚刚和结婚的对象分手!特难过!刚相过亲,失败了!"

她很快等到了他的短信:"没事,好男人多的是,一定会找到的。再难过的事情,也有哥给你垫背!"

眼泪哗地一下下来了。

她按动手指,给他回了短信,顺着他给的称呼说:"哥,我想你,我想见你!"

抬首,仰望……

天上没有星星,就像她阴云密布的心。

如果她能预知后面发生的事情,她一定不会明知地狱还要去!

你……知道十九层地狱吗?

比十八层地狱更恐怖的第十九层地狱。

当你爱上一个不该爱的男人时,你就知道什么叫暗无天日,什么叫将十八层地狱的酷刑尝个遍,万劫难复,却有苦难言。

有了女朋友会相亲!

有了女朋友会占别的女人的便宜!

见过熊逸后,黎美洙会加上一句:

任是多么浪漫的婚礼和忠诚的誓言,都保证不了有了老婆的男人……他还会和另一个女人有肌肤之亲!

Chapter08 错 爱

到底是我引诱了他,还是他蛊惑了我?

安朵,当他对我说,看到我,错觉自己回到青葱年华,将他的妻子与儿子抛到一边,化为浮云情不自禁时,我想到了你,想到你哭着对陈青远说,只想拥抱着你,什么名分都不在意……

我想,我们都是被生活折磨的女人,并没有身体上的缺憾,也没有衣不遮体,只是时运不济,有曲折的过去,飞蛾扑火般拥抱着一个男人,其实是拥抱着一个幻影。

那个幻影是最初的自己,我们拥抱的男人,只是一个载体。他的存在是在告诉我们,我们曾有那么干净的恋情与简单纯粹的过去。

想你了,安朵!想你哭得心碎的脸,大悲后戏子般做戏的脸。

像想念一个倒影,像看着镜子中的自己,却不敢面对与直视,回避着,自责着,单纯的你……怎么会变成这个样子……

如今我有了答案,却笑而不语,将苦涩沉淀了,只给自己品味!

成熟，一夕之间。苍老，弹指瞬间！

我从来没有后悔跟熊逸上床，我只后悔……没能好好保护我那个不及探到胎音，就化成血水流掉的孩子。

悲他的生父，到他离世，都不曾出现在他的面前。往事尖锐，回忆时历历在目，那个爱过的男人，那个心心相系的男人，我以为我们不会再有交集，却没想到你给我最后的回忆，残忍，心寒，令人发指。

黎美洙见到熊逸时，是翌日早上九点半。

为了见他，她向公司请假，手头有一件很急的事情，她依然请假出来了。

这时才发现，当初跟魏明说她很忙，抽不开身，完全是她根本不想抽身。

约在九点，熊逸九点半才到。

黎美洙站在路边，端着一碗米粉，心下期待且焦急，用手机短信为他引了路。

她有一下没一下地吃着，四下张望，只怕他找不到她。

那辆车泊在了她的面前，看到驾驶室摇下的车窗里戴着墨镜的他。

他已经不是记忆中的样子了，可是，奇怪的是，见到他的那一刹那，那种熟悉的感觉如此强烈，熟悉得好像轮回几百年都不会忘记。

"熊逸……"她端着那碗粉，站在街边的台阶，喜悦由内心溢了出来，好像这飞舞的梧桐絮致她所见所感，如此唯美与幸福。

他也冲她笑了，隔着墨镜看不见他的眼睛，却能看到他勾起来的唇角。

熊逸……他已经……是个成熟的男人了。

"上来！"

他的声音比以前沉了，带着一种说不出来的沉稳，可是，还是那样好听。

她眨了眨眼睛，眼圈红了，因为真的好久都没有听到他的声音。

她走了两步,突然想起什么,转身把手里未吃完的米粉丢进了一边的垃圾桶,再走到车边,进了副驾驶室。

他可惜地说:"你怎么把粉丢了,我还没吃早点呢!"

黎美洙说:"可是我丢了!"

"那……"他冲着她笑得温柔,说,"我们先找个地方吃点东西吧!"

他笑了!

她苍白的脸上,有了些许红晕。

街边有间拉面馆,因为黎美洙说这里的刀削面很好吃,于是,他们坐了进去。等面的时候,她出去买了一些熟鸭店的鱿鱼,因为她很喜欢吃。拿到他面前时,还叹了一句,这家的鸭脖鸭掌都吃腻了,鱿鱼比鸭子好吃。

他吃了,点头说:"嗯,好吃!"

她就傻乎乎地看着他,一直笑着,一直笑着。

他已取掉了墨镜,没有记忆中的帅气,看上去比她年长很多,可眼睛就是舍不得离开。

原来,真的有一种感情是,无论对方贫穷丑陋,你都不会计较与嫌弃。时间的差距,缩短得一切好像只是弹指一瞬。

吃完面,他开车带她来到湖边。

"出来走走吧!"

"好啊!"

她打开车门出来,他随后也出来,两个人并肩走在湖边。中间隔了拇指宽的距离。两个人沉默着,向前走……她有些害怕这水波,某次溺水的记忆,让她后怕不已。

黎美洙扯了扯熊逸的衣角说:"有次游泳我差一点淹死,我有些怕水!"

熊逸说:"那我走里边,你在外面。"

她仰头就冲他笑了,笑得很傻,说:"我怎么看着你就忍不住想笑呢?"

他也笑,道:"不知道,不过,真傻。"

"你才傻!"她顺理成章地去牵了他的手,当手与他相牵时,两个人同时怔住了。

她只看着他，就觉得喜悦，竟在喜悦的同时，忘记了彼此的今非昔比。对视着，他们的眼底都有说不出来的苦涩。知道这样不对，可没有甩开他，他也没有放开，只是这样悬在半空，两个人饱含着复杂的眼神对视着。黎美洙的笑僵在了脸上，看了看相牵的手……

颤抖了声音问他："可以牵着吗？"

手被紧紧地包住了，听到他淡淡的"嗯"一声。

她抬首看他时，他却将眼睛转向了湖面。

沿着湖边走时，天是阴的，湖面也是灰色，像鱼鳞，一波一波地翻起，涌起一股说不出来的腥味，她说"好难闻啊"。他便说："我们到车子里坐着吧？"

她点了点头，笑着应允。

到了他泊的车前，他按开电子锁时，她正准备拉副驾驶室的车门，却见他拉了后座的门，说："坐后面，前面很挤！"

挤？

怎么会挤？

她没弄明白挤在哪里，但是他说什么她便信什么，和他一起坐在了后座。

"你……长好看了！"

她开心地问他："哪里好看了？"

他说："会打扮自己了，也有女人味了！"

她暗自伤感。要见的人是你，我能不打扮得好看一些吗？我第一次化妆，也是因为你，难道你不记得了吗？

"你也好看了！"她笑着赞美。他忍不住笑道："好看什么啊？都老男人一个了。"

"你哪里老了？哪里老了？我才老了，刚才等你的时候，我站在街边想，这么久不见，你还会不会记得我的样子！"

她侧首看他,他点了点头,表示记得。

"我刚刚感情不顺,谢谢你来陪我!"

"傻话,跟我还客气!"

她突然想哭,这说话的语气。

这说话的语气!

"没事,会找到好男人的!"

熊逸,我觉得你对我说这话,是看不见的残忍!

心有些痛,就把这种感觉推给你吧。

"好啊!我信你,你帮我找吧!"

他看了过来,看向她的脸,叹了一口气道:"我身边的男人都花得很,你太纯了,不好办……"

"纯?"

她笑道:"这话说得我没蛋也蛋痛!"

他"呵"的一下就笑了!

刚刚开车来这湖边的路上,不知道说什么时,她望着车窗外就笑了。他问:"你笑什么?"她指着前面小车的车牌说:"你看,好淫荡的车牌,是69呃!"

他握着驾驶盘,喷水似的笑了,说:"还好我车牌号的尾数是68,不然我也成淫荡了!"这回他笑了。她说:"有什么好笑的,知道就是知道,我才不装纯!"

他再次不可置信地看了过来,笑道:"你……呵呵,你这家伙……"

她凝住笑容,好像不服气的孩子,微扬了眉头问他:"我怎么了?"

"你……长好看了!"

他突然这样看着她,又这样对她说话!

"可我心里很难受!"

她说:"难受得我想咬人!我咬你好不好!"

"为什么?"

"因为我们约在九点见面,你让我多等了半个小时!"

他不说话,只是看她拿起他的手。

"我不会使劲的!"

他微微点了脑袋。她就咬住他的手指。

很想使劲咬下去,让你知道什么叫十指连心。其实很怨你,为什么离开不离得彻底?见到你,就感到心痛。

我不装纯,我只装坚强,可是,还是不敢咬你,怕把你咬痛了!

"算了!不咬了,一点味道都没有,还有细菌!"

他对她一笑,说不出这笑的内容是爱惜还是苦涩。她正要把手放开,他却把她的手握住。

黎美洙的手冰凉冰凉的,感觉到有温暖从他那里传来。好像卖火柴的小姑娘,微弱的烛光就是她幻想的世界。

"等你的时候,觉得时间很慢,等到了,又觉得时间过得好快!"

他抱歉地说:"不好意思,我起晚了!"

她说:"笨蛋,这话里没有一点怪你的意思!"

"说话还像个小姑娘一样,你这家伙还是一派单纯!"他无奈地摇了摇脑袋,却笑得很贴心。

她掩住了心伤,灿烂地笑着:"奔三十的女人了,还有谁会相信她单纯啊?人家事业有成的好男人,也不会找我这个年纪的呀,二十一二岁水嫩嫩的小姑娘才是他们的首选,我现在都是阿姨大妈级别的人了。"

"你才二十五岁。"

"就是奔三啊!"

"得往好处想。"

"嗯!"她笑得眼睛都眯了,说,"我听你的!"

"乖!"

"有奖励吗?"

"……"

她一把拿起他的手,牵住,盈然转首问他:"奖励一个拥抱吧?"

他呆住,下一秒就把她拥进怀里。

她哽咽着:"都快想不起被你抱过的感觉了,真的,都快想不起来了!"被他轻轻地抱着,感受不到这是在被人抱着。

黎美洙的眼底涌上氤氲的雾气,好像眼前蒙上了一层挥之不去的水汽。

她微笑着哽咽:"我怎么没有觉得我是在被人拥抱呢?你就这么搭在我身上,算什么拥抱呢?"

他依然没有用力,只是轻轻地环着,说:"我抱着呢!"

她扯着他的胳膊,拿起他的手,放在自己的胸前:"我的心脏是不是跳得很快?"

他气息有些急道:"你难道不知道,心跳慌乱是可以传染的吗?"

她笑了:"傻吧?那叫感染,不叫传染。"只感到他从鼻息里笑了出来,笑得有些心酸与无奈。

"对不起……"她红着眼圈冲他道歉,"真的对不起……"

"对不起什么?"她的泪滴到了他的手背上,他的手一缩,她明显地感到他身体的僵直。

"我以前太固执了,冷落你,害你吃了那么多苦……真的,对不起!我也不明白,我为什么那么狠心,舍得那样对你?"

他放置于腹部的手臂倏然一紧,她的身体便紧紧地贴在他的怀里。

"对不起!"她真心道歉。

他的气息很急,他的心跳很烈,这般的拥抱,就能感到它起伏有力,隔着他的胸还有他的衣服,一下一下弹击着她空了好久的心脏。

好怀念这种感觉啊!

第一次拥抱的时候,他的心脏也是这么有力地跳动着,好像把她空空如也的胸膛给填满,只让她感到充实与温暖。

"你想要我吗?"若不是因为遇到吴桐,跟他虚情假意地演练一番,她永远都不会知道,自己可以这么直接。

他身体明显一僵。

她轻笑道:"不要你负责,我不是第一次!"

他惊愕地看着她,她笑道:"怎么了?不可以吗?我二十五岁了,二十五岁的女人,已经是女人了,你懂吗?"

他的目光闪了闪,不敢面对她似的转向一边。

她轻叹一声道:"知道我的第一次是哪天没有的吗?是在你结婚的那天晚上,因为不能当你的妻子,和我上床的那个人是谁我都无所谓了,可是……感觉一点都不好,因为我好痛!"

她皱了眉头,闷闷地哼了一声,因为他像一根藤一样,把她缠抱得很紧。

"这不是真的,不是真的!"

这当然不是真的!她都不知道他是哪一天结婚,只是突然想到陈青远,想到他提起小离子的时候,陈青远说:"当我知道我新婚之夜,我心爱的女人被别的男人糟蹋,我比死还难受!"

当时黎美洙不懂,而陈青远说,越在意,越崩溃,越在意,越觉得生不如死!

越在意越崩溃吗?

熊逸……

我坏!

我从来没有骗过你,但今天我却骗了你。我好想知道我在你内心的分量。

我都不知道我为什么要这样做,可看到你悲伤的脸,我心底有些无法明说的快乐,悲伤的快乐,你竟在为我心痛……这么多年了,你对我还有心疼的感觉!我用谎言换了一个心痛。

这个世上,还有一个人在为我心痛!

她决定撒一次谎。她是人,有优点必有缺点,有善良必有邪恶想法的人。

所以，她说："是真的！因为，不是你，是哪个男人都无所谓了！"她苦苦一笑道："我想做你新婚之夜要做的事情，我想知道，那是什么感觉，可是，好痛！"

她说："好痛！但我把那个男人当成你了！我很后悔，对不起，熊逸，我没有把第一次给你，让自己给别人糟蹋了，对不起……"

"我不值得……"他竟带着哭腔说，"我不值得你这样做啊！"他束紧手臂，将她紧紧地抱在怀里。那种感觉真是又悲伤又痛苦，哽咽着，是完全的崩溃！

她只想知道他会不会心痛。不曾想到，这份心痛，是这等分量！重到……防线全无，崩溃得像孩子一样，紧紧地把她抱在怀里，气喘，想哭，克制，又终是没有克制住他咬住了唇，闭上了眼，脸色涨得通红，身体居然在微微地颤抖！

他居然这么在意我！在意得像孩子一样闷哭！

这时候的他，给人的感觉，是……完全地垮了！

"如果……"她在他怀里，轻声问，"如果我真的做了那样的傻事，你会嫌我吗？"

"你怎么问这么傻的话啊你？"

她眼底有泪，唇角却微微地勾了起来："那……你……想要我吗？"

"我……"

他脆弱得不行，粗粗地喘息，胸膛剧烈地起伏，带着哭调说："我很想，我想，可是我不能……"

"那你想要吗？"

"我其实很想要！可是我……"

"知道了，你很想，可惜我已经脏了！"她苦苦一笑，"我应该有自知之明，我都看不起我自己！我……"

"我要——"他崩溃地抱住要离开他怀抱的她，狠狠地将她抱进了怀里，红了眼睛，心碎地哽咽，"我要，我要！"

激烈地吻着她，手探入她的衣服，他的气息急促，像只受伤的小兽，更像一只想要取暖的蛇。

"你真的要吗？你确定吗？"

她扳住了他的脸，他吞咽了一波酸楚，闭上眼睛，点了头说："我要！"

我知道我很卑鄙，我知道我在说谎！我知道我在试探我在一个男人心底的分量！我知道……在我试探过后，痛得连呼吸都在痛！

这个男人他爱我！

爱得用这种极端的法子证明他的"不在意"！

而我也爱他！

我绝望地发现，我爱着……

我知道我很卑鄙，算计了这个爱我的男人！但我想错一次，一次就好！粉身碎骨都没有关系，因为……这个世上，我再也找不到这么一个人，像抱宝贝一样抱着我。

被他抱得很紧，很紧，好像被海上妖草缠住，这草上沾了迷醉的毒。像水母，扎中人后，让人产生最美妙的幻觉。

熊逸，熊逸，熊逸……

怎么抱得这么紧？

她被他的胳膊和气息缠住，用手挣了挣，却被他越抱越紧。他带着痛苦将她拥住，在说"我要"后，完全失控。

被他放倒在后座上，"我再问你一次，你真的想要吗？"她轻喘着问他。他的胸膛激烈地起伏着，无法自控地说："要，我要！"

她有了很激烈的思想斗争，随后狠狠咬下牙齿，好像豁出去，切断了自己的退路，像傻蛾一样，迎向了他的火，暗暗狠了心，说："我给！"

熊逸的身体瞬间压了上来，将黎美洙压在后座，他已动手扒她的衣服，冲动得无法抵制，黎美洙微声拒绝："不……不要在这里！"

她打住他，阻止他："我们去找个地方好不好？"

他点头，急喘着放开她："好，好！去我家！"

她不信地看着他的眼睛:"这种事情……怎么可以去你家?"

他喘着:"你想去哪里?"

"去开房吧!"她说,"出差回来,身份证还在身上带着。"

他倏然间起身,急不可耐地说:"好,我去开车,我们去找酒店。"

熊逸急切的欲望将黎美洙的理智彻底瓦解,她说:"附近有地方,我们,我们去那里!"

"好!"他在她耳边喘息,"你带路,我们去那里。"

他起身,放手。

"你先别走,你再抱抱我!"她拉住他,算是求他。心脏跳得很快,好像一个小孩子被自己最相信的人放手,本能的慌张与害怕。

况且他曾经放过!在她毫无预料的情况下,令她措手不及地放手,以致她一点思想准备都没有。

当时的她就像一个早熟的孩子,出人意料的冷静,但如果可以,她想拉住他的手说:不要离开我,我很辛苦,我一直在为我们能够在一起努力,不要这样对我,求你。

那时候若是哭,若是求,会不会有另外的样子?

没有假设,因为她不敢勇敢,而现在,她鬼使神差,想要他抱她。

其实一直想问他,为什么……你这么狠心,要这么轻易就离弃我?我不是你最喜欢的人吗?你不是……在我耳边,留下真挚的爱意,轻轻告诉我,喜欢你,真的好喜欢你吗?

拥抱和放手,之间有太多的不确定和变故,也许这两个人下一秒就会清醒。

只有神知道,这份思念隐藏得多么隐蔽。只有神知道,它深埋在心底,你突然的联系,好像突然揭去的香水盖子,我即使拼命地捂住,还是有少许滴漏出来,只要一点就够了,一点就足以挥发到让人受不了。

这种害怕被放手的感觉,也同时加倍,加倍,以 N 次方的速度加倍。

求他,别走,再抱抱我!

求神，宽恕。想他抱抱我，就此一次！

熊逸保持着转身的动作，左手把车门推开，左脚已迈出车门，听闻她的话便扭过身来，看到她饱含泪水的眼睛，那里有被时间沉淀的太多的内容和心痛。他的心骤然一紧，痛苦地收脚，顺手把车门关上。

他坐了回来，环手一抱，将她紧紧地拥住，失控地亲吻着。

"好，抱你，抱你！我抱你！"

她心跳得很快，与他脸脸相贴时，感到他的脸很烫，烫得她心慌，她发现他的手、他与她相挨的肌肤都有炽热的温度。她想哭！浑身力气皆无，像飘零的海藻一样无助，只依附在他的身上，任他摆布。

他的吻，他的舌头……他的手……

他激动得就像得了哮喘。

滚烫的带着无法熄灭的欲望，沿路在她的身体上种下无名的火种。他的气息很急，她亦然，她害怕得想哭，不知道接下去该怎么办。她不是骗他说她不是第一次吗？那谁能告诉她，有经验的女人在这个时候应该怎样做？

他的手游走于她的身体，手往下探，拉扯她的衣服时，她感到裙子被他扯动着下滑，他的手从裙口伸了进来，她紧紧地将他的手按住，再不拦住他，他就会失控地在这里要了她。她不要在这里跟他做这种事情，就算此时此地无人经过，也不能这样的。

"别，别在这里，求你，我不想在这里。我们去找地方好不好？"她的声音竟有说不出来的哭调，好像哀求，又好像无力的喘息，还有一分理智。

他失控两次，她拦了两次。

他停住动作，在她耳边喘着热乎乎的粗气。

"我去开车，嗯？"

她疲乏地合了一下眼睛，涩涩地点了一下脑袋，说："嗯！"

他抽身离去，更抽走了拥抱她时给她的体温，她突然感到很冷。

车开动了，她整理好自己的衣物，戴上被他拥抱时扯掉的帽子。

一路飞驰,他在飚车!连超几辆,惯性使后座的她左右摇摆,她叫道:"你开太快了,慢点呀!"

车速渐渐缓了下来。

她抬眼,看着驾驶台前的镜子,看到了镜子里的他和自己,于是冲着镜子笑着问他:"我……可以坐在你的后面吗?"

他点头应允,她便从后座的右边坐到了左边,抱住了他后座的靠背,连带着手环住了他的身体,环住了,便不想松开。

心中有无法抑制的黑色暗潮在涌动:只要死在一起,那么就永远都不会分开了吧?

车厢里,奇迹般回荡着她心跳的声音。

咚,咚,咚——

心脏好像要跳出胸膛。

咚,咚,咚——

狭窄的马路对面驶来了一辆车。

来了……

很近了……

就要到了……

她的手……缓缓地,缓缓地升到他的脖子。

生死关头,他绝然不知她内心强烈的杀意,只知道她的手升了上来,挨近了他的脖子。熊逸的唇角逸出一抹好看的笑来,笑着腾出一只手,拿住她升到他脖子边上的手,轻轻地……轻轻地在手背上吻了一下。

这一吻……让她刹那间傻掉。

这一吻让她奇异地联想朋友的婚礼上,男人发誓一辈子爱着女人的时候,牵起新娘的手执手一吻的镜头。那时候,她参加别人的婚礼,看到这一幕时,觉得幸福得心都要碎了。

怔怔地看着他的侧脸,他也侧首看她,他冲她笑,笑得很温暖。

她内心的冰块顷刻破碎,她傻傻地看着他,看着他,只是看着。

"熊逸……"她轻唤着他的名字,柔情得都不敢相信这是自己的声音。

她低了脑袋,帽檐遮住了眼睛,在眼睛处投下一片阴影。说不出这到底是爱还是恨,心情复杂得无法言述。她把眼泪忍住,扬眸就看到镜子里的自己,带着水汽的眼睛有点红,这般与他靠在一起,好像永远都不会分离。

抬首一看,只见他的车行往公司的道上。

"不是往这边走,是那边!"

他没有应声,只是开着车,风从窗子里吹进,好像让他冷静了下来。

她渐渐落寞。内心慌乱跳动的小兔子,它不跳了,热血而且兴奋的感觉好像被冰水泼熄了。

他不要她。冷静下来后,他还是不要她,还是把车开到通往公司的路上,决定把她送回去。

她的唇角噙了独饮苦涩的笑容,果真……比吃了黄连还要苦。

她低了头,回味自己酝酿出来的苦涩,只等着他停车,让自己走,怎料他说了一句:"开过头了!"

她扬起眼眸,只见公司的大门被抛在了身后。他的车子在路口弯了过去,边开车边问:"你说的酒店是在湖边的路口吗?"

黎美洙已经不记得是怎样把身份证递给前台了,也不记得脚步是怎样虚浮得像踩棉花一样一脚一脚踩在脚下的地毯上。回想这一切时,只觉得脑子里空得厉害,努力地回想,只记得她走在前面,他跟走在后面,那表情奇怪极了,像尊木偶,目光发直,就像被人催眠了似的。

好像玄幻剧里,一个妖艳的女人在诱惑他,在不远处说:"来啊,来啊,快来啊……"他就是那样……被人操纵似的迈腿。

黎美洙第一次看到这样的熊逸。

你……确定,你要做这种事情吗?

你确定你要吗?

自问的句子,压在她的胸口,让她喘不过气,不知不觉,她来到了酒店的前台。

她去前台登记的时候,熊逸坐在一边的沙发上。她的内心挣扎着,想着让彼此都不难堪的退路。

"你好,押金四百!"

黎美洙拿出钱包,里面有一千块钱,但突然想到什么,对前台小姐说:"稍等!"然后,来到熊逸面前,小声问他,"你有一百块吗?我现金不够……"

他目光依然发直,木愣愣地看着茶几上的某一点,见她过来问话,身体一直,好像被人惊醒似的惊了一下,说:"有,在车上,我去拿!"

望着他站起身来,看着他推门出去……

黎美洙想他不会再进来了吧?!

看着手里的电话想,他一定会打来,说:"对不起,我不可以。"

可是,没有想到,他推门进来了。

她不信似的睁大了眼睛,可他真的进来了。

她已经给机会让他走了,他居然又转身回来了

房间开好了,房卡拿到了!

她感到心脏跳得很快,对着门牌号找到房间,伸出手来去找电子卡的锁孔,才发现这个锁根本没有孔。不是用插的,是用贴的!想是紧张了,想是手在抖了,卡从手里掉了下来。

她蹲下身去捡,蹲下身的一瞬间,只觉身体软得不像自己的,好像失去了支撑,再也站不起来。手撑在膝盖时,只觉得它瑟瑟地抖得厉害。内心无比恐惧,无法正视那道门。

黎美洙!

熊逸真的想要你,那……

你……确定,你要做这种事情?

你确定你要吗?

要!

她狠狠心站起身来，将卡对着门锁的感应区贴去，门依然没有反应，于是她将卡递给他，说："你来！"

他将卡接过去，贴了一下，门"滴"的一响后，他下拉门锁将门拉开了，再将卡放进一边的取电孔，黎美洙随后进来，然后将门关上。

单间没有了，只有这摆着两张床的标准间。

黎美洙将拎包放在进门时看见的第一张床上，她走到窗边看了看窗外，然后问他："要把窗帘拉上吗？"

"你不介意别人看的话……"熊逸说这话时，笑了。

黎美洙也笑了笑，伸手将帘子拉上了。

这是白天，这是关上帘子的酒店客房，厚厚的窗帘拉上，反而在满室灯光下很亮堂。熊逸在床边站着，两个人谁也不说话，气氛沉闷得让人发狂。

"我们……"她咬了咬唇说，"可以开始了吗？"

他没敢说话，也不敢看她，她只感到心脏跳得厉害，站起来拉着他的手说："我……有些紧张！"

"那你等一下，我去买一点东西。"

他转身，她一把把他扯住："你要去买那个东西吗？不用，我安全期，你别去。"

他便轻声询问："真的？"

她很认真地点点头："真的！"

她的眼睛自始至终看着这个男人，觉得怎样都看不够，只要看到他，她就会觉得非常快乐。

熊逸没有再说一句话，伸过手来抱住了她。她以为他会很激烈，没有想到，他出人意料地温柔。

然后，像春风拂面一样亲吻，环住她身体的手，在她背后游移。吻着她的时候，将她的外套脱去，他解开里面小衬衣的扣子更是顺带着将胸衣的肩带给扒了下来。

胸口一凉,她本能地将胸环住,迎视着他表情复杂的脸,她慌乱地说:"对不起,我很紧张,我……我自己脱,你先把身体转过去。"

他忍不住勾起了嘴角,背过身,坐在了床尾。

也许,他会突然站起来,背对着她说:"我不可以!"

也许这个时候离开,还来得及。

只是,她将衣服脱了,他没走!她将鞋子脱了,他依然坐在床头坐着,她将自己最后的衣服都脱了,整齐地放在另外一张床上时,他依然没有走!

为什么会这样?

为什么又期待又失望,可失望后,内心又有少许的窃喜?

我……是个矛盾体,我不懂得拒绝,我挨着时间想让你走出去,可你却纹丝不动。

那么……

"我好了!"

她钻进了被子里,用被子把身体遮住,冲着他的背影说:"我好了!"

他转首,就看到被白色被子盖到只露脑袋的黎美洙。

他笑了!还以为会看到……

怎么也没想到她把自己包得这么严实。

她看着他,将唇咬住,似在瑟瑟发抖,紧张得让人发笑。他笑了一下,俯身过来,压在她的被子上,看着她的眼睛,压低了嗓音问:"真的……不后悔?"

她摇了摇脑袋:"不后悔!"

他得此答案,伸手摸了她的脸,就那么专注地看着,然后,轻轻说了一声……来!

只感到脑袋被他撑住,向他靠拢。他闭了眼睛就开始吻她,她没有闭眼,只是看着他。而结束这个吻后,他起身,意欲掀她的被子。

没扯动!

他不解地看向了她的脸,微扬眉头,不动声色地"嗯"了一声。

她低垂下眸子,目光躲闪,心绪不宁,紧皱了一下眉头,很快就对他舒展开来,笑了,手一松,任他将被子掀开。

他无声地啊了一声,她无地自容地用手环住了自己。

他将她的手扯下时,她仰首看向了他的眼。

他的眼底……是她曾经从陈青远和吴桐眼底见过的欲望!

这种目光像火,可以把人的理智给融化!

当初,被这样的眼神凝视时,只有个声音告诉她,不行,不行!

而今,从他眼底看到同样的东西时,才发现,这火热的目光,让人失去理智,只想沉迷。

他看着她,她也看着他。

两个人的目光纠缠着,像齿轮一般紧紧地咬合在一起,像胶水一样紧紧地黏合,更像一条无形的线,将他们的距离越缩越近。

吻,缠绵又温柔。

熊逸,我其实……其实……我只是想知道,你离开我……是不是因为没有给我承诺!其实我只想知道……面对诱惑,你……会不会像背弃我一样,背弃你在祝福与宣誓中娶回来的女人。

而你抱着我,这般吻着时,化解了我所有的理智,让我没有勇气喊停。

你胸前的银饰十字架从空中悬下,不停地晃动着,晃痛了我的眼。

是……十字架!

居然是十字架!

一股羞耻之感涌上心底,她痛苦地别开了脑袋,脸有半边埋进了白色的枕头,他顺势顺着她侧开的脸由脖子亲吻着,沿路吻着,到胸前,停下。她绷紧了神经,睁大了眼睛,半仰起身体去推他的脑袋。

他抬起头来看来,不解地问:"怎么了?"

她摇着脑袋说:"不知道,我不知道,我真的不知道!"

在理智与放纵中挣扎,在对与不对中选择,好像在真空中被人拉扯,她头痛欲裂。

"你太紧张了！"

"对不起，我……"

她微微起身，想要告诉他，不玩了，不玩了！

他竟笑了，笑得像彼岸花一样蛊惑，按下了她的手，按在床单上，告诉她："放松点！交给我！"

交给你！

交给你！

在他晃动在胸口的十字架下，他着力挤入她的身体，刺痛下她空白的脑中只有两个字：完了！

……

他终于软在了她的身上，气喘吁吁。

她觉得自己过于笨拙，便抱歉地说："对不起，我实在没有经验。"

他忍俊不禁地笑道："感觉到了！"

"我让你扫兴了……"

他无奈地笑笑，表示没有。

这么抱着他，她的心底凄凉。

我是个小偷，偷了别人的丈夫！

你胸前的十字架，极其刺眼！

他要起身，她害怕似的抱了他，他无奈又爱怜地笑了笑说："我清理一下！"

她面色惊慌，捧着他的脸，不知道该说什么！

怕！

怕极了！

怕他一起身，就发现她第一次的秘密，怕他知道这是一个骗局，怕他马上跟她翻脸，怕他冲她大吼，你怎么可以这样欺骗我？

他冲她一笑，笑里带着安慰的味道，然后，拿开她的手，起身的同时，她也捂住被子随他一起起来。眼睛一直看着他的脸,看着他做他的事情,预想他下一秒会不信地对她喊她的卑鄙。

可是,他并无异样!

这不太对劲。

她移了身体,挪了被子去看床单,可是……那床单竟是……

雪白雪白的……

她不信地摇着脑袋。

怎么会……这样?

怎么会……这样!

她觉得自己要垮了。

从来没有人碰过她胸部以下,从来没有在别人面前脱过衣服。陈青远没有,魏明也没有,吴桐更不可能有。

她的第一次居然没有出血!他也发现了,拢过来俯身搂紧她的身体,不发一语地抱着。

她的内心说不出是什么滋味,迎上他的眼睛,他好像真的在为自己深爱的女人在别的男人身下呻吟而痛苦。

可是……

我的身体没有被别的男人碰过,我刚刚说你结婚的那天晚上我跟别人上床那是骗你的,可是,他会相信吗?他相信吗?

他又开始有了想要的冲动。

她不停地叫着他的名字,熊逸,熊逸,熊逸,熊逸……

他每一声都应允。

他筋疲力尽地倒睡在她的身边时,只是困乏地睁了一下眼睛,将手臂给她当枕头。她迎上他的眼睛,不争气地发现,自己没有骨气地迷恋着他的气息。

这到底是报复,算计,还是爱恋?情绪复杂,她竟不得而知。他给她当枕头的手臂抬了抬,手抚了抚她的脑袋,然后侧身从床边散落的衣物里掏出烟来，将烟点燃，深深地吸一口，再缓缓地吐出来，然后，目光呆呆地看着天花板。

"你怎么了？"她问他。

他摇了摇脑袋，眼角的湿润不知道是汗还是泪，注视着天花板说："我只是想出来单纯地见见你，我没有想过我会和你……我觉得我很没有良心，我……"

她心口一凉……怎么这会儿……他开始去认自己的良心了？

"我说过我不后悔，你不用难过。"

她抢了话头，他收回注视天花板的眼睛，向她看了过来，看的时候，复杂而无奈地摇了摇头。

她只觉得很悲伤，好像心里落下了带刺的苍耳，苍耳密密麻麻的细刺像刺猬一样在她的心里生根，不停地往里扎。这痛扯痛了鼻子，扯动了眼泪。

他说的没良心……是对不起每天晚上搂住的那个女人。娶了她，生了孩子，他竟做出这样的事情。

她全部都懂！

他的惭愧不是说给她听的！她也知道她错了，可是已经来不及了！

黎美洙觉得自己会哭出来，低垂了一下眸子，抬起来时却笑道："我……决定了，从这个房间里出去后，我再也不会找你，删除你的电话号码，断绝和你的一切联系，永远都不见你，你就不会觉得对不起谁。"他要的，大概就是这句话吧？

熊逸的目光像投入火里的凝铅，由凝重变成了不舍的热情。她冲着他微笑，笑得很好看，有初浴雨露的风情，初成女人的韵味，眉梢柔媚，笑眼含星。

"所以，"她说，"现在不要想太多，因为都这样了，想想现实挺难过的！"扳过他的脸，克制住心酸，对他不正经地一笑，"大爷，你跟小妞笑一个！"话音刚落，他便忍不住笑了，用手拂了她待在唇边的头发，然后俯下身来,轻轻地亲吻。

他揽过了她的身体,让她枕在他的胳膊上。

"要是我妈知道我和你做了这种事情,她一定会劈了我!"她忍不住叹了一句。

他一笑说:"她也会劈了我!"

"不会的……"

她想告诉他,不会的,她一定会拦在他的面前,即使她被劈成两半,也不会眼睁睁地看着他被劈。可是觉得这样说太血腥了,所以,什么都没说依进了他的怀里。

感觉两个人好像夫妻!

她摸着他的脸,细细密密的胡楂扎着她的手。他闭着眼睛将她搂进怀里。

"想睡了吗?"她在他耳边轻问。

他没有睁眼,只是点了点脑袋:"嗯!"

她笑着一手将脑袋撑起来,一手隔着被子轻拍着他的背,好像拍一个孩子。眼睛离不开他的睡颜,贪婪地看着,舍不得眨眼。他这样睡进她的怀里,被她拍着身体的时候,就像小孩子一样,特别安宁。

她看着看着,笑容忍不住从心底溢了出来,笑着笑着,突然将唇捂住,眼泪瞬间呛了出来。莫名的痛楚袭上心头,这疼令她的身体发软,软到手腕支持不住身体的重量,她无力地躺回床上,挨着他躺着。背对着他时,他的手将她环住,紧紧地抱在了怀里。她想拿开他抱她的手,他却抱得更紧。

她用力把他的手抬起移开,坐起来时不争气地捋着被子遮住自己的身体,看着他熟睡的样子,依然是迷恋,依然是舍不得!

心痛得好像被人用针穿刺。

没有被他拥抱的时候,渴望着被他拥抱,可是,被他拥抱过再离开他的怀抱,却感到他又带走了自己原本的那份温度。很冷,彻骨的冷寒,冷得她缩成一团抱住自己的身体。

不舍地看向熊逸，嘴角不自觉得地弯了起来，但心里的痛却更厉害了。

下床时脚一软，差一点摔到地上。

进入浴室，看着镜子里的自己，身上很干净，没有吻痕，也没有小说里说的青一块紫一块，只是无法相信这镜子里的自己是当初她最痛恨的角色。

她闷笑着，笑不出声，眼泪又不由自主地流出来。

她恨自己，居然走到这一步。

镜子里的她哭红了眼睛，眼皮肿了，眼白充血。

记忆的图片交错。

不要脸——

狐狸精——

一脸媚相，只会勾引男人！

那个小小的女孩子好可怜，也好委屈，小小的她根本就不知道什么叫不要脸，也不知道什么叫狐狸精，也不知道自己哪里长得狐媚，到底勾引了谁。

现在她哭了！

因为，她终于不要脸了！

坐实了这个名头和一个有妇之夫上床了。

曾经以为永远是一辈子，未曾想，他给的只是一瞬间。

莲蓬头下的水线洗刷着她的身体，从来没有想过，从女孩子的身体蜕变成女人的感觉，是这般伤心和痛苦。痛苦得想哭，却拼命忍住了，因为，她不想让他知道她在哭。他会难过，他会内疚。

洗完澡，穿好衣服，拎着包要走的时候，看到他夹着被子睡得很熟。

她忍不住将目光放柔，缓步走到他面前，摸了摸他的头发，再俯下身去吻了吻他长了胡楂的脸，他嘤咛了一声，动了动身体，将被角抱得更紧。她苦笑一下，狠狠心起身就走，关上门的刹那，满是伤口的心脏像被什么东西切下一块来，硬生生地留在了门的那一边。

回到公司，不大一会儿，她接到他的电话，说是要把房卡给她送来。她说不用了，你放在前台就行了，明天十二点以前去退房就可以了。他说那样麻烦，还是送来好了。

"你下来，我就在你们公司门口的停车位！"

啊，他来了！他在我公司楼下的停车位？！

她放下手机立马站起来了，脸上有难以抑制的笑容。她竟这般期盼与他见面，仅仅离开了一个小时，却好像离开了二十年。

黎美洙下楼，在停车位寻他，他在车子里唤她的名字，把她引了过去。

"黎美洙！"

他叫了她的名字，从见面到现在，第一次叫。即使在床上，他也没有叫过她的名字。一声连名带姓的叫唤，让人感觉很亲切，久违的亲切。

"上来！"他让她上车。

"不用了，把卡给我就可以了！"

"听话，上来！"

她没有骨气地上了车，坐在了副驾驶座上。

"怎么没有叫醒我就先走了呢？"他轻声问她。

她红了脸，不敢看他，支吾道："我……你那么累……我不忍心叫你！"说话间，她接过他递过来的房卡，顺手揣进了包里。明明有过肌肤之亲，隔阂感却如此真切，比几个小时前的见面还令人感到拘束。

"饿了吗？"他轻声问她。

"我不饿！"

"去吃点东西吧，想吃什么？"

"不了，我出来的时候没跟上司打招呼，还有事要忙，不饿！你放心，我说话算话，我会删掉你的号，当从来没联系过，今后都不会联系了。"

他笑了，递过来一瓶冰红茶。她不解，但还是接过。他又递过来一样东西,她不解,依旧接过,放在眼前看清后,她的眼泪差点没控制住。

"你怎么知道我没有去买这个?"她拿着手里的避孕药问他。

他说:"我知道你不好意思去买,所以给你送过来了,这个副作用比较小……"

她看着他,心酸地看着,而后低下脑袋很凄凉地笑了,这是今生,他唯一送给她的东西。

她抬起头来时却笑得很是开心。

"你对我太好了,太为我着想了,谢谢你!"

她拆了包装,从里面拿出药来。

"这么大的盒子里面就装一片药啊?"她孩子气地抱怨,看着他时,冲他笑了,然后,把药片拿在手里,看了一下说明书。

他说:"吃了药后,两个小时之内别吃东西。"

"嗯!"

她冲他笑了,笑得很乖,将药含进了嘴里,然后打开他递来的冰红茶喝了一口,做了一个吞咽动作,笑着冲他说:"吃了,还行,没有想象中的苦。"

他笑了!

"回去后,不许删掉我的电话号码。"她一怔,随后笑道:"好的,不删!"

他点了点头,她笑着对他说:"我很忙,先走了!"转身打开车门,只感到身边有异样,转头看去的时候,只见他的手好像要拉住她。

她不解,微扬了眉头,询问出声:"怎么了?"

他把手收了过去,有些尴尬地说:"没什么,没什么!"

她微微一笑:"那我走了!"

"嗯!"

"拜拜!"

"拜拜!"

下车后，黎美洙向公司的卫生间跑去，将压在舌头底下的药吐了出来。她躲在厕所里看那药的说明书，只见上面写着：不良反应有恶心、乏力、下腹痛、头晕、呕吐等，心肝肾上腺皮质不全者慎用。

长期伏案赶画稿，导致她有颈椎及腰椎病，它们早就压迫心肺，心脏时不时就抽痛一下，胸闷气短也不时来串门凑热闹。

熊逸根本不知道她曾经犯过颈椎病，痛的时候连脑袋都转不了，也根本不知道她舍不得花钱，以为自己能扛过去时越拖越严重，以至于闭上眼睛就天花乱转，以至于颈椎压迫神经，造成耳鸣。心肺系统已经受到一定的影响，做理疗的时候，她痛得想死。

他一无所知下，居然给她吃这样的药！

如厕的时候，她发现自己出血了。这不可能是药效，自己根本就没把药咽下去。

听说房事过于激烈，会伤到那里，但她不敢确定。以为是心理作用，可越来越不舒服，也许根本不是身体不舒服，而是心理上的折磨。

明明是第一次，可为什么和他……的时候，没有见血，却在如厕时见着了？

网上也搜不到相关内容，她无助，快被这精神压力压垮。后来才知道，有的女生天生就没有处女膜，她就是其中之一。可笑的是，因为她之前的谎言，熊逸根本不知道她是第一次。

为什么没有血，为什么没有？

她快被这个问题整疯了。

可为什么如厕又有了？！

她真的快崩溃了。

晚上她睡在床上给他发了短信，她说："熊逸，为什么我见血了？"

只是……

他没有回短信，一直没有回！

她看着手机，心寒地躺在床上。抱着抱抱熊，第一次发现，床真的……

很空，空到心凉！她终于明白：最痛苦的不是"得不到"，而是得到后转眼即逝的空凉。可我真的得到了吗？好像……从来都没有。

她流泪，好像点滴管里的药水一点一点地往下滴，想到熊逸激情时的面目表情，突然想到……她眼神迷离地看着他时，感觉……那么遥远那么朦胧，好像身处梦境。

假的！一定是假的！

我其实……其实我……根本就没有跟熊逸上过床！其实我……根本就不会做那种事……

我没有做过，我没有做过，我从来没有做过，没有就是没有！

她哭着，捂住了脑袋，却听到手机在振动。

她不争气地紧张起来，那是他的手机号码……

黎美洙吸了一口气，接了电话，就听到他在那头小声问："你还好吧？"

她说："有些痛……"

"见血了？"

"嗯！"

"是不是药效？"

她竟害怕告诉他，她根本没吃药，只能讪讪地说："不会，吃药的时候，我就喝了一点水，去卫生间的时候，还觉得药在喉咙里没下去。"

"可能是我……太用力了。"他低声告诉她。

她刹那间感到脸烫得慌，咬咬唇说："是……这样啊！"

他沉默一会儿，低声说："是我不好，把你弄成这个样子。"

她明明淌着眼泪，却满脸泪光地笑了，轻声道："我没有怪你，是我不想扫你的兴，有些痛还硬撑着，是我太逞强了，休息一下应该就没事了。"

他支吾着，说："我……这个时间打电话不大方便，你懂吧？"

她强忍着眼泪说："我懂！"

"我不知道身体怎么了，也想知道那药的副作用，我怕……会影响以后的生育，所以有些急，你不要怪我，我把说明书弄丢了，我只想问问你还记不记得药名?"

没有吞下去,但确实含在了嘴里,吐出来的时候,药还是融解了一点点,咽了下去。现在她的精神状态处于极度焦虑中,一点风吹草动都承受不起。

他说:"我明天抽时间去药店,看到说明书后,再给你打电话?"

"嗯!"

她说:"我等你!"

但是,熊逸根本没有打过来。

她以为手机坏掉了,可用座机打的时候,手机好得不能再好!

一分一分过去了!

一天一天过去了!

她就这么煎熬地傻等了两天,不敢打给他,怕他不方便,怕等不到他,手机从来没有离开过手。

她这么傻傻的,傻傻的,从吃饭到睡觉,都满怀希望地期待着。到最后上床看着床头的座钟一秒一秒地划写着悲伤,她内心的希望,就像流沙的漏斗,一点一点……空茫。

终于……从周五的晚上等到周一早上凌晨……

她拿着手机,不信地喃喃自语:"熊逸……我知道我不道德,可是,我只要知道你有没有一点点关心我。我不是黏人的人,我只是……想要一点点关心,一点点而已。"

第二天午休,在办公室里,黎美洙点开《大话西游》的电影,对着屏幕伤心欲绝。

格子间的同事傻了眼:"美洙,你在干吗啊?不是吧?《大话西游》?你也太夸张了吧?看个电影都能哭成这个样子,你也太感性了吧?"

她红肿着眼睛,自我解嘲地笑了笑,看到紫霞仙子一脸期待地说她的意中人一定会来娶她时,黎美洙便笑着哭得更惨。

黎美洙啊黎美洙，你也曾经像她那样，坚信熊逸会娶你的！你也幻想过自己的婚礼，幻想过自己的家庭还有自己的孩子！那时的天真就跟紫霞一样，只相信他是你命定的恋人，会一辈子在一起，做什么都愿意，哪怕他在骗你，你也毫无原则地相信。

可是紫霞的下场是什么？即使死了，他最后也没有拉住她的手，连尸体都不留。

人家猜中了开头猜不到结局，所以才这么惨。你是明明知道有这样的结局，还一头扎进去。

你怎么可以这么傻？

"哟嗬——林达，好美的花啊！孩子都五岁了，你还有人追啊？"

黎美洙抬首望去，只见同事林达抱着一大捧花束进来，红色的玫瑰加百合，漂亮得扎痛了她的眼。

林达笑道："什么啊？今天是我结婚五周年纪念日，我老公订的花，花店送来的，我刚刚接了电话，就是去大堂拿它的！"

大家欢笑起来："哇噻，太浪漫了！我得打电话给我老公，让他好好学学！"

黎美洙笑了！

她的哭，是别人的笑！她内心的伤，却是别人的喜，她极力想要忘记的日子，居然是别人值得纪念的日子。她决定把这一天忘记，但是，只要她还在这里，同事都会用甜蜜将此次的荒唐残忍地提起。

不要了！

她内心苦苦地哀号：不要再用这种比小说还狗血的桥段来折磨我！我快受不了了！

她决定忘记那荒唐的一夜。没有想到，这一天，熊逸给她发了短信，说："我想你了，你想我吗？"

她说："想！"她居然回得这么快，说她想。

我的感情是多么的廉价啊。她刚刚才跟妈妈吵过架，黎方瑜又要她去相亲,还怪她,为什么别的女孩子那么懂得恋爱,她却一点都不会?

喋喋不休,喋喋不休!

她崩溃般喊回去:"现在觉得我不正常了吗?说我不懂爱,你爱过我吗?小时候,我求你抱我的时候,你抱过吗?我怕黑的时候,你陪我睡过吗?我被梦惊醒的时候,你安慰过我吗?我被别人诬陷早恋,被别人妈妈打的时候,你不相信我,还在医院打我耳光,还让我在医院下跪求你们的时候,你顾及过我的感受,让我从你身上学到什么是爱吗?有人爱我的时候,这尴尬的身世,让我固执地拒绝了他,就是因为我想要可笑的尊严。"

她哭着说:"如果你肯给我爱,如果你肯像爱弟弟一样,爱我半分,让我在记忆里记起你对我,就像你对弟弟一样爱过。讲故事,去公园,冲我笑,叫我宝贝……一样都好……可是一样都没有!现在对我好有什么用?等树长歪了,才给它绑护条,有什么用?"

妈妈对弟弟的亲昵,对弟弟的疼爱,对弟弟的呵护……让她在夜里哭过好多次。

原来……妈妈并不是不会疼爱孩子,只是不愿意疼爱她。

可是,方瑜却完全不理解,还说什么,你是不是还在想着熊逸?都没戏了,还这么固执!

她陡然间爆发了:"不要跟我提他,不要再在我面前提熊逸!"

她哭着跑了出来。

提到熊逸,她的心就像万箭穿心,痛得窒息。就因为极度想要一个人的关心和拥抱,才和熊逸做出这样的事情。是愧疚,是痛苦,也是后悔!

当初,他在自己面前的时候,她固执地要一份尊严。她让他等她,可是,却百般不顺。

他遭遇了什么,在他妈妈那里坚持过什么……她什么都不知道。为了可笑的尊严,她浪费了太多的时间。如果……她是正常家庭里长大的孩子,怎么会不要命地强调这些?

尊严到底值几个钱?

尊严她不要了，能不能把她想要的还给她？

"熊逸……"

她在僻静之处哭，自己抱住了自己。

手机短信就是这个时候响起，她看清是他，来不及抹眼泪，就去回复。

若是小时候，有人肯给她满满的爱、正确的爱，那么，她的人生怎么会偏差到这种地步？

为何，熊逸的短信让她窃喜难安？就因为……终于有一个人惦记？

好贱的爱！

他说："小陪我一下。"

她问他："只是这样吗？"

他说："想见见你，找个地方聊一聊。"

再次见面，坐进他的车里，她望着他，便笑了！笑得很开心："我今天好看吗？"

"好看！"

手机短信响了，她抱歉地说，我回个短信，他笑了笑，点了一下脑袋，"嗯"了一声启动了车子。她低头去发短信，却不想抬起脑袋的时候，车已开进了第一次开房的酒店的停车场。

她转首去看他，眼里满是诧异："为什么又到了这里？"

他无声笑道："总得有个地方待着啊！"

"可是我没有带身份证。"

他从驾驶台前的置物盒里掏出身份证，亮给她看，意思是我带了！可是，上次开房，她问他有没有带的时候，他不是说没有随身带的习惯吗？黎美洙的内心有些无措，因为相信了他说的"只是见一见，小陪我一下"，没有想到他会带她来这里。她想见他，想要安慰。他想见她，只是想上床。

这一次，是他在前台办理入住手续，她坐在大厅的沙发上等，沙发背对着他，却听到大厅里在放刘若英的《后来》。

刘若英为了一个叫陈升的男人一直未嫁,看过他们的专访,知道这是一个学生爱上已婚老师的爱情故事。

刘若英说,奶茶这个名字是陈升取的,他说她给人的感觉像奶茶一样。

刘若英说,只需要陈升一个眼神,她就可以从他那里得到安慰。

刘若英说,他摸摸她的头,她会觉得很幸福。

主持人问陈升,你喜欢奶茶吗?

陈升不羁地说,我不喜欢她,我会跟她做那么多事啊?我神经病啊?

刘若英几度失控,看着陈升傻笑,又笑着落泪。这竟跟她那天见熊逸的神情是一样的。

那时候觉得感动,后来觉得很无语。

人家有妻有子,你在媒体面前这样,置他于何地?那么多人喊感动,是让那个男人抛妻弃子?这种男人不是人渣吗?怎么立场一变,就都变了?

进了房间后,他躺在床上,说很累,想休息一下,然后,他冲她笑了笑,她便走了过来,坐在床边看着他。看着看着,似接受了他眼神的暗示,她忍不住缓缓覆在了他的胸上,听着他的心跳,只想享受片刻的安宁。

真的好累,真的想要人安慰安慰,不然都不知道自己活着还有什么念想。

他的心脏越跳越快,呼吸有些急促,似乎在刻意地压抑什么。她已被他拥有过,自然知道这细微的变化代表什么。听说男人压抑时很痛苦,她便缓缓抬首问他:"是不是……想要?"

他下意识地吞咽一下,微微点了点头说:"有点!"再问:"你想要吗?不想的话,我不勉强。"她涨红了脸说:"我不知道,我只知道你的心跳得很快,你想要的话,我给你,对于你,只要我能给的,我都不会拒绝。"熊逸很温柔地看着美洙:"你不想要,我绝对不会勉强!"

傻傻的她听信了他的话,只觉得他永远都是这么体贴。

真的很想有个人跑过来摇醒她,告诉她,你清醒一点,如果只是单纯的见一见,哪里见不了啊,非要跑这里来?他说想你,根本不是真的想你,只是和你上了一次床后,意犹未尽想再来一次罢了。他一边辜负他的老婆和孩子,一边又毫不负责地享受你的身体,你怎么就不明白,在欲望面前,男人是没有理智且巧舌如簧的。

他已经不是你记忆中的熊逸了,早就不是了!

物是人非,你懂吗?

懂吗?

她依在他身上,说想!他开始拥抱与亲吻,而后衣物不知不觉地被扒除,更是由他主导着,进行着欢爱。进行到一半时,他从掉落在地上的衣物里掏出一样东西,她惊愕地看清是一个避孕套,她更惊愕地看着他,问,你……你什么时候出去买的这个?

他拿着安全套笑了一下:"就放在车上,我顺手拿的!"可是,这个东西……他上一次并没有随身携带啊。如果像他说的,只是找个地方待一下,也没有必要把这个带上吧?

他分明是做好了准备,分明是有预谋的。面对这个鬼使神差的女人,他居然虚伪地推诿,明知道她不会拒绝,还诱她说出邀请的话。这么官僚又可以在事后将责任推给她的做法,这个男人怎么能做得出来?

黎美洙的心有些寒了,觉得自己走进一个看不见的陷阱,好像被无形荆棘刺扎,划出不见血的伤口,痛得心碎,却不知道这痛的伤口在哪里。

她傻傻地倾心于这个男人,无论做什么她都不想产生疑问,隐隐知道他迷恋她的身体,享受和她欢愉的感觉,这种感觉让他无法自拔不顾其他,明知道这是错的,但逃不过快感的折磨。这快感里带着梦寐以求及得偿所愿的愉悦,同时带着违背道义的罪恶感与偷鸡摸狗的刺激。

她是傻傻地沉迷,而他是在欲望里算计。

她似乎有点清醒,似乎明白这个给不了她未来的男人,只是迷恋她的身体。

一切结束的时候,她枕着他的手臂靠在他的怀里,他抚着她的手臂,疲惫而满足地笑道:"你还是很紧张,还是放不开啊!"

她窘得不敢看他，低着脑袋说："因为上一次，你太狠了！所以……"

他笑得有些坏，将她搂紧了一下，抵着额头问："这一次就不厉害吗？"

他居然只关心他这一次厉害不厉害，自始至终都没有问她身体的事情，他还是不叫她的名字，只是叫着"你"。

她抬眸看着他的眼，望着这张让她朝思暮想的脸，目光凄楚期待又痴迷。他竟有些为难，不敢直视她的眼睛，一声叹息后，竟一脸为难地说："我知道你想要什么，可是我给不了你。"

悲伤的感觉袭上心头，却夹杂着一丝滑稽。

她心酸地说："我什么都不要！"她环手抱住他的身体说，"我鼓起这辈子最大的勇气跟你做错事的第一次，我就没有打算再见你！"

她都准备离开这座城市，已向其他公司提交了应聘资料，心意已决，怎么会骗他？而且，对于他的失约，她一点都没有怪他，见面到现在，也没有提过一言半句。

他紧紧地将她搂在怀里，她突然觉得这样沉默的可怕，于是问他："你刚刚怎么一直看着我？是不是我的样子很吓人？"

他便在唇角噙了坏的笑，拉近她，在她的耳边喃喃软语："丫头，你在床上的样子，很迷人。"

"骗人！"

"真的！"他笑着，将气息吐在她的耳边，吹拂起几丝发丝，暧昧道，"不骗你，真的很迷人！"

"好，我信你！你说什么我都信！"

依在他的怀里时，他的心跳声……充盈耳畔，好像催眠曲一般。接着，他又翻身上来了。

结束后，电话响起，他起身接过，不着一丝半缕向洗手间走去，她听到了他电话的内容，好像什么非去不可的应酬，他得赶紧赶去。

他出来后，坐到床边看着她，没有作声，她便明白了，看着他的眼睛说："有急事你就先走吧！"

他想说什么,欲言又止。她看着他的眼睛说:"你去吧,别误了你的事,二十分钟内要赶到江口东,让别人久等不太好!但是,走之前可以抱我一下吗?你这一走,我又不知道我们什么时候再能见面,不晓得是不是又要隔个五年,等不到你半点音讯。"

他环手,紧紧地抱住她,随着这拥抱,附送了一声令人心碎的叹息,听到这一声叹息的她窝在他的怀里笑得酸楚。

而后,他对着镜子,站在她的身后为她整理衣领,她看着镜子后面的他,一脸认真和专注。

很想告诉他,我想看我们彼此变老的样子,老眼昏花,满脸皱纹,但依然在心底记得我们最初相爱的样子。可是……等不到了。

衣服整理好了,她问:"好看吗?"

他笑:"好看!不穿衣服的样子更好看!"

她突然就想到那年,她问他到底喜欢她什么,他不正经地说:"露在衣服外面的我都喜欢,没露的,我没看过,我也不知道我喜不喜欢!"

现在他全看到了!

黎美洙转首看了熊逸的脸,心中酸涩,这么用心地爱着他,竟尴尬地沦落到这种地步。

那天之后,他没有再给她发过一则短信,没给她打过一通电话,好像什么都没有发生过。

她有些期待,却更觉得自己可笑!

她对自己说:明明知道结局,还在清醒中自欺欺人,安慰自己,熊逸不是那样的人,他只是不得已,他不方便,他其实很关心她的,他狠下心来不见她,其实就是为了让她忘记他,找到自己的幸福。他不是坏人,他不是那种绝情的人,他就是多情,才让自己这样狠心。你懂不懂,黎美洙!

她的内心咆哮着,呐喊着,为熊逸洗白。

真是好笑！

若是有个人质问熊逸：你明明知道她对你的爱，已不顾世俗与道德，即使备受痛苦还不懂得拒绝，你为什么又要在她糊涂一次后，对没有抵抗力的她再来一次？

这也正是黎美洙想问的。

可是，清醒着自毁的女人，最擅长的就是装傻。

Chapter09 再见，我的宝贝

她以为，她是因为爱而来到这个世上，哪怕只有一点点，可现实却血淋淋地告诉她，没有，没有，完全没有！

若干日后，黎美洙每月都很准时到的"亲戚"居然没有到。

她有些慌了，觉得不大可能，为了让自己放心，就去药店里买了验孕棒，按步骤与说明，惊愕地发现有两条红线。她不敢相信，便又跑去买了一根，结果还是一样。她怕这验孕棒有什么质量问题，便只身来到医院。

妇产科的外厅坐着等妻子或者女朋友的男人，内室的B超室和诊断室挤满了人，在门诊室外等了好久才轮到她。医生问她了一些常规性问题，就给她开了检验单。

一切都很平常，只是看到病历，她有些心虚，因为名字是假的。

她交了费后，去检验室，医生给了她一个透明的小杯子，让她去厕所采取原料。检查结果一会儿就出来了，医生在科室里喊："刘利，你的化验结果出来了！"

她走过去接过，还没看清单子，医生就说："阳性。"

"阳性是什么意思？"

"你怀上了！"

"验尿就可以确定我有宝宝了吗？我还是不敢相信！"

医生说："我给你开张验血单，你去验个血，一看就知道了。"

抽完血后，黎美洙的手按着棉团，按住冒着血的血口，看到医生在抽过的血瓶身上写上了编号，问了一句："什么时候拿结果？"

医生告诉她，半个小时后再来。

半个小时说长不长说短也不短，在她等到27分钟的时候，听到里面在叫刘利。她傻了半秒，才意识到这是在叫自己。她去取结果，拿到单子她自然是看不懂的，只有拿给医生看，排着队站了半天才轮到她，医生只是把化验单拿在手里看了一眼，就说："怀上了。"

"不……不可能，我们是戴套的。"

"做的头一次戴了，接下来有没有？"医生非常自然地说，"那就是头一次的残留。精子是活的，没收拾干净，还是会被送进体内的，这是常识，你年纪也不小了，应该懂了呀！"

那天下午的太阳很烈，她浑浑噩噩回到家，就睡了过去。也许是累了，也许是疲了或者别的原因，做了一个很奇怪的梦。

梦里，他与她拥抱，在阳光底下，光明正大。她怀里莫名其妙地多了一个肉乎乎的小孩子，拉扯着两人的衣服，喊着爸爸妈妈，伸出手来让他们抱抱。她弯身抱起了孩子，他环手将她与孩子一起抱住。然后，大家甜蜜而温馨地紧紧依在一起。明明是个极度幸福的梦境，她竟哭着醒了过来，哭得上气不接下气，还抽噎得无法呼吸。

是在做梦吧！怀宝宝也是假的吧！

一切都是她编织的梦境，她其实没有和熊逸上床，她其实和他什么都没有发生……

到医院做检查也一定是假的，拿回来的病历也一定是假的！抽屉里没有,抽屉里肯定没有!

她像打了强力兴奋剂般打开床边的台灯,再把抽屉打开。那病历就方方正正地待在那里,残忍地提醒她,这一切都是真的。

这可怜的孩子,你怎么偏偏投胎到这里来?

孩子是不能要的,想做手术,医生让她空腹的时候再来,还让她找个人陪着。这个人除了熊逸,就找不到别人。

第二天早上,周五,黎美洙给熊逸打了电话。

她说:"喂,是我!"他"嗯"了一声,淡淡的,很是冷漠,大概是公共场合,他不知道怎样答话。她"呃"了一下,突然发现不知道怎样接下话茬。她有些紧张,说话时声带都有些紧。

"我想见你,你有时间吗?能出来见见面吗?"

他给她一句话是:"再说吧!我很忙,下个星期一或者星期二给你打电话。"

"那我等你!不过……你确定你要打给我吗?"

"嗯!"

"你不要骗我啊,上一次,我等你好久。"

"我打给你!"

"好,我等你!"

她没什么胃口,也没有什么不舒服,就是身体无力,常常睡不醒,也没有什么食欲,但为了宝宝,她强迫自己吃下去。她没有孕吐,没有明显的反应,大概是宝宝太小了,她就是觉得很困,身体有些胀。

满心的期待眼看就要落空了。

星期一、星期二……还有八分钟,就是午夜十二点,就是星期三了!长夜漫漫,如此难熬,手机放在床头,无半点音讯。

一天又一天过去了,转眼到了周五……

"JUJU,这是这稿设计的修改意见!"

直属上司叫着她的英文名字将文件递到她的桌子上,一抬眼,惊骇道:

"怎么了？这是怎么了？JUJU谁欺负你了？跟哥说，哥为你出气！"上司是个好人，一直像长辈一样关照她，一句安慰与关心的话，让她的眼泪更加泛滥。

因为，有个人，他也说过"哥"。他也说过的……

眼泪再也无法控制，她接过文件，哭着道歉："对不起，对不起，我……我不知道怎么回事，我没有办法控制眼泪，对不起，对不起……"

她站起身来，挂着眼泪向外走去。

她不知怎么办才好，只是莫名其妙地呆怔，莫名其妙地盯着一处，好像若有所思。可脑袋里一片空白，像在一片雪地里行走，一直走，一直走，找不到出路，看不到参照物，只有一片惊心怵目的雪白。流泪是无意识的，完全不受自己控制，好像失修的阀门，无法自已。

怎么办……

明明告诉自己要坚强，告诉自己不用想他了，不用指望了，可为什么好像陷入一片沼泽，越是挣扎着站起身来，越是陷入绝境。悲伤如黑得发臭的沼泥，已齐齐淹至她的胸口，让她动弹不得，直至窒息。

这心脏……好像被人硬生生地挖出来，在油锅里反复煎炸。

她怎样才能控制自己悲伤的情绪？明明知道这样对宝宝不好，可怎样才能让她停止哭泣？

从办公室里出来的时候，变天下雨了。

黎美洙站在路边，却拦不到计程车。她没有带伞，拦车的地方也没有遮挡之物，她将包举到头顶，遮住米线般的雨丝，浑身湿透着等车，却等不到亮着"空车"的的士。

无奈之下顶雨前行一站路，路边有家孕育店，她忍不住走了进去，看到那些没有手掌大的小鞋子，真的好可爱哦！粉红粉红的小格子，还有一条粉红色的小丝带，打成了一个小蝴蝶结，鞋口那里还有蕾丝花边，实在是太可爱了。

她最喜欢粉红色了，简直就是一个蕾丝控。她开心地将鞋拿在手里，只觉得自己怀的宝宝是个小公主。

不知道为什么，就觉得是个女儿，因为做过胎梦，梦见自己吃了好多苹果，应该是女儿，没错了。

真希望女儿的眼睛像她，鼻子像她，嘴巴也像她……

没办法，谁让她的眼睛鼻子还有嘴巴比他漂亮，但身板得像他，因为他的身板还不错。

突然间想到，自己若是生了女儿，把她带到其他城市养大，她会不会在某一天遇到自己的亲哥哥？然后相爱，然后在某一天父母相见时，她惊然地发现她心上人的老爸居然是熊逸，她会不会浑身颤抖着退向门边，抱着门框仰天悲号，天啊啊啊啊，怎么会是这个样子哇——

她忍不住笑出来，随后，却好像吃了很酸的东西，皱着脸哭了出来。

她想要这个孩子！这是他们的孩子！

可是，她在等他回电，然后一起杀死自己还在萌芽阶段的孩子。她不由自主地打了一个冷战，"嘶"了一声后，环抱自己，捋了捋胳膊，摸到了细细密密的鸡皮疙瘩。

得快点回家，得洗个热水澡。

到隔壁店里买了一把雨伞，遮得住上面，却遮不住随风斜扫过来的雨线，牛仔裤都湿透了，像湿淋淋的塑料袋紧紧地贴着身体，毫不透气地裹着。

在这个路口站了一会儿，很快就拦到了车子，她瑟瑟发抖地坐了上去。她觉得自己的肚子很疼，好像有无形的手拉着子宫往下扯，更像不停积重翻滚的小水滴，岌岌可危，不停下坠，明明身体冷得发抖，但腹部却像火燎。

她惊慌地捂着肚子，隐隐地觉得有什么东西从体内流了下来。

不——

不会的——

她惊慌地抬起头来看着车前的玻璃，看着玻璃上的划雨器一上一下。

她害怕得心脏要跳进嗓子里。

"师……师傅，带我去医院，去医院啊！"

计程车来到医院的时候，已经是晚上八点，她心急如焚，却不敢急步前行。

到了急诊，医生问她什么症状，她欲哭无泪道："我……我怀孕了……有……有……"她说到这里停住了，无助地起手去算，"快两个月了……我这几天受了点打击，心情很不好，我刚刚又淋了雨，我肚子好痛，我裤子上有血，刚刚去厕所，发现有血。"她顾不得这医生是个中年男人，在他面前急得快哭出来。

医生给她开了B超单，让她去照B超。她拿着单子不及细看，就去收费的窗口交钱，递过去两百，里面的人找了她一些，她慌张得也没有细看，就一把接过钱，胡乱地塞进了包里。

做完B超，拿到结果，那些数据她忽略，因为看不懂，但是，上面写着"胎心未见"，她整个人都快疯了。

"我孩子怎么会没有胎心？他是不是没了？"医生镇定地扶扶眼镜说："孩子还在长胎芽，50天到60天的时候，才可以测到胎心。你到第八周的时候再来复查一次。"

她慌乱的心算是稳定下来，医生职业性地问她："你是打算保胎吧？"

她点头说："保！"医生说你先打一针黄体酮。她没用过那药也不知道那是什么，只是问："什么？"

医生说："保胎的，黄体酮！"

不知道是心理作用还是药效，医生给她注射黄体酮后，她感觉肚子不是那么痛了。急诊科的医生要让她住院保胎，并告诉她头三个月胎儿着床不稳的话，很容易流产。

她怕这个孩子掉了，马上同意办理住院手续。拿着住院单，她突然冷静了下来。

我在干什么？我不是要堕胎吗？怎么慌乱无助的时候，选择保胎呢？

我到底在干什么？

她哭着捂住了自己的肚子，她不知道自己为什么要这么做，只知道，见血的那一刻，她快要疯了。

这是她的孩子，是她的——她下不了手，没办法送这孩子走。

她踉跄着后退了几步，退到墙角，捂住了嘴巴哭，随后，收住了眼泪，捂着肚子，哽咽着微笑："好吧，宝贝，既然来了，我们就一起坚强面对吧。"

黎美洙办好住院手续后，来到了住院部。医生给她安排了一间病房。她跟妈妈说参加一个聚会，大家都很高兴，所以，怕是回不来了。

她所在的这家医院根本没有病号服，除了热水瓶、床和被子是医院提供外，其余全是患者自备。

已到九点，三人间的病房里除了她和另外一个保胎的女人，另一张床上躺着的是这个女人的妈妈。不知道是婆婆还是亲妈，只是听那个女人叫她妈。

房间里有电视，悬空挂着，声音很小，小到不看字幕根本不知道上面的人在说什么。

看到黎美洙进来的时候，那位头发花白的老妇人说："你怎么衣服头发是湿的啊？"黎美洙捋了捋湿掉的头发说："外面雨大，淋了一会儿才买了把伞。"

"那快洗澡啊，着凉了，又不能瞎吃感冒药，你还得保胎呢！"

她奇怪地看着老妇人，问她："你怎么知道我是来保胎的？"老妇人说，住这一楼的都是保胎的。

"别湿着身子了，快去洗个澡吧。"

黎美洙应了一声，马上想到自己没有带换洗的衣服。打开包包，取出钱包，拿起放在床边柜上的伞时，老妇人又说，这么大的雨，你还要出去？

黎美洙说:"我没带衣服,我想出去买一套!"

老妇人说:"你这样子怎么出去啊?打电话让你老公和婆婆送啊!"

老公?婆婆?

她心酸地摇了摇脑袋:"算了,不方便!"

"这怎么能叫不方便呢?"老妇人提高音量说,"这说的什么话啊这是?你给谁怀孩子啊?来送衣服就是不方便了?你一个人住进来,也没见着他们送你来吧?"

"不是的!"她急于反驳,"我老公不是那样的人,我是出差到这里,他根本不在这里,是这样的不方便。"

"哦哦!"老妇人听后,表示明白,然后又说,"我这有刚买的内衣裤,你拿去用吧,睡衣的话,我媳妇有多的,你先穿着。"

"阿姨……"她眼眶一红,就要哭了。不是哭别的,而是哭……自打怀了这个孩子,就一直感到自己被什么东西压得喘不过气。不敢告诉妈妈!不敢告诉身边的人!还硬生生地哭了一个星期。

老公?!她这辈子都没有法子这么叫她宝宝的爸爸了!

老妇人在关心她,把她当成一个怀着宝宝的孕妇在关心,她竟为这小事情,哽咽着红了眼睛。

老妇人递过一套衣服说:"拿去吧,我啊,见不得别人哭鼻子,出门在外,又在同一间病房的,能关照就关照吧,我也不求什么感谢,只求我的小孙子没事就好。"

黎美洙表示感谢后,去洗了澡,顺便洗了衣服,打开洗手间的门,要晾在窗台的时候,老妇人抢过来说:"去躺着,我来!"

"谢谢!"老妇人说:"谢什么啊,这出门在外的……"

黎美洙躺在床上,才发现老妇人的媳妇很虚弱地躺在床上,眼睛眯缝着,两个人对视了一眼,她不好意思地看了看自己身上的睡衣说:"谢谢你的睡衣!"那女人只是冲她虚弱一笑,说:"没什么。"

躺在了床上,突然发现自己饿得慌,才发现紧张一阵子,自己什么都没有吃。她拿出电话，按了114，问里面的接线员肯德基的外卖电话是多少。刚挂了电话，却听老妇人说："你都有身子的人了，怎么吃那种垃圾食品？"

黎美洙不好意思地说："我有点饿了……"

"那也不能吃这个啊！"老妇人说着，从床头拿出一个保温饭盒，说，"这里有汤，你先喝一点。"

黎美洙不知道接还是不接，老妇人捧着食盒说："干净着呢，我媳妇吃什么吐什么，这汤根本没动过，我给你倒一碗，你先喝着。"

黎美洙感谢地接过老妇人递过来的一次性碗，看着清汤淡水的，捧在手里，是温温的感觉，她含着碗沿抿了一口，发现这鸡汤很淡很好喝。

老妇人说："放心大口地喝吧，不油腻，不会让你吐的！"

黎美洙说："怀孕到现在，我还没有吐过，就是犯恶心，吞吞口水就咽下去了。"

"你几个月了？"黎美洙说："快两个月了。"

"那得好好保着！"

"嗯！"说完，她笑了，坐在床头，背后靠被子和枕头，捧着碗喝着鸡汤。

房门被人推开了，黎美洙端着碗看到门外的男人风风火火地走进来，越过她的床，来到隔床的女人身边，关切地叫了一声"老婆"，那虚弱的女人便撑起身来，拉住男人的手，泪眼婆娑地叫着"老公"。

"老公，你怎么才来啊？我好害怕！"黎美洙看到那男人坐在床边拿起女人的手，安慰女人说："别怕别怕，我在这里。"

看着他们紧紧相握在一起的手，看着她半坐起来依在他的怀里，看着她刚才明明很虚弱，现在却偎在老公怀里彻底地放开自己去寻找安慰……

男人抱着女人，用手摸着女人的肚子。她也不由自主地看向自己的。

男人将耳朵贴在女人的肚子上，轻声安慰说"宝贝，老爸来了"的时候，她的手不由得抚住了自己的肚子。

她泪眼迷蒙，错觉那是熊逸和自己，但她知道，这是永远都不可能的事情！

熊逸……

她端着碗的手在微微颤抖，突然间就觉得什么东西往上涌，拼命地往下咽也咽不下去，她放下碗就趿了鞋子去洗手间的坐便器旁吐。

终于尝到孕吐的滋味，好像连胃液都吐出来了。她一直以为孕吐只是干呕，没想到是真吐，把胃都吐空了。

吐完第一次，嘴里全是又酸又苦的苦液，她咂巴下嘴巴，舌头的味蕾马上反感这恶心的苦味，不能吞进去，只想马上吐出来。刚吐了两口带苦水的唾液，马上又抑止不住翻腾的胃里东西泛滥成灾堆积上来，一张嘴，她"呕"的一声又吐了！

她吐得浑身发软，捧了几捧水漱口，对着洗脸盆上贴墙的镜子，看到自己吐得苍白的脸，要死不活，像缺了阳气。她已经没有力气再去哭了。

从洗手间里出来，躺在病床上，只觉得心空得发慌。

用手摸了摸自己的肚子，很平。

临近两个月的胎儿摸得到吗？她不知道，她只知道……她做好了所有的思想准备，却没有想到小小的刺激竟能将她打击得粉碎。

所谓的保胎，只是注射黄体酮，打完了后，就在床上静养。

人在住院的时候，是最脆弱的，受不了那种凄凉，受不了那种孤寂，受不了那种心酸，希望有人能看看自己。

更何况，这是正需要人安慰的时候。

想打熊逸电话，忍住。

想听熊逸的声音，忍住。

不可以打给他，因为晚上不方便。

他也根本不会接，接了也会含糊其词，何苦自取其辱？

黎美洙休息了一夜，一大早就从医院里出来，天有些阴，有些凉，她回去拿了些日常用品及换洗的衣服,用"出差"这个借口,很容易骗过黎方瑜。

方瑜相信美洙,只是在她临走前嘱咐她照顾好自己。

她回首望向自己的母亲,笑得酸楚,说知道了!

也许黎方瑜对她是有母爱的,但这份爱里有份无法靠近的疏离,远远不如他们的母子情深。在这个家里,黎美洙总觉得自己是一个局外人,只有肚子里的这个宝宝让她感受到了真正的血肉相连母子连心。她已经习惯跟他讲话了,虽然知道他听不见,但是她明白,每个小胎儿,从在母体里着床于子宫的第一天,就开始有了灵性。

回到医院,她躺下来,却发现自己无法静下心来。

在网上,通过朋友找到了新公司,在 B 市,对方开三千块钱一个月,说干得好,会加薪。可是,在房租都要两千多块的 B 市,她只有选择和人合租,才能勉强生活。

她怀着孩子,不可能像单身那样随便吃点什么就算了。

孩子先兆性流产,要定期产检,要住院观察。虽然手里有些积蓄可以应付些时日,可是,顺产一个孩子最少要三千,剖宫产要八千。

而后,她要是想请一个好一点的月嫂,孩子的用品尿不湿、衣服什么的……这样分摊下来,会是一笔很大的支出。

况且,没有准生证,更没有办法为宝宝上户口。幼儿园怎么办?念小学怎么办?还有……即使这些都有办法解决,怎么解决宝宝成长之路上爸爸的角色?

现在全部都是电脑档案,根本不像以前那样有疏漏。

未婚生子!

私生子!

要你,我会害了你!

不要你!可我又不甘心!这是我的宝宝,是我的宝宝!哪个当母亲的女人会主动地选择杀死自己的孩子?!

这是我的第一胎孩子，我真的很想要啊！

他马上就要长胎心了，他马上……

在选择中徘徊，在脆弱中悲伤，很想听听他的声音，哪怕听听话筒里他的声息。

她打熊逸的电话，音乐响起，挂断。

再打，再挂。

再打，熊逸直接关机。

电脑系统的女声在电话里说，您拨打的电话已关机，请稍后再拨。

心彻底凉了！好像刹那间经历绝对零度，没有了知觉。

这天晚上，黎美洙梦见自己挺着大肚子要生了，可是，医生不给她接生，说她没有准生证。她疼得死去活来，就是没有人给她接生。她疼得在床上翻滚，可没有人理会她。

她叫着熊逸的名字，看见他冷冷地站在床头，就是不靠过来。她伸手，望着他，求他找医生为她接生，他冷笑着，转身就走。

她哭着求他："熊逸，救我，救宝宝。"

却见他转过身来一脚踹向她的肚子。

黎美洙猛然间醒过来，她大口大口地喘气，头发已被汗浸湿，像海带一样湿而紧地贴着她的脸。她打开床头灯的按钮，想倒杯水喝，却不知怎的从床上摔下来，声音惊醒了病房里邻床的女人和她旁边的护理人。

护理人起身按灯，看到被子被黎美洙裹着，床上一半，地上一半，她捂着肚子呻吟，痛得睁不开眼睛。

护理人赶紧按了呼叫器，值班医生从外面跑了进来。医生把她扶上移动床，带她去做B超。凉冰的液体滑在肚子上，医生边在她的肚子上滚着B超手柄边说，胎囊滑落，已到子宫口，得做清宫手术！

她淌着眼泪躺在那张特殊的床上，任腿被医生分开。手背上点滴式的麻药已经起了作用，一边的心电仪在嘀嘀地响着。

她凄凉一笑，可怜的孩子，你终于走了，找个好人家投胎吧，千万不要再找像我这样的母亲了。眼皮开始很沉，有了睡意，总觉得……有双肉乎乎的小手在眼前晃动，她想去牵住这双小手，却越来越远，越来越远……

妈妈——

是谁在叫妈妈！声音脆脆的甜甜的，越来越远，远到像山谷的回声，再也听不到了。

好像睡了一觉，胎儿的胎囊就这样被人搅碎，用机械从体内吸了出来。宝宝在体内，竟只待了短短的一个多月。

他还没来得及长胎心，更没来得及长成人形就没了！

手术后的黎美洙就那么坐着，呆呆地流眼泪，流到最后，一滴都流淌不出来。

她无法原谅自己。

是她害死了自己的宝宝！

罪恶感让她恨不能以死谢罪。

周一的时候，她来公司上班。她的样子把所有人都吓到了，更有人惊愕地发现，她裁纸的时候，拿着裁纸刀挨上了自己的手腕。

"你这是在做什么？"同事把她的手按住，把刀抢了过来。

她木讷地转过脑袋，空洞的眼睛里不停地淌着眼泪。

"我没有干什么啊！"

"刀我们拿着，你要剪什么，裁什么，跟我们说，我们来做！"

他们以为她要自杀吗？

她刚刚是要自杀吗？

她没有想死的念头，只是想，这刀要是刺进熊逸的心脏，需要多长。

这念头好像一个脓包，里面堆积了对熊逸的怨气，孩子是击破脓包的最后一击，任伤口破裂，脓出疮口，沿路感染，四处蔓延。

周五这天，打熊逸的电话，他拒接。

黎美洙便给他发短信："熊逸，我大姨妈没有来，都两个月了，我觉得不对劲！"

　　手里的电话马上振动起来，这是与他见面以来，从没有过的速度。

　　黎美洙的唇角溢出一丝冷笑，又马上调整好情绪，楚楚可怜地接过了电话。她颤着声音"喂"了一声，脆弱得好像一阵风都能将她吹倒。

　　"熊……逸……"她颤着声音快要哭出来，绝口不提他失约的事情，只是无助地说，"怎么办？我觉得不对劲，可我的大姨妈还没有来！"

　　熊逸"呃"了一声，沉默了一下，沉声问："几个月了？"

　　"快两个月了！"

　　"快两个月了？"

　　对啊！你对我不闻不问两个月了……

　　"有没有什么不舒服？"

　　"没有，就是身体挺胀的！有些贪睡……"

　　"去医院了吗？"

　　她的声音快要哭出来："没有……我害怕！"

　　他为难地在那头沉默，她听着他从电话里传来的呼吸声，楚楚可怜的表情刹那间在脸上变幻成一种极度冷血的冷笑。手无意识地摸上身边的墙，手指的指甲在水泥墙上划出四条白色的划痕，修好的指甲就此磨损折断，磨裂的断口，尖锐得像磨好的爪子，恨不能揭开所有的伪装，划开他的胸膛！

　　"你先别慌，先去买一张试纸看看！"

　　她"嗯"了一声，千回百转，声音顺婉依人。

　　"有了结果，一定要告诉我！"

　　"嗯！"

　　挂了电话她冷笑……

　　熊逸，你曾问我会不会后悔，我说我不会！而现在，将要后悔的人会是你。

　　周六一早，黎美洙给熊逸发短信。

"我……我买了试纸，上面有两条线啊，我怕有问题，我又去买了一根，可是结果还是一模一样的一深一浅的两条线啊！"

一深一浅表示早孕或者孕期较早，按正常时间算，试纸的颜色不可能存在浅色。黎美洙不知道自己一开始就露馅了，但有一点，她很清楚，熊逸慌了！

下午三点时分，电话振动，屏幕上显示着熊逸的名字。

电话不停地振动，不停地振动……

她冷笑着，恨得牙齿都咬碎了。

你慌了？

你知道我有了宝宝你就慌了？

哈！

不是不方便打电话吗？

不是说周六周日根本没有办法打的吗？

现在为什么有时间打电话了？

你不怕你老婆了？你就此方便了？

熊逸，你为什么不去死？！

周一早上，上班的路上，熊逸的电话打了过来。

接过电话，她"喂"了一声，只听得他在那头说："你真的……有了？"

黎美洙马上很紧张地说："怎么办……我现在很害怕！"

"第一次你吃了药，第二次我做了措施，怎么会有的呢？"

"我问过医生，医生说，第一回没有清理干净，又值女方危险期的话，是很容易受孕的。"

"我靠！"

她听出了他的懊恼。

"你打算怎么办？"

"我……我不知道！"她很有演戏天赋地吸了吸鼻子，说，"我真的不知道怎么办才好。"

"几个月了？"

"昨天……昨天是他整整两个月！"

沉默，令人窒息的沉默！只是她不会再有想哭的感觉，而是带着哭腔，让人动容地说："我会自己解决的，我不会让你有一点为难的！"

她料想他现在怕极了，他在电话里急切地想见她。

"我们见见面，电话里不好说，见了面再说，好吗？"

想见面？

"还是不要见了！"

"还是见一面吧，电话里说不方便，我一会儿去你那里，到了我打你电话！"

隐隐的恨意爬上了她的脸，牙根都要被她咬断了，但她却以很快的速度变幻成一副小鸟依人的无助样，带着颤音说："好，那你到了就打我电话，我等你！"

等你！

如果那天你守约来了，我的孩子在意外中掉了，我绝然不会怪你。

可是，我现在好恨你！

熊逸在一个小时后赶了过来。

黎美洙从公司出来，向四周看去，却发现眼前一片模糊，阳光刺痛了她的眼。她用手挡了挡眼睛，一阵风吹来，身体有了些许的凉意。

她刚刚掉了孩子，悲伤过度，更没有坐过月子，便畏冷和眼花。

她眯了眯眼睛，向一边走去，然后，身后有车驶过来，停在了她的身侧。她转首就看到他，然后拉开副驾驶座的门坐了进去。

他准备带她出去，她不知道要去哪里。

"不，不要出去，我出来的时候没有跟上司打招呼，我们……我们就在这里说吧。"

他叹了一口气，车子在车位停住。

"你打算怎么办？"

"和我一起去做掉吧！"

他看着她，她楚楚可怜地低下脑袋，微微一笑，演技逼真地抚摸着肚子，娇婉而伤怀地说："真好！我们的宝贝……在离开之前，能见到你，真好！"她泪眼盈盈地看着他，欲语还休，眼里盈满眼泪，着实把他弄得心伤而愧疚。

"对不起……"她哽咽着说，"让你上班的时间里特意赶来，真的很对不起。"

他皱紧了眉头，狠狠地叹了一口气，握住方向盘的手紧了紧，手背上的指关节明显地鼓了起来。他说："说傻话呢？这是我们两个的事情，我赶来，是因为我关心你。"

我们两个的事情？

因为我关心你？

为什么听着，就觉得浑身发冷？

流掉宝宝的那天晚上，她痛苦得流下眼泪，期待他看到来电显示后能打通电话来。她拿着电话想，熊逸晚上接电话不方便，但第二天无论如何都会打通电话来问一问。因为若不是有事，她不会找他的，他应该明白，他应该清楚，他应该知道她从来没有在四点以后给他打过电话。

所以……她睁着眼睛等天明，在天蒙蒙亮的时候，她不知不觉睡了过去，等到醒过来时，已经是第二天中午十一点四十分。她起来的第一件事情，就是看看来电提醒里有没有关于他的讯息，可是，没有！

她拿着电话等了一天，想等他对她的这份"在意"，哪怕一点，妄想只要一点点，可是他没有。

整整两个月了，她都没有收到他的一条短信和一通电话来问问她那天晚上发生了什么事！

今天，知道她"怀"了宝宝，他一反常态，电话一个接着一个打了过来，又迫不及待地想见她。

若是那天晚上,他这样关心她,她一定会感动。可是现在,她的内心没有感动,只有冷讽和苍凉。

"总之,你能来,我就很高兴了!"她扬起脸来看着他,说,"宝宝的事情,我自己会解决的,你不用为我担心了!"说完,绽出一个大大的笑来,那笑让人酸楚,明明……眼底含着翻滚的眼泪,她竟这般笑了出来。

"你解决?你能怎样解决?"

"我打算星期五去医院,请两天假就可以了!"

"星期五是吧?我去请假……"

她顿时转过来,眼神复杂地看向他:"你陪我?"

"对!"

他说:"这是我们两个人的事情,我一定要陪你去!"

听到这话她应该是什么感觉?她该有什么反应?

熊逸的脸上写满忧郁还有担心,她居然没有一点感动,只觉得他说得比唱得好听。

你请假陪我去堕胎,那么我养身体的那一个月,你又会在哪里?

"不行,我不能让你陪我去!"

"为什么?"

"因为人多眼杂,会有熟人看到!"

他沉默了,从车子的置物台上拿出一包烟,用手夹了出来,再用打火机点上。

"我不能害你……"她哽咽着说,"你能来,能让可怜的小家伙看看你,就够了。本来……我们没有见面的必要了,可是我就想在他走之前,能见见你,因为……是我们两个把他带来的。在他走之前,我想让他见见你……"

以为这是在演戏,但一提到宝宝,才发现高估了自己,宝宝两个字,痛得她眼泪真的掉了出来。

她心痛得没有办法缓解,看到他逃避而不敢面对又懊恼的样子,她轻叹一口气说："我只想告诉你，我们的孩子太可怜了！"

流产那一夜的记忆袭上心头，黎美洙无法忘记小腹坠痛身体流血的感觉，她的身体在微微地颤抖。他发现了，他把手里的烟头丢出窗外，伸过手来，一把拉住了她的手，用手心将其包住。

"你是不是故意装出坚强的样子？你是不是根本没有这么坚强，你是故意装的？"

"我没有！"他说话的时候，将包住她手的手向他那边带了带，她抗拒地将手拉回原位。

"不行，我一定要陪你去！"

"不用了，事情我可以自己解决！"

"在你眼里，我就是这么一个不负责任的人吗？"他突然冲着她大吼，"是我们两个的事情，让我们两个一起解决，别把事情都往你一个人的身上背好不好？"

"我说了，我不用你管！"

他猛地抽手将她的手放开，用手拍着自己的胸口说："我心很疼啊！你星期五给我电话，星期六告诉我你有了，你知不知道这两天我怎么熬的？怎么盼着时间快点过去等到星期一跟你联系？"

你终于体会到我三番五次等你的心情了吗？

你终于明白等待的感觉不是人过的日子了吗？

黎美洙心底的寒意不是一时半刻可以消化得开，她却真真切切地感觉到内心一处冰融化成水。

看着熊逸憔悴的脸，她最开始的快意感成倍地减少，她无法彻底恨他，却真的痛恨自己，为什么要心软，为什么要心疼，为什么脑海里有个声音疯狂地叫嚷着让她放弃？

你真的关心我吗？

我想相信你！可我为什么就是没有办法说服自己相信？

我们的第一次，我曾告诉你，我是安全期，即使我算错了，你一样不信我，追着将药送过来。

我以前极度相信你，没有半点怀疑。而现在，为什么你说什么我都不信，甚至会想到，你就是想亲眼看到麻烦解决掉，就是想亲自将我押上人流床，如果可以的话，你会亲自操起工具，伸入我的体内，将我的孩子搅碎！

说关心，说一定要陪我去医院，在我心里，你就是不放心，你就是怕我任性，怕我把孩子生下来。我对你，竟没有除此之外的第二个想法！

黎美洙没有办法再相信他，面对他的"关心"，好像面对一个持刀逼近的刽子手，这刀抹了蜜，这刀涂了毒，一步一步将她逼进绝路，但她依然说着好听的话语。

可是，为什么会这般难受？

看到他憔悴的样子，她的内心确实暗爽了一把，可是，随之而来的心痛感，好像喷薄而出的岩浆。

黎美洙，你到底在干什么？放过他吧，不要折磨他了，把真相都告诉他吧，这报复的游戏玩得人太心伤了。

有必要这样做吗？黎美洙突然发现自己很可怕。

想到他的拥抱，想到很亲密地拥有过彼此，想到他是自己的第一个男人，想到他是自己未出生孩子的父亲，她竖起的仇恨之墙顷刻间倒塌。

她真的很恨他，可是，面对他的时候，真的没有办法恨。看到他憔悴的样子，她居然有些恨自己。

她怎么能狠下心来，把这个男人整成这样？

他问她是不是故作坚强？

是的，是的！

其实他问出这句话时，她就开始动摇。面对这个男人，她不想装了，不想报复了，想告诉他一切，因为太多的事情压在心底……

"其实我骗了你……"她抽泣着说，"我是第一次，那天和你，是我的第一次……"

她说:"我也不知道为什么我没有出血,我只知道,我很难过,所以,我不停地问你的感觉。我想你有经验,你会感觉得出来。你说我很生涩,你说你感觉到我没有经验,但是……你真的没有感觉到我是第一次吗?!"

他愣了,随后看着她,目光是不可思议的惊喜。

她真的没有看错,是惊喜,惊喜到展开手臂,一把将她抱住。他察觉到自己的得意忘形,居然用叹息声把惊喜掩住,居然在她耳边说:"是不是第一次都没有关系,其实我一点都不在意!"

不在意是什么意思?

黎美洙若是趁这个机会扑进他的怀里,声声唤着他的名字,再柔情万分地仰起脸来看着他的眼睛,对他说"我知道,我知道你不在意,因为只要是我,即使跟很多男人上过床,你也不会在意……"的话,会发生一些很有意思的事情,偏偏她高估了自己的演技,低估了自己的爱情,不懂爱得越深越在意,更不懂女人只有在不爱或者别有所图的时候,才能随心所欲地算计一个男人。

所以,他搂着她,让她贴近自己的身体时,她僵着不肯贴近。

他感觉到了,他感觉到他再也不可能拥有她,再也不可能拉近彼此的距离,于是懊恼地放开手,问她:"你是不是很恨我?"

她咬着牙,拳头恨得攥了起来。

他还在追问说:"你看着我的眼睛,告诉我,你是不是很恨我?"

她痛得无法呼吸,转首看他时眼底带着恨意,原来他也知道他做得很过分,原来他也知道他做得引人愤恨,他全都知道,只是装作不知道。

这个男人他清醒得很,清醒得让她眼底的恨意更深地蒙上一层。她可悲地想到,若是在旧社会,未婚有孕的她被人架柴绑火堆上时,即使她痛得把牙咬碎了,他也不会从人群里站出来吧?

他竟给她如此心寒的假想,她意识到他根本不值得她飞蛾扑火一般去爱。

更寒心的是……

"既然这么恨我,你为什么要跟我上床?"

他突然冒出这样的话,这话像刀,刺入心脏,痛得她没有办法招架。

她痛苦地喊:"我从来都没有后悔跟你上过床,我从来都没有后悔把第一次给你……"

"我一点都不稀罕,我情愿不要!"他以更大的声音喊了出来,她后面那句"别说这样的话让我难堪"死死地堵了回去。

黎美洙不信地看着熊逸的脸,目光绝望,好像第一次认清这个人。心底破了一个洞,悲凉的笑浮在了她的脸上。

"呵,是吗?"她凄楚地笑了一下,笑得绝望而自嘲,喃喃自语地说,"原来是这样啊!"

黎美洙转身拉了车门,就要下车,手被熊逸死死攥住。

"放手!"她并没有转过头,手却被他扯住。

"我不想再见到你!"

"是不是以后不要见面了?"

"对,再也不见,死了都不见!"

他求她:"你听我说完你再走!"她停止了挣扎,想听听他会对她说什么。他叹了一口气,手放在方向盘上,盯着前方说:"我承认,我承认我对你……对你有欲望!"

"我那天原本是想把你送到公司的,可我也不知道为什么中途改变了主意。其实我只想见见你,我根本没有想过我会和你……我根本不想……是你……我……"

他一字一顿,好像有什么难言之隐。

事情到了这个地步,他想的不是安慰她,不是让她好受一点,而是一字一句地刺激她。那句话的言下之意是,我根本不想跟你上床,是你勾引我,是你勾引我的!我只是犯了天下男人都会犯的错,如果不是你犯贱,我是不会做出这种事情来的!

更没有料到,他这个时候居然捂住额头,痛苦地暴出一句:"你和我这样做是不对的！"

呵！不对？

你脱衣服的时候，你怎么没有想到这不对？你在我找借口放你走的时候，你怎么没有想到这不对？

流产的黎美洙承受着丧子之痛，还要承受他无端的指责！就算她骗了他，就算他不知道这孩子其实没有了，但为什么要对她说这样的话？

熊逸，我从来没有觉得自己这样下贱过，下贱得让我自己都瞧不起自己！在他说话的时候，她深深地看着他，发现这个熊逸和记忆中的那个他判若两人。

以前的熊逸眼睛透着阳光的温暖，而这一个只让人感到阴冷和晦暗，浑身发冷。

她无法理解自己，怎么会对这样的男人念念不忘？她不禁自问：黎美洙，眼前的这个男人，你确定……他是你深爱过的那一个吗？

她看向了熊逸，心中百转千回，却发不出一声言语。什么东西堵在了心口，想说，却说不出一句话来；想质问，也质问不出一语。

百口莫辩，伤心欲绝，心中堵的那口气，堵得让她内心渗血。

黎美洙转身拉门锁，熊逸使力将她扯住。

眼泪漫出眼底，酸楚堵住了嗓子，心酸得说不出一句话来，她只想逃离这里，逃离这个男人，越远越好。他却死死拉住她的手。

"放手！"

"听我说完！"

"我不想再听你说一句话！"

她扳着他的手指，他攥得很紧，紧得她怎么都掰不开。

熊逸……我真正需要你抓住我的手，让你相信我时，你从来没有这样抓住过！

她狠命地扯着手："你放开，你再不放，我就把孩子生下来，丢在你家门口，饿死了冻死了也是你的事，你让我选择孩子的死活，我就让你尝尝选择他去留的痛苦！"

他愣住，不信地看着她，她红着眼睛看着他："以为我在开玩笑吗？如果你再不放手，我就真的生下来，别以为我做不出来！"

他松手，她拉门下车，他不甘心地从车里追了出来，一边急步追赶，一边问："你是不是很恨我，你是不是恨我？"

她站住，赌气似的喊出来："我不恨你，我喜欢你，我这辈子用尽全力地喜欢你！我喜欢你喜欢到没有办法喜欢第二个人，这个答案你满意了没有？"

"你冷静一点，我们回到车上好好谈谈好不好？"

"不好！"

"你听我说……"

"你别再跟着我，你再跟着我，我就嚷得让这里所有人都知道，别逼我！逼急了，我什么事情都做得出来！"

他放弃了追赶，她伤心地走远，再也没有回头。

这报复的感觉，一点都不好受！

她失魂落魄地走在回家的路上，感觉自己好像一个游魂。

行至一家甜品店，突然觉得有些饿，她便进去，买了一个纸杯蛋糕，一个起司，还有一杯奶酪。付款后，将它们放置在端盘里，拿到临窗的桌子，落座时，透过透明的玻璃墙，远远地看到妈妈带着小弟和两个人交谈。好像已经谈了很久，等她看过去时，他们已经挥手道别了。

那两个人……是两个年龄相仿的女人，和妈妈年龄相仿的女人。她们迎面而来，推门进入了美洙所在的蛋糕店。她们买好蛋糕，端着端盘，来到了美洙的临桌。

她不认识她们，从来没见过。她们一定也不认识她，但是，认识她的妈妈。

只见到她们落座后，穿黑衣服的女人问："你说刚才那个是你同学？我们这一辈人都抱孙子了，她儿子怎么还那么小啊？"

穿棕衣的女人说："她啊？她是我大学同学，一个寝室的，被人轮奸过。"

"什么？！"黑衣女人大吃一惊，棕衣女人压低了声音，却依然能让美洙听到。

"她念大学那会儿，可漂亮了，追她的人一长排。她跟一个学生会的干部谈恋爱，有一天晚上，在校外约会的时候，遇到流氓，好几个人，把她那个了。"

"那个学生会的干部呢？"

"跑了啊！听说，当场腿软，吓得屁滚尿流逃跑了。那几个人糟蹋她，整整一晚，第二天，她回来的时候，几次想死，都被我们救下了。后来，怀孕了，还是我带她去医院的，人家不肯给她打胎。"

"为什么啊？"

"我们那个年代，没有证明信，谁敢给你做手术？这种事情，她也不敢报案，她要是敢报案，她就没活路了，被强奸的女人没人会给好脸色。这样的女人就是嫁人，被老公知道了，也会被老公打得很惨，何况她是被轮奸的。为了流产，她什么剧烈运动都做了，乱跑乱蹦，还故意从楼梯滚下来，那孩子都没掉，后来学校发现了，把她开除了，我就再也没见过她了，也不知道她那孩子生了还是掉了……"

"我觉得应该掉了，这样的孩子不能留啊……"

黎美洙什么都听不到了，脑子里瞬间空白……她该有什么反应呢？将手里的蛋糕丢过去？大吼，我不是杂种？

可她分明就是！

身世之谜就像珍珑棋局一样被解开了，最悲伤的时刻，她却绝望得笑了出来。原来黎方瑜并不是因为爱，因为不舍，而留她一条活路，而是因为打不掉。她冷落她，不愿意抱她，甚至别人欺负她，骂她杂种的时候，她都没有出面保护她，是因为别人折磨她的时候，折磨的是那几个男人之一的贱种。

她曾好笑地欺骗舒野，说自己父母离异，还曾好笑地想，电视剧和生活中，总有某个人的孩子得了白血病，那个人找到被自己辜负过的子女，求她们捐髓救命。

她也希望抛弃自己的生父的孩子也得白血病，或者肾衰竭，不得已找到她，她愿意捐髓，愿意捐肾，能捐的都捐。只要让她见见他，知道自己的父亲是谁，她什么都愿意。

可真相却是如此残忍，凌迟般残忍，血淋淋的，如刀片一片片地割着她的身体。

小时候的记忆浮现在脑海里，母亲的眼底对她除了冷漠，还有隐隐的恨意，原来是这个原因。

她以为，她是因为爱而来到这个世上，哪怕只有一点点，哪怕男人对方瑜就像熊逸对她一般，只是在床上给予了片刻温存，可至少也有分毫爱意。

可现实却血淋淋地告诉她，没有，没有，完全没有！

她捂住了胸口，揪紧了胸口的衣服，儿时，小同学们的嘲笑又刺入耳底。

"九十八合一，左禾右中！"

她只感到心脏好像在针尖上跳动。

她应该哭的。

可是，她竟带着惨然，带着绝望及自嘲，心酸地笑了出来。

想哭，可是，早已没有了眼泪。

大音希声，大悲无泪，她竟生生地体验了这个道理，深刻透顶，刻骨铭心。

Chapter10 再见，再也不贱！

> 是时候放下了，放下所有的恨。这世上唯有爱是美好的。

什么时候开始……炒房的人开始炒墓地了呢？

她恍惚地走进竖着墓碑的草地，走到一个大理石石碑前站住了。

这个碑，她买下了。

她决定，就是它了，死后的归属就是这里，她终于……有自己的家了。

碑是无字碑，反正，也不会有人为她扫墓。因为不知道父亲是谁，母亲也会悲伤一时，再把她忘记，因为还有小弟。

而熊逸呢？

呵！

他会记得她吗？

她缓缓地伸了手，将手里拿着的鞋子拿到了眼前。那个小小的，婴儿的小鞋子……

刚刚有一只，放进了使用权七十年的小格子墓里，用水泥封住，还有一只,就留在了她自己的手上。她泪如雨下,一滴一滴溅在手心里的小鞋子上。她哭肿了眼睛,她说:"自从知道你存在那天起,我就没有好好地对你,老是哭,老是哭,老是想着将来怎么办,你才那么小,就让你跟着我一起急,就让你跟着我一起哭。你是不是觉得我这种女人当你的妈妈很丢脸?是不是觉得我黎美洙的存在根本就是一个笑话,根本不该活在这个世界上?"

她突然哭着喊:"所以,你根本不想我当你的妈妈,就算我决定吃苦头把你生下来,你还是决定走?你这个狠心的家伙,你就跟你爸一个样,你就和他一样!"

她倒在草地上,悲伤绝望地喊着:"混蛋,你们两个混蛋!怎么可以这样对我?"

墓地边上,走过一个穿着黑色套装的男人,面无表情地走过,恰巧黎美洙喊出"我黎美洙的存在根本就是一个笑话"时,那男人惊然顿住,站在几米远外,不动声色地看着黎美洙。

只见她从包里拿出一瓶白酒,用起子打开,含住瓶口,紧闭着眼睛,仰头就喝,喝去一半,喝得太急,被呛得咳嗽起来。她缓过来,将酒瓶放到一边,再拿出一瓶装满了白色药丸的药瓶,将里面的药片全倒在了手心里,一把塞进嘴里。她再去拿酒瓶的时候,身后传来急促的脚步声,不及她转头,领子就被人死命扯住,领口勒得她咳嗽起来,咳得苦涩的药片还不及吞下去,就吐了出来。

待她把药片都吐出来,领子一松,她落在地上,咳嗽之后,就是大口喘气。她红着眼睛转过头,只见身后那挺拔的男人,阴森着脸,冷声问她:"你想干什么?"

她惨然地笑了:"我想自杀,你看不出来吗?我连墓都买好了,你瞧不明白吗?"

她猛然站起身来,向石碑撞去,怎料那个男人比她还快,一把扯住她,扳正她的肩膀,狠狠给了她一个耳光。

她眼冒金星，狠狠地摔在了地上。脸火辣辣地疼着，她失声痛哭，破口大骂："陈青远，你算什么东西，你敢打我？你他妈有种杀了我，我包里有刀，你给我一个痛快！"

他像一棵松树，一言不发地立在身边，她崩溃大哭："杀了我啊，让我死啊，我不想活了，你是我什么人，你凭什么管我？"

那已下肚的烈酒，酒劲上来了，她也哭累了，便伏在地上，不知不觉地睡着了。

黎美洙醒来的时候，费力地睁了睁眼睛，眼皮好像灌了铅，上眼皮和下眼皮好像黏在一起。

她茫然地看着天花板，一片朦胧，恍若轮回后的懵懂。

她起床，揉揉眼睛，环视一圈陌生的房间，这是哪里？

她头痛欲裂，晕乎的脑袋里，听到一门之隔的外室有音乐传来。

她掀了被子下床，脚伸到地板，看到地板上一双蓝色的按摩拖鞋，她不解地趿上去，起身拉开门。

"醒了？"

她惊大了眼睛："你怎么会在这里？"

客厅里，坐在沙发上的陈青远慵懒地将手搭在沙发扶手上，长长的腿交叠着架在一起，手里拿着一罐啤酒，看着客厅墙壁上悬挂的液晶电视里的音乐 MTV，漫不经心地说："这是我家！"

她不懂："我为什么会在你家？"

说话的时候，陈青远从沙发上站起身来，然后向她走了过来。黎美洙随着他的靠近，抬起头来，仰视着他，她红肿的眼睛随着脑袋的仰起，直视了客厅灯池里的水晶灯。灯光刺到了她的眼睛，她扬手用手背挡住。

陈青远转身，去了厨房，从里面走出来时，拿出一个透明盒子，来到一边的桌子边上，将盒子放下，从里面取出冰块来，倒在另一只手里的毛巾上，包住，走过来拿给黎美洙。

她不解地看着他，手保持着遮住眼睛的姿势，陈青远淡淡地说："敷在眼皮底下，可以让充血的眼睛舒服一些。"

黎美洙有些迟疑，他悬在半空的手又向她递了递。

黎美洙半信半疑地接过，将包着冰决的毛巾按在了眼皮底下。那份冰凉顿时让她感到舒服。

"坐这边！"陈青远伸了手，没有挨到她，只做了一个让她坐在就近沙发上的动作。

黎美洙按着毛巾坐下，沙哑着声音说："我为什么会在你家？"

他看着电视屏幕，淡淡地说："你哭着趴在地上睡着了，也懒得叫醒你，就把你搬回来了。"

沉默，沉默到极点！两个人都不再说一句话。好久，她沙哑着声音说："好久不见了，没有想到再次见到我，是我这么狼狈的时候。"

陈青远说："也没多久，几个月而已。我最狼狈的样子也被你看到过，你就当上天是公平的，让我们之间扯平了！"

黎美洙苦苦一笑，将毛巾放在手上，自嘲似的苦笑。

"陈青远……"她沙哑着声音对他说，"今天你会去墓地，是去看她，对吧？"

陈青远微合一下眼眸，"嗯"了一声。

"我听师兄说，你每周都会去。"

"嗯。"

"如果你毫无阻碍地和她结婚了，你会出轨，会明明有老婆，还跟别的女人乱来吗？"

陈青远淡然一笑："没入社会时，我会告诉你，我不会！进入社会后，我会告诉你，说不准！"

"你很诚实！"

他道："真话不是每个人都爱听的！

她说："我曾经听你说过你的故事，现在，有个故事，挺长的，你有没有耐心听？"

陈青远点头说："你讲！"

黎美洙给陈青远讲了一个故事，很长很长的故事，讲了整整两个小时，很俗气地用了"从前有个女孩子……"开头。

陈青远就那样静静地听着，听完后，喝了一口酒说："那主角就是你吧？"

黎美洙笑道："被你听出来了！"

陈青远说："这谁都听得出来！"

"你可以装傻，可以当这只是一个下三烂的故事！"

"你说得再悲伤，听到别人耳朵里也不过是一个故事罢了！"

"我做错了吗？"

"你没错吗？！"

"也许错了！"她苦笑，"为了让别人忽略我的身世，我努力做个好女孩，结果，还是自甘堕落！"

陈青远冷冷道："堕落？这就是堕落？"

"那怎样才是堕落，跟你说，我还行，不算丑，床上功夫还不错，你有没有兴趣，这才是堕落吗？"

"我告诉你堕落的真正感觉，放纵过后，是极度的空虚感，然后，觉得自己特别肮脏，自己都瞧不起自己，自己都觉得恶心，就像面对一坨烂肉。你也不用自欺欺人！我不否认你爱你流掉的宝宝，但你不能不承认你内心深处的私欲！"

陈青远淡然的目光骤然变得犀利，他毫不留情地说："你恨他，不仅仅是因为他间接害死宝宝，更重要的是，他切断了以后你可以去找他的所有借口和理由！"

他突然提高音量说："你根本不想跟他断绝关系，你想生养这个孩子，等到有一天，孩子长大了，忍不住想要爸爸，或者找到爸爸时，你可以再次以孩子为借口建立与他的联系！你想让他自责，让他觉得你伟大，让他觉得你带着一个孩子很辛苦,然后,内心里永远都放不下你!"

"我也是私生子!"她激动地打断他,"我也没有见过那个制造我的男人。我妈把我带得很好,我没有爸爸,我一样可以长这么大,我不需要拿我的孩子去当想见他的借口。你只是个男人,你怎么会明白像我这样年纪的女人怀了孩子后,想要生下来的心情!你又怎么会知道,选择杀死自己孩子的痛苦?"

"值得吗?"他说,"用自己的一生,还有一个单身母亲的辛苦,跟一个孩子不健全的成长去赌一个男人的感动,这值得吗?"

她的脸一阵青一阵白,恼怒道:"这是我自己的事情,用不着他来感动!"

陈青远"呵"地一声笑道:"本来就是你的事情!只是我想告诉你,如果你带着孩子,让孩子过得好,他兴许会感动。如果你和孩子过得不好,甚至很狼狈,你信不信,他不仅不会感激你,不会救济你,还会厌恶你!因为你不负责任地生了这孩子,让他的骨血在世间受苦,还给他带来这样的麻烦!他绝对不会想你一个人带着孩子有多辛苦。他会逃避,甚至还会吼你,心里一辈子怨恨你!这个男人爱脸面胜过爱你!"

"他不是,他不会……"她无力地反驳。

陈青远冷笑:"他是不是,或者他会不会,这些你比我更清楚。"她的眼泪哗地就流淌下来。她其实早就知道,早就知道早在他第一次弃她不顾时,她的心就寒了。但她不愿相信,不敢相信。因为曾经的回忆,让她死都不信。

陈青远一字一句地说着,好像一双无形的手去撕她血肉模糊的人皮面具,撕得鲜血淋淋,逼她承认事情的真相。

"他就是怕你缠着他,怕麻烦。一个人渣,也值得你这样?"

"他不是人渣!第一次上床是我引诱他的!是我的错!"

"哈!"陈青远仰天一笑,"引诱?我看他是半推半就吧!黎美洙!熊逸看上去是被你引诱着了你的圈套,但……如果他不想,你以为你能扑到他的身上把他给强暴？"

"他跟我上床，是因为我告诉他我在他结婚的那天晚上，把自己的身体给了别人。他很脆弱地抱着我，真的，当时他就像个小孩子要哭出来。他是喜欢我的，不然我跟谁上床跟他有什么关系呢？当时他很痛苦，所以才会糊涂的！"

陈青远别开脸一笑："别傻了！他清醒得很，他就是一个玩弄感情的高手，要的就是你的傻气跟心甘情愿，就是有手段让你受了伤遭了罪还哭不出来。他更清楚，搞婚外情的事情暴露后，被骂的永远都是女人！就算你把这事说出去，他也不怕！他压根就不会管你的死活。"

"他不是这样的，根本就不是！"

陈青远冷冷地看了黎美洙一眼："我最讨厌你这种执迷不悟的女人，你极力反驳，无非是害怕面对真相。你说你勾引他？如果我没有记错的话，你刚刚的故事告诉我，你与他相见之前发了短信告诉他你刚刚失恋，又相亲失败，你很失落，对吧？"

"你到底想说什么？"

"我想告诉你，女人最脆弱的时候男人最容易得手。你感情最为脆弱的时候，这个男人根本就不该见你。明知道你感情空虚，他还来见你，你说他是什么意思？"

"你又不是他，你怎么会知道他的想法？"

"黎美洙，你要知道我是一个男人，一个很花心的男人，我经手过的女人比你想象中的还要多。当初你来求我，我看出你想要名利的心情，我用这个引诱你，你不上钩，我就再也没有提起过这档事情。我了解女人同样了解男人，我的原则是我给得起的我就玩得起，我给不起的我绝对避而远之。"

他又说："但熊逸呢？为什么在你最脆弱的时候见你的？来安慰你？呵，别搞笑了！那个时候的你哪里需要什么安慰，你需要的是一个男人，一段好姻缘，一个好男人给你撑起来的栖身之所。而他什么都给不了，他跑来见你干什么?"

她备受打击:"他来见我干什么?"

"炫耀!"

"什么?"

陈青远重复一次说:"是炫耀!"

黎美洙不懂:"他能对我炫耀什么?"

陈青远说:"炫耀他现在过得很好!一个男人春风得意的时候,最想做的事情就是给喜欢过的女人看一看。就像女人穿了漂亮的衣服,想给钟情的人看一看一个道理!他过得很好,所以才会来见你,如果他过得不好,你约他来见你试试看!"

"这不一样!"

"就是一样!"

"还有一个残忍的真相,就是……大多数男人是一样的,有便宜不占脑子有问题。你爱的那个人,是校园里的熊逸,不是这个进入社会,已经圆滑的熊逸,他就是占了你的便宜,他就是觉得若是放走了你,他是傻瓜。于是,他才能在和你睡过后,对你不闻不问,只有想上你的时候,才跟你说想你。"

"你骗人!"

"你信也好不信也罢,理就在这里放着,千万别跟有老婆的男人要婚姻和感情,要不然你就要心狠手辣玩手段,但显然你不是这种人!"

"黎美洙!"陈青远如此语重心长,"你现在应该明白,男人的残忍并不是狠心不见,而是什么都给不了还来预支你的幸福。"

"你看看你这样子!"陈青远说,"憔悴成这个样子,心里的苦闷说得出来吗?"

黎美洙心碎地说:"至少……至少我把我给他的时候,我们彼此是心甘情愿的!"

"心甘情愿?"陈青远嗤之以鼻地笑了,"多好啊,白睡了一个女人,清清白白的第一次，还不要他的钱，也不要他负责。"

"他说过让我跟他生个孩子！"

陈青远冷笑道："他是不是完事后，抱着你，特温情地说'给我生个孩子吧'？"

黎美洙的眼底一惊，而后是不敢注视地躲闪。

"那他为什么要在事后给你送药？"陈青远接着说。

"因为……"

"他就是在玩弄你。"

他直指人心，残忍得令她无法面对，她痛得受不了，大声反驳："求求你别再说了，能不能让我有点美好的回忆？"

"美好？"陈青远禁不住笑出声来，"自欺欺人的美好。"他笑后，突然变得凌厉，"如果你还没有清醒，那你去，你去给他发短信，你说你要吐死了，看他会不会回你！"陈青远冷冷一笑，"我敢肯定，就算你告诉他你要死了他都不会管你！"

"不会的！"

"那你就发！"

黎美洙哆嗦着手给熊逸发短信："熊逸，我喝了酒，快要吐死了都没有人扶我一把，你在哪里？"发完后，她捧住手机，就那么静静地坐着等。

时间一分一秒过去了，都等了两个小时了，从九点等到十一点，都知道没有可能等到回信了。

"呵！"黎美洙突然笑道，"他根本就不会回我，我早就知道他不会回，我早就知道了……"她笑得将手捂住肚子，突然站起身来，把一直紧握在手里的手机狠狠地砸向地面，手机落地，机盖被砸开，电池与机体分离。

"我早就知道了，他根本就不在乎我也压根就不会在意我的死活，他恨不得我快点死了才好！"

陈青远眼神突然犀利道："你太清楚了，从他抱住你的那一刻起，你就知道会发生什么事情，你根本就是清醒着自毁！"

"我知道又怎样？"她哭着说，"我知道，我全知道！可是知道又有什么用？我一听到他的声音我就想见他，我一听到他说想见我，我马上就管不住自己的脚！我根本没有办法说服自己说他是因为欲望而要了我，我奢望他能有点爱我，奢望我傻乎乎地把自己给他，是因为我错觉中的那点爱。

"我好羡慕那些父母双全又生活幸福的孩子，她们脸上的笑容，都是从内心溢出来的。而我呢，我笑得再灿烂，快乐的感觉却永远没有办法达到心底，我装得好辛苦。我绝望了，我真的绝望了。可是……我有了宝宝……"

黎美洙捂住嘴，狠狠地捂住，哭得喘不上气来，拼尽全力才挤出："那是……我……我……第一次……感……感到……快乐！他在我的肚子里，他能证明……我黎美洙……是被人爱过的，因为……他在我的肚子里，他能证明，这个世间，我是被人爱过的！"

她哭得心酸，他靠过去，轻轻将她揽进怀里。

"别哭了，你还在小月子里，就算所有的人都嫌弃你，你也要爱惜自己。"

他想告诉她，熊逸除了在玩她，还有一种可能，但……算了，还是不要告诉她了。

现在的她需要清醒，其他的东西，需要她自己去体会。

帮人，需要力所能及。劝人，需要点到为止。

他能助她的，只有钱，而其他的，只能靠她自己。

黎美洙老是在晚上被梦惊醒，无疑例外的，梦见自己流掉的宝宝血糊糊地说他好痛。

她求助网络，搜索答案的时候，很多人说，宝宝在母体里着床的那一刻，就有灵性了，不管多小，他们也会疼，会在人世间徘徊，无法投胎，被孤魂野鬼欺负。流过宝宝的妈妈们，就去婴灵网，给逝去的小生命求个牌位吧。管他是不是真的，那也是你的孩子啊。

婴灵网？

那是专门为来不及出生的宝宝建立的网站，只要失去宝宝的妈妈，在上面注册一个号，就算是给宝宝申请了一个牌位，就会有大师为他念经超度。

黎美洙申请了一个 ID，虔诚地写上：LMZ 的宝贝。

注册成功，网页的佛祖佛光普照。

她念着网页上的佛语，眼底盈满眼泪地念着："阿弥陀佛，阿弥陀佛，阿弥陀佛……"

眼泪像珠子一样，一颗一颗地落下，心怨不消，念得很急。

就这样，念了好些天。黎美洙发现，想要强迫自己放下心中的怨念，真是很难！她还有很多事情想不明白，到底是哪里出了问题使得她变成今天的样子呢，她讨厌这样的自己！

2008 年 5 月 12 日，惊动全国及至世界的汶川大地震，这个轰动世界的天灾改变了很多人的命运。

黎美洙所在的城市有明显震感，下午两点多，办公大楼突然晃了几晃，有杯子落地时，反应快的同事从位置上冲起身来，喊着地震了，马上往外面跑。大家放下手头的工作，跟着往安全门跑，楼下的空地上，聚集了不少从楼里跑出来的人。大家只当地球打了个呵欠，却没有想到，这震感是由四川汶川波及而来。

一个四川的同事家就在绵阳附近，她急忙打电话回老家，办公室气氛紧张起来，大家都屏气凝神听着消息。可是她疯狂地一遍一遍地给家里人打电话，却始终打不通。

她一个一个地打给亲戚，都没有信号。她突然"哇"的一声大哭出来，哭得伤心绝望，大家安慰她，她大哭着说："我要回家，我要回家！"

后来得到证实，她的家人全都不幸受难。好好的一个小姑娘，因为天灾，失去了所有的亲人。

黎美洙第一次感受到死亡原来这样近，这样叫人无助。

那些日子举国上下都在关注着地震救援情况，每天的电视、网络等各种媒体渠道的报道和直播只有这一件事，全国人民都密切关注着一个地方——四川。这个灾难牵动着每颗心，也悄声改变着很多人的命运。

有的人被救活了，有的人没撑住。有的人只顾自己跑了，有的自己还是一个小孩子，还安慰着别人。屡见的英雄事迹温暖每个人的心，每一次生命的奇迹也鼓舞着每个人。天灾面前，人显得如此脆弱渺小；危难面前，人又显得如此团结血性。

每一条时实通讯都能牵动人心，每一条看着，都让人心疼。

有血性的人都在捐款，心系灾区的人把自己的钱往官方公布的账号里打。不管多少，不管其他，只想着，能给什么，就把什么给灾民的同胞。我们都是中国人，我们在灾难面前，更懂得什么叫血浓于水。

黎美洙将卡上的钱全捐了，那是她给自己买墓后剩下来的钱，那是陈青远为感谢她为小离子化妆给的，她一分不留。

黎美洙被一条消息震惊了，有一位母亲，抢救人员发现她时，她已经被垮塌的房子压死了，透过那堆废墟看到她的姿势，双膝跪着，整个上身向前匍匐着，双手扶着地支撑着身体。经过一番努力，人们小心地把废墟清理开，她的身下躺着一个只有3个多月大的孩子。因为母亲身体庇护着，孩子毫发未伤，抱出来时还安静地睡着。医生解开孩子的被子，发现一部手机塞在里面，屏幕上是一条写好的短信：亲爱的宝贝，如果你能活着，一定要记住我爱你！

黎美洙想到了自己和未出世的宝宝，他已经有了生命，她却没有保护他。她懂母亲的心，危难之时，是顾不得自己的。如果可以，她真的想拿自己的命去换自己化成血水的孩子。可是，她又做了什么呢？

黎美洙恍然间发现原来自己是那么自私，为了图一时痛快竟害死了自己的孩子，还浑然不知。

人们不能避免灾难的发生，但是人们可以用爱挽救生命。但是她似乎从来没有真正爱过谁，心里全是怨恨。孩子是老天赐给她的礼物，她却被怨恨蒙蔽了双眼，完全没有顾及这个孩子。

她的心里也从来没有真正去爱过谁，包括熊逸，她只是想要熊逸怀抱里的温暖，就像陈青远说的为了自己的私欲，为了得到童年没有得到的温暖。谎言、怨恨、忌妒和报复的心，黎美洙突然发现原来人是这样的丑恶！只有她还在自欺欺人！

这些面对灾难面临死亡的人，求生的本能，让他们只想活着。求生的本能，让人明白，活着本身，就是老天最大的恩赐。但，这个母亲爆发出的母爱救了自己的孩子。这世上唯有爱能救人。

人生很长，死神很近，血淋淋的一切告诉我们，在死亡面前，人是多么渺小。在命运面前，人是多么无能为力。

活着，活着本身就是最大的恩赐。

黎美洙突然觉得面对这恩赐，她宁可相信这世上真有天堂，她希望她的孩子在天堂。但是她自己能进天堂吗？能在天堂见到未出世的宝宝吗？

黎美洙恍然间想明白，其实她从小心底就满是怨恨，她恨自己没出息，她恨母亲不爱她，她恨这世界对她不公……她恨熊逸对她的负心，又将这恨化为报复。

她终于明白这一切源自于她的恨，是她害死了自己的宝宝。

黎美洙仰天长啸放声痛哭……

自己都做了什么呢？何苦去恨别人，去恨自己？恨给她带来的从来不会是幸福。原来人的心底就是恶的源泉。

是时候放下了，放下所有的恨。

这世上唯有爱是美好的。

黎美洙微笑着祈祷："宝宝，谢谢你让妈妈明白这一切，妈妈答应你再不去仇恨，学着去爱别人，爱自己，妈妈要好好活着，要过得幸福。你在天堂等着妈妈，妈妈一定能跟你相聚。"

豁然了，便能开朗，她想通了，内心的邪恶被驱散了，那个关于报复的游戏，不再玩了。

于是，她拿起电话给熊逸发短信，她说："宝宝的事情早已解决了，你不用担心了，祝好！"

熊逸的电话追着打过来了。

接过熊逸的电话，以为他要说什么关切的话，可是，他一个劲地追问她在哪里做的，什么时候做的，有什么不良反应。

这不是关心，这只是在确认。但一个绝望的女人，怎么会在那个时候记得麻醉师、麻醉成分和麻醉时间。一切都是懵懵懂懂的，身边没有相陪的人，只任医生摆布，回忆起来，脑中都是空白的。

她说不记得了，他不停地追问，想问清一切细节，可她真的不记得了。

熊逸，我真的不记得当时有几个医生，有几个护士，麻醉成分是多少，被推入急救室的我，只想着，救救我的孩子。

下班的时候，居然发现他在公司门口等着了。她在门口看到他的车，身体陡然一僵，随后，又听到他说："上来。"

她上去了，心中没有恨了，微笑着问他："去哪儿？"

他开车，带她来到他们第一次见面的湖边。这天的阳光极好，她觉得很温暖。

他看着她一脸轻松，面带微笑的样子，突然在心底起了疑，沉声质问她："你说你流产，你老实告诉我，到底有没有怀上？到底是不是骗我？是不是为了故意折磨我？"

她内心还是被这句刺痛了，微微皱了一下眉头，努力地让自己笑了。

"怀上了，不到两个月，在我给你电话的那天晚上，就掉了。"

他紧蹙了眉头思索一下，突然恼了："早就掉了，你为什么还要骗我你还怀着？"

"因为那个时候我很恨你，真的很恨。"黎美洙微笑，却含了泪水，颤着声音对他说，"恨之入骨。"

他瞪着她，好像不敢相信她是这么狠毒的女人，好像看错了她。

她还是努力地让自己微笑："可是现在不恨了，真的不恨了。"

她说:"你等我的时候,是我没有珍惜你。你有家了,我不应该破坏你。你说得很对,我们不应该这样,我太爱你了,才身不由己做了错事。"

"你爱我?"他突然笑了,笑得有些自嘲,有些讽刺,也有些悲伤,"你若真爱我,为什么你从来没有告诉过我,为什么我感觉不到?为什么我想见你的时候,你从来不让我见,也不告诉我你在哪里,让我想找你都找不到?把我折磨得够呛,再来说你爱我,你还想玩什么花样?"

他好像沉睡的火山,爆发了。

她折磨过他吗?

有什么是她不知道的?就像他不知道她的某些事一样?

她苦苦一笑:"我遇见过你妈妈,在大学那年,我确定我爱上你的时候,她去看你,在超市里与我遇到。她羞辱我,她说我配不上你,我的尊严,就像当年江磊的妈妈当众给我一耳光一样,全部没了。"

她想笑,可是,眼泪就要掉下来了,她咬紧牙关,忍了半天才忍下去,拼着命地镇定,面带微笑地对他说:"那个时候,我就爱上了你,可是你知道我很自卑,我也没有办法对你敞开心扉,对你大胆地说爱。"

她看着他的眼睛,对他说:"可是,我那么爱你,爱得超乎我的想象。"

他不信的表情有了松动。

她说:"若非我爱你,我为什么想要见你?"

她说:"若非我爱你,我怎么会什么都不顾,只想要你片刻的温存,丧失了道德与伦理?"

她被狂涌的心酸呛了一下,哽咽着说:"若非我爱你,我怎么会那么固执那么辛苦那么努力,只为了想要配得起你,不让你因为选择我,而让你在我和你妈妈之间受气?"

她终于让眼泪掉了下去。他眉间一动,眉头皱紧,心口有了裂开般的痛感,只听她说:"如果,我是平常家的女孩子该多好。"

她低垂眼眸苦笑:"在正常家庭里长大,得到正常家庭的爱,我就根本不会在意这些。"

她痛苦地摇摇头："可惜没有假设。所以在这份爱里面有我的贪念，我贪恋你的温柔，因为没有人对我这么好过。"

黎美洙深深地看着熊逸，眼波流转。他怔怔地看着她，受她的眼神牵引，下意识地吞咽着什么，不由自主地伸起手来，似乎要碰她，可伸到一半，又硬生生收了回去。

她苦笑，眼泪掉下一串来，可是，还是微笑着对他说："是我错了，对不起。"

她转身，向前走去，他惊醒过来似的冲着她的背影喊："你去哪里？"

她顿了顿，脸上露出凄楚的笑来，转首，竟对他笑得灿烂，伸出手来向前指了指："车站在那边，我走过去就好了。"

"我送你过去。"

"不用了。"

她还是笑："熊逸！"

"嗯！"

她笑着指着他，边指边后退："不要跟过来啊，当心我不小心掉湖里淹死，会找你的啊，鬼是喜欢找最后一个见到的人的，你不要见鬼啊！"

他陡然想到了什么，好像封尘的记忆之盒，陡然间被人打开。

"你是不是摔到哪里了？"

"谁爱管你啊，你给我钱我都不管你，你不要我管，我还缠着你啊？真是的，狗咬吕洞宾，不识好人心，要喊冲着撞你的人喊啊。"

"没什么，路上没灯没光，我担心你被撞着。我更怕你被撞死了，会找你最后一个见到的人，这是鬼的习性，我怕见鬼了！"

"你怕我啊？"

"瞧把你吓的！"

"我从来不打女生，你尽管放心好了！"

心口的痛感越来越强烈了，情窦初开的回忆铺天盖地地袭来，令他措手不及。

　　他的眼底充满了红色的血丝，他的鼻头也红了，他紧皱了眉头，脚不由自主地向前迈了一步，却又被什么牵绊住一般，硬生生地止步。须臾，他捂住了心口，攥紧了胸口的衣服，咬紧牙关，额头的青筋压抑得爆了出来。

　　"黎……美洙……"他叫她的名字，那声音却好似痛苦后的呻吟。

　　"嗯！"她干脆地回应了他，感觉他们不会再见面了，他会跟她说一些她不曾知道的话。

　　他紧紧捂住心口，好像心口要裂开，他艰难发声："我一直以为……你不爱我，我以为……只有我一个人在坚持。"

　　"嗯！"她摇摇头，"我也在坚持，只是我没有告诉你。"

　　"所以……我误会你根本不在乎我。我妈气我固执地等你，和我争吵，犯了心脏病，差一点死去。那一夜，我守在急救室门口，你不会明白我有多么恐惧。"她摇了摇头，悲伤地说："我懂。"那是怎样的惊魂未定，她真的懂。

　　"她急救出来后，我给你打电话，说想你了，说想你快点回来，跟我一起面对。你却说你忙，过一会儿再回电，我一等就是一晚。"她哭着捂住了嘴："对不起，真的对不起，在你最需要我的时候，我没陪你一起面对。"

　　"我以为你不爱我，我觉得一直都是我在追你，你从来没有说过你爱我，我太一厢情愿了。也许，放开你，你能找到你的幸福，我也不用违逆我妈。我害怕，真的怕她有什么三长两短……我怕……"

　　"那是你亲妈，熊逸，我懂，我真的懂。"

　　"你回来后，我跟你说分手，但是我舍不得你，跑去看你。如果那个时候，你哭着说你爱我，求我不要离开你，我一定会……一定会坚定地和你在一起。你……那个时候，为什么不求我呢？！为什么那个时候不跟我说，为什么那个时候不跟我讲？我以为你不爱我，我以为你根本就不爱我！"他突然冲上前，攀住她的肩，指头用力地扣着她的肩胛。

她疼得哭了出来："对不起，真的……对不起。那个时候，我做什么都不顺，以为你离开我，也是命运的安排。我已经……已经被现实折磨得不相信自己能够得到幸福，是我没有珍惜你，是我对不起你，是我辜负了你对我的真心。"

"是我犯贱才对！"他突然吼了出来，"我已经结婚了，已经有孩子了，我为什么还要在深更半夜想起你，为什么要给你发短信问候你？"

他的声音越来越低，表情越来越痛苦："如果……不是鬼使神差地想你，就不会给你发那条该死的短信，如果不是因为深爱着你，我怎么会……听到你感情受挫，就无法自控地想去安慰你？"

他痛苦地吸了一口气道："我明明是想见一面，就和你说再见，你对我说的那些话，让我痛苦到用'要你'来证明你在我心底的重要。"

他深深地看着她的眼睛："我明明几次都挣扎着想放你走，可是最后还是和你……我真是真是鬼使神差，自己不能控制自己。"

黎美洙已经泣不成声，只能掉着眼泪，不停地跟他说对不起。

对不起，对不起，对不起……

他更加痛苦："看到你，我就忘记了自己已结婚生子，我就想要你。回到家，面对我的老婆孩子，我又自责愧疚得无法自己。我只有冷落你，逼自己不理会你。可还是忍不住想你，才给你发了短信，说我想你。"

他紧紧咬合了一下牙关，红着眼睛对她说："第二次见面后，我没有再理会你，是因为我出了车祸，骨折，打了钢钉。"

她惊大了眼："你……怎么没告诉我？"

他微微点头："因为，我是在和你分手的路上被撞的。我不敢告诉你，怕你担心和自责，也不敢给你发短信，因为我老婆一直在身边照顾我，所以，索性就不说。她对我越好，我越愧疚，越没有办法再背叛她，更没有办法面对你。"

她心口好痛,却如释重负地笑了:"你没事就好,否则我一辈子都不会原谅我自己。"

他苦苦一笑:"你给我打电话的那个晚上,我儿子高烧!我抱他去医院,急性肺炎,我没有带手机,没有接到你的电话。那个时候我六神无主,还要强装镇定地安慰我老婆,就算接到,我也没有办法分心去顾及你。更何况,当我儿子九死一生从急症室里救出来时,我更想要珍惜他们,因为我是他爸爸,他们是我的责任。我什么都不能给你,我不能再见你,这对你和她都不公平。"

熊逸的眼泪掉了下来。

"黎美洙,我爱你,我是真的爱你,所以我不能再见你,不能再害你。"他愧疚得没有办法面对她。

她竟笑了:"熊逸,你是个很棒的老公,很棒的老爸,我没有爱错你。我用全力去爱的男人,果然是最好的!"

她笑得眼睛眯了起来,好像孩子一样淘气:"一定要好好地对你的孩子,一定不要让他变成另一个我,没有父亲的孩子,性格都是懦弱没有安全感的,一定!一定哈!"

她惊大了眼睛。

因为……他一下把她揽进了怀里。

"所以,我们以后……真的不能再见面了。"

"好!"

她微笑,只是笑得越来越痛苦。他在用力束紧手臂,将她紧紧地拥进怀里。

这拥抱让人痛苦又心酸,一种变异的甜蜜。

"熊逸!"

"嗯?"他压抑着眼泪,重重地喘着气。

"我们的宝宝,是自己走的。"

"嗯?"

"他知道我不忍心做手术,也知道会让我们为难,所以,他选择了自己离开。一定是这样,一定是的,所以,他才走掉的,对吗?"她的声音打颤了,眼泪源源不断地涌了出来。

他的眼泪也落了下来,痛苦地闭了眼,呛着眼泪,压抑又悲伤地说:"是的,他像你一样善良。"

她"呵呵"一笑,在他背后拍孩子似的拍了拍,然后从他怀里撑离身来,面对他,心碎地笑着:"我爱你,从来没有后悔把自己交给你,但是,我不会再错了。"

微笑,还是微笑。后退,依然面带微笑。

随着她的后退,他的手一点一点从她肩上滑至胳膊,再由胳膊滑至手腕,到手掌,到指尖,到最后松开手的一刹那,他倏然将她的手拾起,握住。

她看向他们相牵的手,又看向他的脸。深深地看着,无奈地微笑,轻轻摇首,示意他,放了吧,放了……吧。

他鼻头红了,咬紧了牙关,紧闭了眼睛,脸向一边侧去,颧骨明显地突了起来,重重的呼吸,眼泪不停地往下滑。

他哭了呢,为她哭!

但手还是放了,放手后,就痛苦地转过身去,无法面对自己这样将她放开。

不舍又能怎么样?

她独自一人,可他身后还有其他。她看着熊逸,深深地看着,贪婪地看着,边看,边退,边微笑,笑得释然。

她渐远的脚步声令他回过头来:"美……"

他痛苦地伸了手,似要抓住她,与她对视后,却更加痛苦地将手放下,连脑袋也垂了下去。

她竟懂了。懂得至尊宝在最后一刻,放弃紫霞的心情。

她笑了。潇洒转身。

关于他的记忆，在转身的刹那，奇迹般地释放了出来。

"黎美洙？你不是黎美洙吗？"

"你是？"

"我是熊逸啊！你不认识我了？我是跟你初中同学了一年的同学，熊逸啊！"

他边说，边抬起右手来捋起了自己额头细碎的头发。

她茫然的脸上刹然间惊喜起来。

"熊逸！"她开心地认出他来，也冲着他笑了。熊逸也笑了，笑着放下手来，放下被他捋上去的头发。

"想起我了吧？"

想起了，想起了！

现在要做的，却是忘记！

那个调皮的熊逸……

咔！

轻轻地锁进了心底。

那个讲义气，总是替别人打架，为别人出头，闹事的熊逸……

咔！

轻轻地锁进心底。

那个温暖的熊逸……

那个抱过她的熊逸……

那个吻过他的熊逸……

那个伤透她，又让她看透一切的熊逸……

如一帧帧的画片，一帧帧地锁进了她的记忆深处。

刻骨铭心地爱过！

最终的结局是……

再见，熊逸！

再也不贱！

2008年，到底发生过什么？

1月至2月，雪灾，寒冷彻骨的雪灾；股市疯长后，跌停，很多人血本无归。

3月，突然传遍全国的儿童手足口病；大兴安岭特大火灾；台风"浣熊"登陆。

4月，奥运火炬传递全国受阻，留学生血性怒吼，跳进冰冷刺骨的水池，举着中国加油的字牌，震撼人心。

5月，震惊举国上下的汶川大地震，所有的人都在捐钱献爱心，绝大多数人的网络通讯头像，改成心形；19日，天安门前升旗仪式，所有人都在奏唱国歌后，不约而同地咆哮：中国加油，中国加油！

2008年，中国奥运，美轮美奂，震惊世界。

焰火怒放，心也跟着灿烂。过去的都过去了。

聪明的人知道摔了一个跟头后爬起。必须得起来啊，否则，赖在地上，会打雷，会下雨，甚至下冰雹，让你更加狼狈。

黎美洙决定写些什么，去纪念这段过往。她不会说这是传记，书中全是化名，做了艺术处理。这比日记保险。

人生，会有许多坎，跨过那条最大的，你会发现，没有什么是无法面对的。

动笔回忆的时候，她发现，很多事情，你身处其中，不知所措。可当你跳出来，当故事一样看着一个和你相似的人做出相似的傻事，你会有正确的选择，会少走很多弯路。

"如果我有女儿，我一定会给她足够的爱。是足够。"

她的胸口像插了一把刀，她好像握着那把刀的把手在写字。

这就是她写东西时的真实情况。字字都是带血的，句句都是真理的总结。

然后，继父和母亲催嫁了。

你知道什么是同妻吗？

就是同性恋的妻子。有的是生了孩子后就守活寡，有的是在离婚之后仍是处子之身。黎美洙最后要嫁的，就是这样一个不喜欢女人的男人。

不存在欺骗，彼此都坦诚相告。

与这男人见面的时候，男人说："我是同性恋，我不想骗你，我是抵不住父母的压力才来相亲，即使我和你结婚，我也不会碰你的身体。我根本就不爱女人。"

黎美洙说："我和你一样，抵不住家人的压力才来相亲，我正想着怎样应付，没有想到你这么直接。那么，如果你需要一个妻子做摆设，我们结婚吧。"

"你要知道，我不爱女人。"

"我无所谓的。"

"你是拉拉？"

"我性取向没问题。"

"那你……"

"和你一样，需要应付差事。"

"那我是不会跟你过夫妻生活的。"

"没问题。"

黎美洙的婚事就这么定了，只等一纸"证明"了。

男人还带她回去见了父母。对方父母很热情，临走前，还给了一个红包。

离别时，黎美洙把那红包还给男人，男人不肯要，说："拿去吧，在我不在的时候，留作消遣。"

而后，男人也去了黎美洙家。黎美洙的妈妈和继父也是热情到极点。

他们想过以后孩子的事情，也商量好，以后去做人工授孕，做试管婴儿。但是，在孩子面前，他一定要挑起父亲的角色，这是黎美洙唯一的要求。

黎美洙觉得自己的人生就这样吧。嫁给那个男人，虽然是段有名无实的婚姻，但也算有一个家。

她把自己碾碎了，写进小说里。读者都哭了，说求你不要虐女主了，给她幸福吧。

她苦笑回复，她生来就无关幸福，这就是故事的设定，命运的安排，我无力扭转。你们引以为戒吧，不要再吃类似的苦头，明白吗？不想你们走一样的弯路，在迷茫的时候，看到一个女人先你一步掉进坑里，可以避免吃同样的苦头。懂我的用心良苦吗？

有人问：这故事是真的吗？

黎美洙答：

我用这滴血的事实告诉你，一定要好好保护自己，别把自己陷入这痛不欲生的境地。我从出生就是一个可耻的笑话，这些文字便是我可耻的人生里，唯一的真实。

不要试探人性，人性比你想象的还悲冷。

不要和已婚男人玩火，结局比你想象的还不堪。

书终于结稿了，她嘘了一口气，顿觉轻松地笑了出来。

如果我有女儿，我一定要给她十足的爱。不是娇纵，而是让她知道，爱情要勇于承担，愿意为你承担一切，解决问题的男人，才值得托付终身。

没有责任感的男人，再好，也是令你坠入无底深渊的刽子手。捅你一刀，再把你扔下去，连呼救都没有人听见，只有下沉时阴冷的寒风，还有呼救时空洞和绝望的回声。

别犯傻，千万别犯傻。否则，到时候，连救你的人都没有。

那天晚上,她打开 QQ 时,一个叫 stone 的网友加她。

"你好!"

"好!"

"看了你写的小说,觉得你遗忘了很多细节。"

"嗯?"她先是不以为然,等他连续发来几句话时,她整个人都惊住了。

与你同桌过的男同学,曾用毛毛虫吓你,你吓哭了,他其实很内疚。

你的同桌曾拿着一张宣传画给你看,说"你闻",你真的闻下去了。他笑得脸都打皱了,因为他不是让你闻,而是在念宣传画上女明星的名字:李玟。

你们曾在花坛边相遇,那个时候,你站在那里,看着一串红发呆,他走过去说"喂",吓得你将手里的书掉在了地上。你们两个同时弯下腰去拣,结果,撞到了脑袋。

你曾经在英文课本上写过你们两个的名字的大写,用 L&M。

也许别人会以为,你写的是英文课本里,对话男主女主,李雷和韩梅梅。但你的同桌默认为,是两个人名字的缩写。

你的同桌曾对你说,你笑起来很好看。

你说,你不会笑。

他说,笑起来其实很简单,嘴巴勾起来,眼睛眯一点,就可以笑了。

你说,你不会笑。

他说,你笑起来真的很好看。

他说这话时,脸红得像染色的红布,你只顾低着脑袋害羞,错过了他少男情怀的情窦初开。

她哆嗦着手指问他:"你是谁?"

"有人诬陷你偷人家钢笔,只有他坚定地相信你。"

"你到底是谁?"

"他曾经问你,以后念什么大学……"

"你是谁?"

"你说,你想念师范。因为你要当一位好老师,让同学学会彼此相亲友爱。于是,他把这话记下了。"

"你到底是谁?"

"后来,他考上了师范,成了学生们喜欢的老师,戏剧性地成为你弟弟的班主任。"

她捂住了嘴,心脏要跳到口里。

"所有人都当你写的是小说,只有我知道这全都是真的!"

眼泪溅湿了键盘,她不停地打着字:"你是谁,你是谁,你到底是谁?"

他却自顾自地说:"这些年,你是你同桌的心结。他一直为伤害了这样一个女生而内疚,总是在梦里梦见她带血的手,还有她转过来望着他时的脸。"

"如果你的同桌告诉你,那年,他回去找过你,却发现你和他旧时的好友在一起,也看到你幸福的笑容。放手离开,并非一点都不惦记你,你是否不再怪他没有回来找过你?"

"你快告诉我,你到底是谁?"

"后来,作为老师的他,收了同学偷看网络小说的手机,却被同学指责,老师,你知道我们看的是什么小说吗?这可不是一般的小说,作者是在用血淋淋的人生告诫我们,物是人非,就算再爱,也不要作贱自己,让我们珍惜现在,不要做逾越年纪本分的事情,你还收我们的手机,不许我们看书点赞吗?于是,他看了你的小说,虽然你用的是化名,但是他知道,你叫黎美洙。他很心疼你,并且还单身,不想你当'同妻',不想你再痛苦下去,你愿不愿意给彼此一次相互珍惜的机会?"

(完)